- 4²⁵

D0728568

Über dieses Buch Als Marie Luise Kaschnitz 1955 in Darmstadt den Georg-Büchner-Preis entgegennahm, sagte sie: »Ich habe in meinem Werk versucht, den Blick des Lesers auf das Bedeutsame zu lenken, auf die wunderbaren Möglichkeiten und die tödlichen Gefahren für den Menschen und auf die bestürzende Fülle der Welt.« Dieser Satz kann als literarisches Credo gelten und gleichzeitig als Generalnenner für die in diesem Band enthaltenen Erzählungen; eine Auswahl aus der Sammlung ›Lange Schatten‹ (1960), mit der die Dichterin, die sich bis dahin vor allem als Lyrikerin einen Namen gemacht hatte, als Erzählerin bekannt wurde, und zusätzlich einige frühe, bisher wenig bekannte Texte.
Marie Luise Kaschnitz erzählt von Menschen verschiedenster Mentalität und Schicksalserfahrung, vom Einbruch des Phantastischen in das Alltägliche, des Fremden in die Vertrautheit. Poetische Texte, in denen die Realität durchaus ihr Recht behält.

Die Autorin Marie Luise Kaschnitz, 1901 in Karlsruhe geboren, wuchs als Tochter eines Offiziers in Potsdam und Berlin auf. Nach dem Besuch des Lyzeums wurde sie Buchhändlerin in Weimar, München und Rom. 1925 Heirat mit dem Archäologen Guido von Kaschnitz-Weinberg. Lebte in Königsberg, Marburg, Frankfurt, Rom. Seit 1958, nach dem Tode ihres Mannes, wieder in Frankfurt am Main. Sie schrieb Gedichte, Romane, Erzählungen, Autobiographisches und zahlreiche Hörspiele. 1955 wurde sie mit dem Georg-Büchner-Preis ausgezeichnet. 1960 hielt sie an der Frankfurter Universität Vorlesungen zur Poetik. Marie Luise Kaschnitz starb 1974 in Rom.
Im Fischer Taschenbuch Verlag liegen außerdem folgende Bände vor: ›Überallnie. Gedichte‹ (Bd. 5720), ›Wohin denn ich. Aufzeichnungen‹ (Bd. 5814).

MARIE LUISE KASCHNITZ

Eines Mittags,
Mitte Juni

Erzählungen

FISCHER TASCHENBUCH VERLAG

Der Abdruck der Erzählungen ›Das dicke Kind‹, ›Adam und Eva‹, ›Ich liebe Herrn X.‹, ›Du, mein Held‹, ›Märzwind‹, ›Die Schlafwandlerin‹ und ›Der Bergrutsch‹ erfolgte mit freundlicher Genehmigung des Scherpe Verlags, Krefeld.

Ungekürzte Ausgabe
Veröffentlicht im Fischer Taschenbuch Verlag GmbH,
Frankfurt am Main, Oktober 1984
Lizenzausgabe mit freundlicher Genehmigung
der Claassen Verlag GmbH, Düsseldorf
Copyright für diese Auswahl:
© 1983 by Claassen Verlag GmbH, Düsseldorf
Umschlaggestaltung: Jan Buchholz/Reni Hinsch
Gesamtherstellung: Clausen & Bosse, Leck
Printed in Germany
780-ISBN-3-596-25815-4

INHALT

Ich kam von der Reise und wußte von nichts. Ich fuhr von der Bahn direkt nach Hause und klingelte bei der Dame, bei der ich meine Schlüssel gelassen hatte. Sie begrüßte mich freundlich und machte ein vielsagendes Gesicht. Wissen Sie auch, daß Sie gestorben sind? fragte sie. Obwohl ich nicht am Leben hänge, haben mich diese Worte unangenehm berührt. Gestorben? fragte ich, wieso? Ja, sagte meine Nachbarin – Frau Teichmann heißt sie –, aber Sie dürfen es sich nicht zu Herzen nehmen, wer totgesagt wird, lebt lange. Ich lächelte etwas gezwungen und nahm die Schlüssel, die sie in ihrer Schreibtischschublade verwahrt hatte. Wer hat mich totgesagt? fragte ich. Eine Fremde, sagte Frau Teichmann, niemand hat sie gekannt, sie ist ins Haus gekommen, hat an allen Türen geläutet und überall gesagt, Sie seien tot. Sie hat eine dunkelbraune Haut gehabt und ein mageres Gesicht. Eine Ausländerin war es, ganz gewiß.

Eine Italienerin? fragte ich.

Aber das wußte Frau Teichmann nicht. Sie meinte, die Fremde habe eine Zeitschrift in der Hand gehabt, vielleicht habe sie in andern Häusern diese Zeitschrift zum Abonnieren angeboten, aber an den Titel der Zeitschrift erinnere sie sich nicht. Es kommen so viele, sagte sie, auch junge Männer, gestern hat einer vor der Tür gestanden und nichts gesagt als: Christus ist da. Und dann berichtete sie noch, daß die Fremde nach meinen Wohnungsschlüsseln gefragt und gefordert habe, ihr diese auszuhändigen, und zwar sofort. Das ist eine Unverschämtheit, sagte ich empört. Ich bedankte mich, ging in meine Wohnung hinüber, packte aus und sah den Stoß Drucksachen durch, die mir nicht nachgeschickt worden waren. Ich versuchte, nicht mehr an den sonderbaren Vorfall zu denken, aber das gelang mir nicht. Man hat beim Heimkommen ohnehin leicht ein Gefühl der Verlorenheit, besonders, wenn man nicht gewohnt ist, allein zu sein. Die Dinge begrüßen einen anders als die Menschen; was sie von einem fordern, ist bestenfalls Abstauben, dafür aber überschütten sie einen sofort mit Erinnerungen aller Art. Man geht umher und tut dieses und jenes, es war ja nicht immer so still hier, und dann setzt man sich hin und macht die Augen zu, weil man überhaupt nirgends mehr hinsehen kann, ohne daß es schmerzt. Ich setzte mich also hin und machte die Augen zu, und gleich fiel mir die Fremde wieder ein, und daß es doch gut wäre, mehr von ihr zu wissen, jede kleinste Einzelheit, ganz genau.

Es war jetzt fünf Uhr, und eigentlich hätte ich mir gern einen Tee gemacht. Ich ging aber zu der Dame unter mir, der Frau Hoesslin, und dann ging ich auch noch zu der Familie, die über mir wohnt. Ich erfuhr einiges, aber nicht sehr viel, und als ich wieder in meinem Zimmer war, versuchte ich mir vorzustellen, wie es gewesen war an jenem Mittag, Mitte Juni, das war jetzt zwei Monate her. Mittag und Mitte Juni und heiß, die Frauen alle auf der Treppe, herausgerufen von der lauten, fremdländischen Stimme, und Herr Frohwein, der Vertreter ist, gerade im Begriff wegzufahren, und irgendwo auf einem Treppenabsatz die Betrügerin, die sehr sicher auftritt und sich beinahe herausfordernd benimmt. Sie können es mir glauben, sagte sie, diese Frau Kaschnitz lebt nicht mehr, sie ist gestorben, so wahr ich hier stehe. Die Frauen schüttelten die Köpfe, und Herr Frohwein nimmt unwillkürlich den Hut ab. Alle sind betroffen, aber nicht ganz überzeugt. Da wir schon lange in diesem großen Mietshause leben, kennen mich alle Einwohner recht gut. Es sind sogar einige darunter, mit denen wir schon ganze Nächte im Keller gesessen und uns auf den Boden geworfen haben, wenn in der Nähe die Bomben fielen. Frau Hoesslin hatte mir die Post nachgeschickt, und ich hatte mich dafür von Zeit zu Zeit mit Ansichten der römischen Brunnen oder der Küste am Cap der Circe bedankt. Eine solche Postkarte, eben vom Cap der Circe, war vor wenigen Tagen eingetroffen. Ich hatte geschrieben, daß es mir gut gehe, und meine Tochter hatte einen Gruß hinzugefügt. Mein Tod war also unwahrscheinlich, aber unmöglich war er natürlich nicht. Es gibt den Sturm und den Sog und die Haifische, es gibt Unfälle und Herzschläge, und wie viele Leute gehen freiwillig aus der Welt. Grund genug also, bedenklich den Kopf zu schütteln, aber nicht Grund genug, den Schlüssel herzugeben, und das einer wildfremden Frau.

So wahr Sie hier stehen, sagte Frau Teichmann, das klingt

schön und gut, aber wer steht da? Wir kennen Sie nicht, wir haben Sie nie gesehen.

Mein Name tut nichts zur Sache, sagt die Frau hastig, ich bin ermächtigt, das genügt.

Und warum gerade Sie, fängt Frau Teichmann wieder an.

Weil, sagt die Fremde, und wirft das Haar zurück, die Frau Kaschnitz ganz allein gestanden ist, weil sie niemanden gehabt hat auf der Welt. Und nun werden die Frauen lebendig und fangen alle auf einmal zu reden an. Niemanden gehabt, das ist eine Unwahrheit, das ist lächerlich. Besuch ist gekommen, fast jeden Tag, Freunde und Verwandte, und wie oft hat das Telefon geklingelt, und der Briefkasten war immer voll bis oben hin. Das alles sagen sie mit großer Entschiedenheit, und es ist zum Verwundern, daß die Fremde sich noch immer nicht einschüchtern läßt. Ganz hoch aufgerichtet steht sie auf der Treppe und ruft laut, das stimmt nicht, ich weiß es besser, sie hat niemanden mehr gehabt, sie war ganz allein auf der Welt.

So weit war ich nun mit meiner Wiederherstellung der Szene, die Geschichte war noch nicht ganz zu Ende, aber bei dem letzten Satz blieb ich hängen, er ging mir im Kopf herum, und um ihn loszuwerden, lief ich durch die Wohnung und steckte bald im Westzimmer, bald im Ostzimmer, den Kopf zum Fenster heraus. Auf der Straße ging ein Polizist mit einem kleinen Mädchen an der Hand, in solchen Fällen, dachte ich, muß man die Polizei benachrichtigen, und eigentlich ist es gar nicht zu begreifen, daß das nicht sofort geschehen ist. Oder ist es geschehen? Nein, es ist nicht geschehen, der Herr Teichmann hat nur zu seiner Frau ganz leise etwas von der Polizei geredet, und daraufhin, oder gar nicht daraufhin, hat die Fremde ihre Zeitschrift in eine Mappe gesteckt und hat sich, aber keineswegs fluchtartig, entfernt. Ganz langsam, wie eine beleidigte Königin, ist sie die Treppe hinuntergegangen und hat niemanden mehr gegrüßt.

Ich muß die Frau suchen, dachte ich, wer Zeitschriften verkauft, ist auf der Straße oder in den Hauseingängen, und warum soll sie nicht wieder in unserer Gegend sein? Ich zog also meine Handschuhe an, eine Jacke brauchte ich nicht, es war immer noch heiß draußen, ein Sommer ohne Ende. Ich ging auf die Straße hinunter und wartete in verschiedenen

Hauseingängen und vor den Türen, und dann tat ich dasselbe in den Nebenstraßen und fragte auch in den Geschäften, die noch geöffnet hatten, nach der fremden Frau. Aber niemand hatte sie gesehen, auch früher nicht, und von Hausierern war nur noch ein Scherenschleifer unterwegs und einer mit einem Apfelkarren, den er aber schon mit der Plane bedeckt nach Hause fuhr. Es wurde nun auch bald dunkel, die Tage waren schon kürzer, die Nächte länger, worüber auch die heißeste Sonne nicht hinwegtäuschen kann. Ehe ich heimging, machte ich mich noch auf den Weg zum Polizeirevier, aber das war inzwischen verlegt worden, und ich war plötzlich sehr müde und hatte keine Lust mehr, weiterzugehen. Ich stellte mir auch vor, was für Ungelegenheiten die Polizei den Leuten in meinem Haus bereiten konnte, wahrscheinlich würde man ihnen sogar Vorwürfe machen. Sie würden verhört werden und sich in Widersprüche verwickeln. Hatte die Frau einen Hut aufgehabt, ja, nein, natürlich nicht, oder doch, vielleicht, und am Ende würden sie selbst wie Verbrecher dastehen, während sie doch ganz vernünftig gehandelt und den Schlüssel nicht hergegeben hatten. Daß sie nichts mit der Polizei zu tun haben wollten, geht ja auch schon daraus hervor, daß sie sie nicht damals schon angerufen hatten; so eine unheimliche Person war das gewesen, die kann ja auch wiederkommen und sich rächen, etwa ein Bündel Werg an die Kellertreppe legen und es anzünden, was ein Kinderspiel wäre, da leider unsere Haustür immer offensteht.

Ich ging also nicht aufs Revier, sondern nach Hause, und zu Hause kam mir dann ein Gedanke, und ich nahm mein Notizbuch vor, das eigentlich ein Kalender, aber einer mit viel Platz zum Schreiben neben jedem Datum ist. Es war mir plötzlich außerordentlich wichtig zu wissen, was mir geschehen war an diesem Tag Mitte Juni, aber warum mir das so wichtig war, wußte ich nicht.

Freitag, der dreizehnte, Sonnabend, der vierzehnte, Sonntag, der fünfzehnte Juni. Das Datum des Tages, an dem die Fremde ins Haus gekommen war, stand nicht fest. Es war wirklich zuviel verlangt von meinen Mitbewohnern, daß sie sich auch daran noch erinnern sollten. Eines Mittags, Mitte Juni, das hatten sie alle gesagt, und da fiel der Freitag weg, weil die Frau Hoesslin da im Taunus war, und der Samstag, weil am Samstag der Herr Frohwein nicht wegfuhr, und am Sonntag werden keine Zeitschriften verkauft. Am Montag hatte die Dame über mir ihre Putzfrau, und die wäre gewiß aus lauter Neugierde mit auf der Treppe gewesen. Es kam also nur der siebzehnte und der achtzehnte Juni in Betracht. Und unter dem siebzehnten und achtzehnten suchte ich nun in meinem Kalender nach. Ich tat das nicht etwa im Stehen über meine halb ausgepackten Koffer gebeugt. Ich setzte mich vielmehr an meinen Schreibtisch, nachdem ich die Vorhänge zugezogen hatte, und zündete die Stehlampe an, alles ganz feierlich, als sollte ich weiß Gott was für eine Entdeckung machen. Da war aber am achtzehnten gar nichts aufgezeichnet, und am siebzehnten sehr wenig, nämlich nur die Worte Trinken, Ertrinken, Orfeo, und die verstand ich nicht.

Ich habe mir oft überlegt, warum man gewisse Dinge nur verschlüsselt oder verschleiert niederzuschreiben wagt. Dinge, die man später vielleicht schonungslos preisgibt, die aber in diesem Augenblick noch nicht verwandelt, noch gefährlich sind. Daran dachte ich auch jetzt, gefährlich, Gefahr, Gefahrenfahne, kleines, rotes Stück Tuch, das flattert an einer Bambusstange über dem Strand, Sturm, Sog, Gefahr, geht nicht ins Wasser. Aber so war es doch gar nicht gewesen an jenem Mittag, Mitte Juni, plötzlich wußte ich es ganz genau. Tiefblauer Himmel, das Meer der bekannte Spiegel, in winzigen, kaum hörbaren Uferwellchen auslaufend, sengende Sonne, der Sand glühend heiß. Panische Stunde und Furchtbarkeit des Südens, und ich hinausschwimmend, zufällig ganz allein. Auf dem weißen Sand unter dem Sonnenschirm meine schwarzen Kleider, schwarze Strümpfe, schwarze Schuhe. Costanza und ihre Freundin und der Mago und der Ingenieur sind etwas trinken gegangen, die Bar steht ein paar Stufen höher, mit dem Rücken zum Wasser, der Musikkasten neben der Tanzfläche brüllt und schluchzt und schweigt. Die englischen Kinder werden zum Essen gerufen, wer sonst noch da ist, blinzelt in die Sonne und rührt sich nicht. Das Wasser ist an dieser Küste sehr flach, bis ich endlich richtig schwimmen kann, bin ich schon weit fort vom Ufer, unterscheide die Gesichter, die Gestalten nicht mehr. Ich lege mich auf den Rücken, das dicke Salzwasser trägt mich, ich brauche kein Glied zu rühren, verschränke die Arme unter dem Kopf.

Die Häuser sind ganz klein, darüber steigt der Wald auf, noch darüber die Felsen, das Haupt der Circe, im Schmerz zurückgebogen und versteint. Armselige Zauberin, denke ich, Nichtskönnerin, du hast den Odysseus nicht halten können mit all deinen Künsten, wer fort will, geht fort, auch wenn man ihm ewige Liebe verspricht, wer wandern muß, wandert, und wer sterben muß, stirbt. Dann denke ich nichts mehr, schwimme weiter, halte die Augen unter Wasser offen, sehe tief, tief unter mir das Wellenmuster im feinen Sand. Den Kopf herauszustrecken ist furchtbar, eine Einsamkeit sondergleichen, man sollte zurückschwimmen, sich anziehen, zum Essen gehen. Aber warum eigentlich, es ist doch alles verloren, du hast dich nicht halten lassen, Odysseus, fort, dein Schicksal erfüllen, fort nach Ithaka, und Ithaka ist der Tod. Ich bin keine Zauberin, nicht unsterblich, ich brauche nicht zu versteinern und gegen den Himmel zu stehen, ein schauriges Monument. Ich kann trinken, ertrinken, hinuntersinken in die Tiefe, hinaufsteigen in die Höhe, oben und unten sind dasselbe, oben und unten sind die seligen Geister, oben und unten bist du. Ein Unglücksfall, ein Herzschlag, niemand braucht sich Vorwürfe zu machen. Trinken, ertrinken, und das Wasser schäumt schon und braust schon, grauweiß, grünweiße Wirbel, und drückt auf die Brust. Noch ein wenig tiefer, es drückt mir die Brust ab, es schnürt mir die Kehle zu, aber wo kommt der Ton her, der Flötenton, Costanza nimmt ihre Flöte nicht mit zum Baden, der Sand würde sie verderben, und man würde sie auch gar nicht spielen hören, so weit vom Strand. Aber ich höre sie doch, eine Flötenstimme, die so gar nichts hat von Rokoko und Schäferpoesie, die einen ganz neuen Ton hat, einen starken und wilden Ton. Und keineswegs, soviel man auch denken kann in Sekunden, keineswegs denke ich jetzt, Costanza ist da, das Leben ist nicht sinnlos, ich bin nicht allein auf der Welt. Denn das weiß ich wohl, Kinder sind Kinder und gehen in ihre Zukunft, man kann sich an ihnen freuen und an ihnen ärgern und um sie zittern, aber helfen können sie einem nicht. Aber es ist doch diese geheimnisvolle Flötenstimme, dieser Ruf des Lebens, der mich übers Wasser reißt und über dem Wasser hält, keuchend, hustend, spuckend, auf dem Rücken liegend und ausruhend, und nun schon die ersten Armbewegungen dem Ufer zu. Am Ufer steht dann tatsächlich Costanza mit dem Badetuch in der Hand und sagt zornig, was schwimmst du so weit hinaus, weißt du nicht, daß es Haifische gibt? Wir packen zusammen und ich sage, vergiß deine Flöte nicht, und sie sieht mich verständnislos an. Das war um zwölf Uhr zwanzig, da hatte daheim die fremde Frau unser Haus schon verlassen, warum eigentlich, doch nicht aus Furcht vor der Polizei?

Das mußte ich noch wissen und stand vom Schreibtisch auf, mit blinden Augen und steifen Beinen, und ging hinaus und klingelte bei der Nachbarin, die schon zu Bett gegangen war und mir nur das Fensterchen aufmachte, das in der Wohnungstür ist.

Entschuldigen Sie, fragte ich durch das Fensterchen, ich habe nicht recht verstanden, warum die Frau, die mich totgesagt hat, schließlich fortgegangen ist, und ich wüßte es gern.

Denken Sie immer noch daran, sagte meine Nachbarin, ich habe Ihnen doch gesagt, wer totgesagt wird, lebt lange.

Ich wüßte es aber doch gern, sagte ich.

Habe ich das nicht erzählt, sagte Frau Hoesslin freundlich. Jemand hat von Ihrer Tochter gesprochen. Da hat sie es aufgegeben und ist fort.

Frau Hoesslin fror und gähnte, es war jetzt beinahe elf Uhr.

Haben Sie es auf der Polizei gemeldet? fragte sie.

Aber das hatte ich nicht getan, und ich würde es auch nicht mehr tun.

Am Ostersamstag gegen sechs Uhr nachmittags – jeden Augenblick konnten die Glocken, von denen es heißt, daß sie den Karfreitag in Rom zubringen, zurückkehren – gegen sechs Uhr also hörte die Marian, wie der Deserteur, ihr Mann, ihr Liebster, die Kellertreppe heraufkam. Sie nahm den Schlüssel aus ihrer Schürzentasche und schloß die Kellertür auf, aber als der Mann ins Zimmer treten wollte, legte sie beide Hände auf seine Brust und drängte ihn zurück.

Du kannst nicht heraufkommen, sagte sie, heute nicht, im Augenblick nicht.

Der Mann stand im Dunkeln, seine blauen Augen leuchteten zornig, seine Hände waren mit Blut verschmiert.

Was ist los? fragte er.

Es sind Leute im Wald, sagte die Marian. Sie stehen drüben am Abhang und schauen herüber. Die Kinder haben gepfiffen. Hast du es nicht gehört?

Ich habe es gehört, sagte der Mann. Aber ich halte es nicht aus da unten. Ich muß mir die Hände waschen. Meine Hände sind voll Blut.

Hast du das Lamm geschlachtet? fragte die Marian.

Ja, sagte der Mann. Er schob sie beiseite, ging zum Spülstein und ließ das Wasser rinnen.

Hat es geschrien, das Lamm? fragte die Marian.

Nein, sagte der Mann. Es hat nichts gemerkt.

Und die Kinder, fragte die Marian, haben sie auch nichts gemerkt?

Nein, sagte der Mann, er habe die Kinder ins Dorf geschickt, und vorher habe er ihnen Eier bemalt, schöne mit gelben Bergen darauf und blauen breiten Flüssen, eine Landschaft wie bei ihm daheim, was heißen sollte in Amerika, da lag viel Wasser dazwischen, und die Marian hatte das Land nie gesehen. Sie sollte jetzt die Eier bewundern, die lagen in einer Schüssel, mit einem Teller zugedeckt, und der Mann nahm den Teller weg. Aber die Marian schaute gar nicht hin, sondern zum Fenster hinaus.

Gleich, Jim, gleich, sagte sie und horchte auf den Wind, der doch hier alle Tage blies und manchmal ein Sturm war, als sei die Hölle losgelassen, der aber diesmal ganz sanft daherfuhr, mit lauter noch stummem Glockengeläut im Sack.

Was hast du, Marian? fragte der Mann.

Es ist nur wegen dem Franz, sagte die Marian. Er ist wieder mitgekommen bis zum Wald. Er hat auf mich eingeredet, daß ich ihn heiraten soll. Und wenn ich's nicht tue, soll ich sagen, warum nicht.

Der Mann schob die Schüssel mit den Eiern ärgerlich zurück.

Warum tust du es nicht, sagte er. Hättest das schönste Leben. Einen Mann, der sich sehen lassen kann. Keinen Strolch, keinen Waldläufer, der geht und kommt in der Nacht.

Red doch nicht so, sagte die Marian. Hilf mir die Wolle spannen. Keine hat es so gut wie ich. Einen Mann ganz für sich allein.

Sie stellte den Stickrahmen auf und nahm die Wolle und die Muster aus der Tasche, die Heimarbeit, die sie jede Woche aus der Strickfabrik holte.

Aber du, sagte sie.

Was mit ihm sei, wollte der Mann wissen.

Für ihn, sagte die Marian, während sie anfing, die blauen und roten Fäden zu spannen, sei es immer dasselbe. Dasselbe Stück Himmel, derselbe Waldrand und das Hochmoor zum Luftschöpfen in der Nacht.

Ist alles jeden Tag wieder anders, sagte der Mann unwirsch. Jeden Tag ein Stück weiter auf den Sommer oder den Winter zu. Die Buche hinterm Haus hat schon Knospen.

Aber es sei doch, antwortete die Frau, so etwas wie eine Gefangenschaft. Nie könne er mit einem Mann reden. Er habe keine Stimme in der Gemeinde und erführe nie etwas Neues.

Ich lese die Zeitung, sagte der Mann. Ich höre den Rundfunk. Ich weiß, wohin es treibt. Wenn das Neue kommt, springen die Füchse aus ihren Löchern.

Ich verstehe dich nicht, sagte die Marian und sah ihn ängstlich an. Es wurde jetzt schon dunkel, und vor dem Fenster hörte man die Stimmen der Kinder, denen die Marian beigebracht hatte zu sagen, daß niemand im Hause wohne als sie mit der Mutter, und die sie gelehrt hatte, auf kleinen Pfeifen zu blasen, sobald sich jemand dem einsamen Waldhaus näherte.

Es hat jemand, sagte die Marian, die Leute im Dorf drunten mißtrauisch gemacht. Sie sagen, es verstecke sich einer im Wald, und der habe dem Ratsschreiber die Hühner und der Frau Hauptlehrer die Wäsche von der Leine gestohlen. Es ist auch gewildert worden, und hinter der Sägemühle haben sie einen Mann erschlagen gefunden.

Das habe ich nicht getan, sagte der Mann zornig. Natürlich nicht, sagte die Marian. Aber es hat dich jemand nachts im Wald gesehen. Jetzt wollen sie die Polizei aus der Stadt holen, und die Polizei bringt ihre Hunde mit. Ich bitte dich, geh hinunter in den Keller und in den Stollen. Ich schließe die Tür zu.

Steht es so, sagte der Mann und starrte ihr ins Gesicht, dann will ich erst recht nicht hinuntergehen. Ich will mich zu dir setzen und warten, bis die Osternacht kommt. Du weißt, warum.

Warum? fragte die Marian und stellte den Strickrahmen weg, weil sie nichts mehr sehen konnte als den goldenen Streifen Abendhimmel, der im Fenster lag.

Du bist zerstreut, Marian, sagte der Mann. Hol den Leuchter, steck die Kerzen auf. Es kann nicht sein, daß du dich nicht erinnerst.

Ich erinnere mich, sagte die Marian gequält. Es war Ostern. Aber Ostern war später im Jahr.

Ja, sagte der Mann. Ein spätes Ostern, ein frühes Frühjahr. Der Flieder voll zarter Blättchen. Die Kastanien voll bleicher Händchen, ins nasse Blaue gestreckt.

Die Marian hatte den Leuchter auf den Tisch gestellt und setzte sich nun hin und legte die Hände in den Schoß. Sie dachte an das Frühjahr damals und sah die Dorfkinder mit ihren Kreiseln und Peitschen auf der Straße vor dem Rathaus spielen. Sie sah auch die Schafherde mit vielen kaum geborenen Lämmchen, weißen Flecken im grauen, wogenden Gewölle, das Tal herabziehen. Sie sah Leberblümchen und Lungenkraut und blaue Lachen auf den Feldwegen, rasch aufgesogen von der Sonne, die funkelte und stach.

Auf den Straßen, sagte der Mann, war eine große Unruhe.

Wir hatten erst vor kurzem Quartier bezogen und sollten schon wieder fort. Die Sirenen schrien. Befehle wurden gegeben. Es war ein Gerenne von Haus zu Haus.

Ja, dachte die Marian und sah den Mann an, der damals bei ihr im Quartier gelegen hatte, den jungen, fremden Soldaten, dem hatte sie die Socken gewaschen und den Rucksack gepackt. Zum Abschied hatte sie ihm Wein eingeschenkt, und er hatte ihr Brot gegeben, und sie hatten zusammen gegessen und getrunken und sich auf die Lippen gebissen vor Staunen und Schmerz. Die Glocken haben geläutet, sagte sie. Du bist fortgegangen und hast gewinkt.

Komm wieder, hast du gerufen, sagte der Mann, und hast geweint und gelacht. Und ich bin wirklich wiedergekommen, in der Nacht.

Hier am Fenster, sagte die Marian, haben wir gestanden, während sie drunten abgezogen sind. Wir haben die schweren Motoren der Lastwagen gehört und die Räder der Panzer.

Ich habe, sagte der Mann, versucht, die abgeblendeten Lichter zu erkennen. Ich habe auf die Stimmen meiner Kameraden gehorcht. Aber du hast meinen Kopf an deiner Schulter versteckt.

Die Marian richtete sich auf, weil sie in diesem Augenblick wieder den Ton einer kleinen Trillerpfeife hörte. Es kam ihr auch vor, als hätten weiter unten im Tal fremde Hunde gebellt. Sie stand rasch auf, stellte sich hinter ihren Mann und drückte seinen Kopf gegen ihren Schoß.

Tu es wieder, sagte sie verzweifelt. Versteck deinen Kopf. Mach die Augen zu. Und damit versuchte sie, ihre Hände wie eine Binde über die Augen ihres Mannes zu legen. Aber der Mann griff nach ihren Händen, zog sie herunter und hielt sie fest.

Es geht nicht mehr, Marian, sagte er. Es hat alles seine Zeit, das Verstecken und das Herauskommen. Das Schweigen und das Reden.

Was willst du reden, Jim? fragte die Marian erschreckt.

Ich will, sagte der Mann, aussagen vor Gericht. Ich will sagen, warum ich hier unter der Erde hocke und was ich getan habe all die Jahre lang. Sie werden dir nicht glauben, sagte die Marian. Sie werden meinen, daß du ein Sonderling geworden bist. Sie werden sagen, daß einer, der sieben Jahre lang im Berg hockt, den Verstand verlieren muß.

Sie holte die Streichhölzer vom Herd und zündete die Kerzen am Osterleuchter an, und in dem Licht der Kerzen erschien ihr das Gesicht ihres Mannes so unheimlich, daß sie sich fragte, ob er nicht wirklich den Verstand verloren habe. Aber in diesem Augenblick fing der Mann ganz lustig zu lachen an. Er stand auf und rückte den Tisch zurecht und forderte sie auf, sich hinter den Tisch zu setzen.

Ich werde, sagte er, mit Verstand antworten, mit Vernunft erzählen und mich mit List verteidigen. Paß auf, ich mach es dir vor. Du bist der Richter.

Das kann ich nicht, sagte Marian unruhig und zog die Vorhänge zu. Sie hörte jetzt ganz deutlich, daß Leute mit Hunden das enge Tal heraufkamen, und sie dachte an die Kinder, die nicht wagten, ihre Wachtposten zu verlassen, und die gewiß nicht verstanden, warum der Vater nicht in den Keller ging und von dort in das alte Silberbergwerk, wo er sicher war.

Dann bin ich selbst der Richter, sagte der Mann. Ich bin der Richter und der Angeklagte und der Büttel. Herein, rufe ich, herein mit dem Angeklagten Jim Croyden. Und jetzt komme ich herein und setze mich auf die Anklagebank.

Laß das, Jim, flehte die Frau. Du hast keine Zeit zu verlieren.

Jetzt, sagte Jim, bin ich der Richter. Siehst du meinen Talar und mein Barett? Ich sitze hoch oben und habe eine Glocke vor mir stehen. Bim, bim, macht die Glocke. Ihren Namen, frage ich, und der Angeklagte nennt seinen Namen. Ihren Beruf, frage ich. Der Angeklagte sagt, Schriftsteller, und ich sage, aha. Dann klingle ich noch einmal mit der Glocke, bim, bim. Warum, frage ich, warum haben Sie, Angeklagter, sich im letzten Frühjahr unseres glorreichen Krieges von Ihrer Truppe entfernt?

Der Mann saß auf dem Tisch, seine Augen hatten einen Ausdruck von Besessenheit, und seine Stimme klang unnatürlich und fremd.

Jetzt sei du das Publikum, flüsterte er und packte Marian grob an der Schulter. Sei das Publikum und rufe pfui!

Aber die Marian entwand sich seinem Griff. Ich will nicht, Jim, sagte sie weinend. Ich will niemand sein. Ich bin deine Frau.

Dann hör wenigstens zu, sagte der Mann böse. Sieh zu. Vielleicht darfst du auch zusehen, wenn sie mich auf den elektrischen Stuhl setzen. Es gibt ein Fensterchen in der Tür.

Jim, sagte Marian empört.

Wir wollen fortfahren, sagte Jim und setzte sich wieder auf dem Tisch zurecht. Antworten Sie gefälligst, sagt der Herr Richter. Warum haben Sie sich von Ihrer Truppe entfernt und sich bei einem Mädchen namens Marian versteckt?

Aus Liebe, sage ich.

Unsinn, sagt der Herr Richter. Aus Feigheit.

Auch, sage ich. Auch aus Feigheit.

Also doch, sagt der Herr Richter. Sie wollten nicht sterben.

Der Mann saß auf dem Tisch und bewegte die Arme, und die Marian dachte, daß jetzt gleich die Kinder hereinkommen würden und dann die Leute, die aus der Stadt gekommen waren, die Polizisten in Uniform. Sie dachte auch, daß man wenigstens die Kerzen ausblasen sollte, weil sie sich schon vorstellen konnte, wie der Schatten ihres Mannes auf dem Vorhang tanzte und wie jeder ihn sehen konnte von weit her. Aber sie blies die Kerzen nicht aus und tat überhaupt nichts, hockte nur auf der Küchenbank und starrte ihrem Mann ins Gesicht.

Sie wollten nicht sterben, sagt der Herr Richter, fuhr der Mann fort. Und ich sage, ich wollte nicht töten, und dann sage ich, Herr Richter, ich habe damals einen Traum gehabt.

Was für einen Traum? fragt der Richter unwillig.

Ich habe, sage ich, im Traum an meinem Maschinengewehr gestanden und mir gegenüber die ganze feindliche Armee. Alle Soldaten sind nebeneinander auf dem Hügelkamm gestanden, ganz ohne Deckung, lauter schwarze Männchen vor der roten Sonne, und keiner hat sich gerührt.

Hahaha, sagt der Richter. Das könnte Ihnen so passen, Mann.

Nein, sage ich, Herr Richter, das paßte mir nicht. Denn nun habe ich geschossen, und alle Soldaten sind umgefallen. Jeder aber, der umgefallen war, ist wieder aufgestanden und durch mich hindurchgegangen, und jeder hat etwas in mir zurückgelassen, sein Stück Leben und sein Stück Tod.

Faseln Sie mir nichts vor, sagt der Richter. Sie haben einfach Angst gehabt.

Jajaja, sage ich. Ich habe Angst gehabt, wie sie wieder Angst haben werden in einem neuen Krieg. Sie werden ihre Angst überwinden und nichts gewinnen. Oder weglaufen und nichts gewinnen.

Aha, sagt der Richter. Sie geben also zu, daß Sie nichts gewonnen haben bei Ihrer Fahnenflucht, und ich sage, ja, ich gebe es zu. Denn ich habe Kinder gezeugt, die wieder töten müssen.

Sie bereuen also Ihre Tat, sagt der Richter, und ich sage, nein, ich bereue sie nicht. Denn ich habe meinen Kindern gezeigt, wie die Stare ihren ersten Flug wagen und wie das Schneeglöckchen mit seiner zarten Blüte das harte Erdreich durchdringt, um ans Licht zu gelangen. Ich habe ihnen erzählt, wie viele Forscher ihr Leben aufs Spiel gesetzt haben, um die Menschen gesünder und glücklicher zu machen, und wie einer namens Odysseus auf dem Meer unzählige Abenteuer bestanden hat, um nach Hause zu kommen. Ich habe sieben Jahre lang gelebt und Liebe gegeben und Liebe empfangen. Alle geliebte Liebe ist nicht verloren in der Welt.

Nach diesen Worten, die der Mann laut und fast begeistert ausgesprochen hatte, fiel er in sich zusammen und schlug die Hände vor das Gesicht.

Sprich nicht mehr, sagte Marian und legte ihre Arme um seinen Hals. Der Mann räusperte sich und griff nach einer Zigarette, die er am Osterleuchter anzündete, und als er wieder zu reden begann, hatte er seine alte nüchterne Stimme und sein altes jungenhaftes Gesicht.

Wir haben eine wunderliche Ehe geführt, sagte er. Aber vielleicht war sie nicht wunderlicher als andere Ehen auch. In jeder Ehe versucht man, miteinander allein zu sein und sich zu verstecken vor der Welt. Man versucht, seinen Kindern etwas mitzugeben, das Beste, was man hat. Und eines Tages steht die Welt vor der Tür und schreit, Hände hoch, und schreit, kommt heraus, mit den Händen über dem Kopf. Und dann geht man hinaus, die Hände über dem Kopf.

Es ist doch, sagte Marian, alles nur ein schreckliches Mißverständnis. Du hast die Wäsche nicht gestohlen und erst recht keinen umgebracht. Was du getan hast, wäre bald verjährt gewesen, und dann hätten wir in deine Heimat reisen können, glücklich und frei.

Sie fing an zu weinen, und der Mann drehte sich nach ihr um und wischte ihr mit den Fingern die Tränen vom Gesicht.

Wir sind immer unterwegs, sagte er freundlich. Jede Knospe ist eine Station, und jedes braune Herbstblatt ist eine Station. Was aber das andere anbetrifft, so ist alles nur ein Mißverständnis, aller Haß und alles Elend auf der Welt.

Wir haben uns verstanden, sagte Marian schluchzend.

Ja, sagte der Mann, und das ist schon viel. Das bleibt auch, wenn die, die sich liebhaben, getrennt werden und hinausgestoßen in etwas, das ihnen vorkommen muß wie die ewige Nacht. Es bleibt übrig und zieht durch die Luft wie die feinen Samen, die an ihren Fallschirmen durch die Schatten des Waldes herabsinken, von der Sonne beglänzt.

In diesem Augenblick begannen draußen die Kinder gellend zu pfeifen, und nun hörte man auch Schritte auf dem steinigen Weg, und Stimmen und das Keuchen von großen Hunden, die an der Leine geführt werden und die an ihren Leinen zerren.

Geh, versteck dich, flüsterte die Marian entsetzt. Aber der Mann sprang vom Tisch, und ohne sie zu küssen oder noch einmal anzusehen, ging er mit großen Schritten auf die Tür zu. Er riß sie auf, und in diesem Augenblick begannen die Vorhänge zu wehen und die Kerzen zu flackern, und Licht und Schatten tanzten durch die Küche. Marian sprang auf und wollte ihrem Mann nachlaufen. Aber da hob Jim, der in der Tür stand, schon die Hände über den Kopf. Die Hunde bellten, und im Dorf drunten läuteten die eben aus Rom zurückgekehrten Glocken das Osterfest ein.

execution

Mit dieser Hinrichtung sollte ein Exempel statuiert werden. Darum sind alle polnischen Gefangenen der Umgegend auf den Richtplatz kommandiert. Vom frühen Morgen an sind sie im Anmarsch, kleine Trupps, die von ihren Wachmännern begleitet werden. Sie sehen schon von weitem, daß der Hügel über dem Dorf mit Militär besetzt ist und daß große, schwarze Autos mit Standarten aufgefahren sind. Also glauben sie nichts anderes, als daß dort eine Massenerschießung vorbereitet wird, der sie alle zum Opfer fallen werden. Aber dann werden nur zwei von diesen Leuten bestimmt, einen Landsmann vom Leben zum Tode zu bringen. Die andern sollen nachher, wenn alles vorüber ist, an dem Toten vorbeigehen, einer nach dem andern, den Blick erhoben. Inzwischen stehen sie in einem großen Halbkreis zwischen den noch unbelaubten Bäumen des Waldrands, frieren und wenden einander flüsternd die bleichen Gesichter zu.

execution

Weil ein Exempel statuiert werden soll, können der Zuschauer nicht genug sein. Man hat darum die Beteiligung des Dorfes verlangt, zumal der halbwüchsigen Jugend, der auf solche Weise die Heiligkeit der Rassengesetze vor Augen geführt werden soll. Aber die Bauern sind mit dieser Maßnahme nicht einverstanden. Sie haben ihre Kinder ins Holz geschickt, zu Bett gelegt oder in den Kuhstall eingeschlossen. Es ist kein einziges Kind auf der Höhe am Wald. Von Erwachsenen sind nur die da, welche eine direkte Aufforderung erhalten haben: der Bürgermeister, der Ratsschreiber, der Gendarm. Die Bauersfrau, welche die Anzeige erstattet hat, der Bergarbeiter Gruber, gebürtig aus Bochum und hier zugewandert im vergangenen Jahr, und seine Frau, Martha, geborene Pzycholl, aus Ostpreußen, welche die Geliebte des Verurteilten war.

Diese Personen stehen in einem Grüppchen zusammen. Sie wünschen sich meilenweit fort, aber sie sind von dem höflichen Polizeileutnant dorthin gestellt worden und wagen nicht, sich zu rühren. Sie stehen auf der Straße, gerade dort, wo diese sich in den Wald verliert. Zwischen ihnen und der Stelle, wo man den Galgen aufgerichtet hat, befinden sich einige dicke Baumstämme, außerdem ist es etwas dunstig, so daß sie später nicht genau alle Einzelheiten des Vorgangs verfolgen können. Und darüber sind sie alle sehr froh.

Martha Gruber, welche die Geliebte des Polen war, knöpft sich ihre schwarzen Stoffhandschuhe auf und wieder zu. Sie hat ihr dunkelblaues Jackenkleid an, Konfektion, vor dem Kriege gekauft, aber noch gut erhalten, und einen kleinen Hut, der altmodisch ist, der aber von den Kirchgangshüten der Bäuerinnen absticht wie ein Modell aus Paris. Ihr Gesicht ist naß von Tränen, aber diese Tränen haben mit ihrem augenblicklichen Seelenzustand nicht viel zu tun. Sie weint aus Schicklichkeit, nicht aus Verzweiflung. Vor einigen Minuten hat sie den Polen Stanislaus ganz aus der Nähe gesehen, zum ersten Mal seit vielen Monaten, seit dem Tage, an dem sie zusammen in den Weinberg gegangen sind. Der Stanislaus von damals war jung, stark und schön. Der von heute ist abgezehrt, finster und bleich und tut, als habe er sie nie gesehen. Er ist ein Fremder, und um einen Fremden verzweifelt man nicht.

Martha Gruber ist vierzig Jahre alt, stattlich und gesund. Vor einem Jahr ist sie mit ihrem Mann in das Dorf gekommen, damals, als man anfing, den großen Stollen in den Weinberg zu treiben und das kümmerliche Eisenerz auszubeuten, das die rötliche Erde enthält. Seit ihrer Heirat hat Martha Gruber immer in der Stadt gelebt, und dieses Tal hat sie vom ersten Tage an gehaßt. Sie fürchtet die Berge, die über dem Dorfe aufsteigen wie eine Welle, die sich überschlagen will und alles Leben unter sich zu begraben droht. Sie haßt die düster glühenden Abendhimmel und den Westwind, der beständig klagend das Tal durchzieht. Sie schilt auf die lehmigen, grundlosen Wege und die elende Dorfstraße, an der es kein Kino und keine Kaffeehäuser gibt. Sie verachtet die Menschen, die hier wohnen und die in ihren Augen so reich und so freudlos, so hinterhältig und verschlagen sind.

Martha Gruber wirft einen Blick auf die Nachbarin, die Angeberin, das feige Luder, das Aas. So kümmerlich steht sie da mit ihrem Blähhals, ihrem vorgestreckten Leib, über dem die Finger den Rosenkranz klappernd bewegen. Vor einigen

Wochen noch hätte Frau Gruber die Nachbarin erwürgen mögen vor Zorn. Aber jetzt genügt es ihr, festzustellen, daß ihre Feindin vor Angst zittert, daß ihre Nase rot ist und daß sie in Bälde alle ihre Zähne verlieren wird.

Unter den Soldaten entsteht eine Bewegung. Es wird etwas herbeigetragen, ein Brett, eine Leiter oder dergleichen. Frau Gruber schrickt jetzt doch zusammen. Sie kann den Stanislaus nicht mehr sehen, sie will ihn auch nicht mehr sehen, es ist ein Glück, daß sie kurzsichtig ist und eigentlich nichts wahrnimmt als die Uniformen der Soldaten und die Uniformen der Gefangenen, die feuchten Buchenstämme und den hellen Märzhimmel über dem Wald. Auch sie wird für den Stanislaus beten, aber nicht jetzt, nicht hier. Sie wird ihn vor sich sehen, wie sie ihm zum ersten Mal begegnet ist, die Sense auf der Schulter, Sonne und Schweiß auf dem schönen, jungen Gesicht. Er wird ihr am Küchentisch gegenüber sitzen, so nah, daß sich ihre Knie berühren und wird sie mit den Blicken verschlingen, während das Radio seine Siegesnachrichten und seine zackigen Märsche ertönen läßt.

Die Frau stößt einen kleinen, hastigen Seufzer aus. Ihr Mann steht neben ihr, groß, ein Riese fast an Gestalt, aber mit krummem Rücken, hängenden Armen und einem ängstlichen, hungrigen Blick. Er ist nicht kurzsichtig, er sieht sehr wohl, daß alles vorbereitet ist, der Strick durch den Haken gezogen, die Leiter an einen Baum gelehnt. Er starrt dorthin, aber er spürt die Nähe seiner Frau, und etwas in ihm zieht sich zusammen wie ein verletzliches Tier. Er ist alt und schäbig, seine Frau ist gut erhalten, lebfrisch und voll von Kraft. Trotzdem kann er sie nicht mehr ertragen, schon seit geraumer Zeit. Er geht seine eigenen Wege und weiß, daß es dunkle und gefährliche Wege sind.

Sie warten auf etwas, sagt der Bergarbeiter, nur um das Schweigen zu brechen, in dem man so friert und sich so elend fühlt. Niemand antwortet, aber von weither, aus der Tiefe des Waldes, erhebt sich ein dumpfes Summen, das Geräusch eines starken Wagens, der rasch näherkommt.

Gleich geschieht es, denkt die Nachbarin, und ihre Lippen bewegen sich so heftig, daß sie beständig schmatzende Töne von sich geben. Heilige Maria, Mutter Gottes, bitt' für uns. Die Bergarbeiterfrau steht jetzt gerade vor ihr, und die Nachbarin sieht ihre krausen Haare unter dem kleinen, schiefen Hut. Sie ist schuld, denkt die Nachbarin. Sie hat ihr Vergnügen haben müssen, wie ein Mädchen, wie eine junge Frau. Sie ist in die Stadt gefahren und hat sich Dauerwellen machen lassen. Sie hat am hellen, lichten Tage vor ihrem Haus gesessen, die Hände im Schoß. Die du gebenedeiet bist unter den Weibern … Die Nachbarin ist so mit ihren Gedanken beschäftigt, daß ihr Mund alleine redet, und diese Worte plötzlich ganz laut und deutlich aus ihrem Mund.

Der Bürgermeister fährt zusammen und sieht sich schnell nach allen Seiten um. Sei doch still, sagt er ärgerlich. Er sagt der Nachbarin Du, alle im Dorf sagen einander Du, alle sind auf irgendeine Weise verwandt. Es ist unnötig, daß hier laut gebetet wird, und gerade dort, wo er steht. Er ist vor einem Jahr aus der Kirche ausgetreten, obwohl er im Grunde weder die Kraft noch die Selbständigkeit besitzt, um ein Freidenker zu sein. Aber er hat sich die Denkweise und die Ausdrucksweise der Partei zu eigen gemacht, und wenn er sich ein paar ihrer Schlagworte ins Gedächtnis zurückruft, fühlt er sich zugleich gehoben und gestärkt.

So hör' doch auf, sagt er wieder, da er sieht, daß die blutleeren Lippen sich aufs neue zu bewegen beginnen. Er hat einen Zorn auf die Ida, das Geschwisterkind, seit jenem Abend im Herbst, an dem sie zu ihm gekommen ist, um ihm zu erzählen, daß im Dorf Rassenschande getrieben wird. Seit dem Abend, an dem er den Telefonhörer abgenommen und damit den Stein ins Rollen gebracht hat, der jetzt einen Menschen erschlägt.

Zurücktreten, ruft der Offizier mit gedämpfter Stimme. Er gehört zur Politischen Polizei und tut eigentlich nichts anderes als Menschen um ihrer Geburt oder ihrer Überzeugung willen ins Jenseits zu befördern. Aber er hat die angenehmen Manieren der Angestellten von Beerdigungsinstituten, und seine Untergebenen schätzen ihn sehr.

Das Auto braust um die Ecke und hält mit einem Ruck. Der Bürgermeister, der auch Ortsgruppenleiter und Bauernführer ist, nimmt stramme Haltung an. Er ist in der letzten Zeit ziemlich dick geworden, und seine braune Uniform spannt. Er steht eine Weile mit durchgedrückten Knien und stierem Blick. Dann wird er an das Auto gerufen und erstattet Bericht.

Martha Gruber hört ihn reden und versteht kein Wort. Es ist

ihr unmöglich, die Geschehnisse von damals mit denen von heute in einen Zusammenhang zu bringen. Sie denkt an den Abend, an dem ihr Mann den Stanislaus zum ersten Mal mitgebracht hat. Er ist dann verschwunden und sie ist mit dem Polen sitzen geblieben. Sie hat mit ihm geredet in der Sprache ihrer Kindheit, dem Wasserpolackisch, das er ganz gut versteht. Sie haben geredet und gelacht. Er hat den Geruch der Kindheit mit sich gebracht, die Weite des Ostens, den hellen Glanz der Feste, den Schellenklang der Schlitten und die weißen Staubfahnen der Straßen im heißen August. Sie hat nichts getan, um ihn an sich zu ziehen. Er war plötzlich da, wie eine Erinnerung, wie ein lang vergessenes Wort. Weil sie damals jung war, hat sie geglaubt, auch jetzt seines Alters zu sein. Sie haben sich angesehen in dem dumpfen Begehren, einen Augenblick lang entbunden zu werden von der Last der fremden Landschaft, von der Unwiderruflichkeit ihres Geschicks ...

Er ist nicht derselbe, denkt die Frau. Das Ganze kommt ihr vor wie im Film, der abrollt, ein Stück der grausigen Kriegswochenschauen, mit denen man nicht das geringste zu tun hat. Der Film rollt weiter, der Bürgermeister tritt zurück, und die Herren, die mit dem Auto gekommen sind, gehen in den Wald hinein.

Die Ida betet nicht mehr. Es ist nicht meine Schuld, sagt sie plötzlich, und alle sehen sie verächtlich an. Sie wagt nicht weiterzureden. Aber sie denkt, ich habe nicht gewollt, daß ein Mensch stirbt. Ich habe der Frau Gruber einen Denkzettel geben wollen, daß sie schaffen muß wie wir. Ida fängt an zu weinen und findet darin eine gewisse Erleichterung. Sie weiß nicht, daß vor nicht allzu langer Zeit in diesem Tal noch eine Frau, die nicht altern wollte, als Hexe ersäuft worden ist, im Mühlbach, einen Stein um den Hals.

Im Wald drin beginnt jetzt jemand zu reden und etwas vorzulesen. Er spricht sehr laut, aber niemand auf der Straße kann seinen Worten folgen, weil der Bergarbeiter einen Hustenanfall bekommt, über den er nicht Herr werden kann. Er hustet stoßweise und krampfhaft und seine Augen nehmen einen glasigen Ausdruck an. Er hat sich erkältet, als er gestern unter dem zugigen Schuppen der Ziegelei der zwölfjährigen Anne aus der Sägemühle mit seinen groben Händen über die kleinen Brüste und die mageren Hüften gestrichen und ihr seinen warmen Atem ins Gesicht geblasen hat. So etwas muß er immer wieder tun seit dem vergangenen Jahr. Darum will er nicht, daß seine Frau ihn begleitet, darum muß er sie ablenken und beschäftigen. Er will nicht, aber er muß. Andere Männer in seinem Alter nehmen die Beschäftigungen ihrer Knabenjahre wieder auf, legen Obstkerne in den Boden oder kleben Briefmarken ein. Auch er nimmt die Beschäftigung seiner Knabenjahre auf. Nur, daß er niemals Steine gesammelt und Briefmarken eingeklebt hat, sondern den kleinen Mädchen nachgeschlichen ist, lüstern und stumm.

Der Bürgermeister versucht dem Gruber auf den Rücken zu klopfen, weil er glaubt, daß dieser sich verschluckt hat. Das Husten ist ihm nicht unangenehm, dabei vergeht die Zeit, diese schauerlichen Minuten, bis alles vorüber ist. Bald werden sie alle nach Hause wandern. Heute werden die Leute im Dorf noch erregt sein, aber morgen werden sie schon anfangen zu vergessen. Der Bürgermeister klopft auf den runden Rücken des Bergarbeiters, als wolle er ihn verprügeln. Er bemerkt plötzlich, daß er selbst friert und daß seine Zähne aneinanderschlagen wie Ziegel im Sturm.

Die Hinrichtung findet im Jahre 1942 statt. Der Bürgermeister hat noch keinen Grund, an dem Sieg Deutschlands zu zweifeln oder die Rache der Polen zu fürchten. Was ihn bedroht, ist ein Phantom, das auf geheimnisvolle Weise aufsteigt aus dem Gewissen seiner Kindheit und der Meinung jener Menschen, die er verachtet und bekämpft. Das Phantom ist schuld, daß er in all seinem Glanz und seiner Glorie manchmal umherschleicht wie ein geprügelter Hund. Das Phantom ist schuld, daß er das Leben und Sterben des Polen Stanislaus mit dem Leben und Sterben seines eigenen, einzigen Sohnes in einen wahnwitzigen Zusammenhang bringt.

Der Bürgermeister starrt mit hervorquellenden Augen auf das, was sich jetzt im Walde begibt. Es ist alles bereit. Die Gefangenen stehen in einem Halbkreis, die Soldaten ihnen gegenüber. In der Mitte befindet sich der Galgen, der übrigens nur aus einem an zwei Baumstämmen angenagelten Querholz besteht. An einem der Bäume lehnt die Leiter, die von Gefangenen gehalten wird. Zwischen zwei Soldaten geht jetzt der junge Pole über die Lichtung, festen Schrittes und mit erhobenem Gesicht.

Niemand kann die Schritte des Verurteilten hören, weil der Westwind weht und weil der Waldboden feucht und moosig ist. Aber dem Bürgermeister schlagen diese Schritte wie Hämmer ans Herz.

Jetzt, jetzt, jetzt, denkt er. Jetzt muß draußen in Rußland mein Sohn sterben. Es ist eine verrückte, kindische Idee. Es ist eine berauschende Idee für einen, der ein gewisses Bild im Innern trägt, ein gigantisches und verworrenes Bild von Millionen von marschierenden Stiefeln, leuchtenden Fahnen und emporgereckten Armen, von der aufzuckenden Flut des Lebens, die das heilige Opfer verschlingt.

Von der kleinen Gruppe auf der Straße ist der Bürgermeister der einzige, der zusieht, wie der Pole Stanislaus vom Leben zum Tode kommt. Dem dicken Ratsschreiber sind die Brillengläser angelaufen, der Bergarbeiter hat die Augen voll Hustentränen, die Nachbarin kämpft mit einer Übelkeit und hält das Taschentuch vor das Gesicht. Von der Frau, die einmal die Geliebte des Polen war, wäre es wohl gut zu erzählen, daß sie im letzten Augenblick aufgeschrien hätte vor Erbarmen, Reue und Schmerz. Aber sie schreit nicht. Sie steht mit geschlossenen Augen und lächelt ihrem jungen Geliebten zu.

Und dann ist wirklich alles vorüber. Die Polen gehen an dem Galgen vorbei, langsam, stolpernd und stumm. Einer nach dem andern schaut zu dem Toten hinauf, wie es befohlen ist. Viele von ihnen sind von Rachegedanken erfüllt, und einige murmeln etwas wie Gott sei seiner armen Seele gnädig. Niemand denkt an die Verwerflichkeit der Rassenschande, aber alle spüren plötzlich, daß die Märzluft warm und herrlich das Tal durchflutet und daß sie Männer sind mit Blut in den Adern und Wind um die Stirn.

Ich habe es nicht gewollt, denkt der Bergarbeiter, als die vielen Füße sich in Bewegung setzen, die Autos anfahren und die Stimmen sich erheben. Er seufzt und beginnt hinter seiner Frau herzutrotten, die ihr Hütchen zurechtgerückt hat und sich nun anschickt, durch das Dorf zu gehen, voller Trotz und Haß auf die Leute, die sie aus den Fenstern anschauen wie ein böses, giftiges Tier.

Ich habe das nicht gewollt, sagt der Bürgermeister zum Ratsschreiber, mit dem er die abschüssige Straße hinuntergeht. Er sagt es mit lauter Stimme, er will, daß es gehört und weitergegeben wird. Es soll so etwas sein wie eine Rückversicherung, ein kleiner Versuch auch, dem Schicksal das Leben seines Sohnes abzuhandeln, von dem keine Nachricht da ist, und der doch in Wahrheit schon seit vierzehn Tagen tot in den schlammigen Fluten der Pripjetsümpfe liegt.

Im ganzen Dorf rauchen die Kamine, überall wird zu Mittag gegessen, geredet und gemurrt. Oben im Wald liegt der junge Pole in seinem eilig zugeschütteten Grab, schwarze, lockere Walderde auf dem schönen, verzerrten Gesicht. Er hat zweiundzwanzig Jahre lang gelebt, drei davon in dem Dorf, in dem er jetzt aufgehängt worden ist. Er hat bei einem Bauern gearbeitet und hat mit ihm am Tisch gesessen, obwohl es verboten war, die Gefangenen mitessen zu lassen. Er hat der Frau des Bauern geholfen und hat den Kindern zu Weihnachten Spielzeug geschnitzt, wunderbar blaue und grüne Pfauen, die aus einem Trog picken, und bunte Fische, die sich wie Schlangen bewegen.

Seine Heimat war ein kleiner Ort in der Nähe von Krakau in Polen. Ich habe mir erzählen lassen, daß es dort eine lange, breite Dorfstraße mit Wassergräben zu beiden Seiten, weißgetünchte Häuser und einen hölzernen Glockenturm gibt, daß der Fluß, tief eingeschnitten, vorbeiströmt und daß in seiner bewaldeten Schlucht im Frühjahr Maiglöckchen und im Herbst Pilze wachsen. Daß in den Bauernstuben gemauerte und getünchte, riesige Öfen stehen, daß Heiligenbilder an den Wänden hängen und daß die großen Hochzeitsbetten mit buntgestickten Kissen und Decken hoch aufgetürmt sind. Aber ob die Augen des jungen Stanislaus in seiner letzten Stunde von diesen Bildern erfüllt waren, vermag ich nicht zu sagen. Nicht anders als der Sohn des Bürgermeisters war er die Hoffnung seiner Eltern, der Stolz seiner Lehrer und die Freude der Mädchen im Dorf. Er war ein Korn aus den goldenen Ähren, zerrieben von den furchtbaren Mahlsteinen der Zeit. Und alles können wir ahnen, nur die Gedanken der Sterbenden nicht.

DER STROHHALM

Kurz vor zwölf Uhr mittags habe ich den Brief gefunden. Ich habe ihn wirklich gefunden, nicht danach gesucht, ihn nicht beim Anzugbürsten aus der Tasche geholt. Er hat aus einem Buch hervorgeschaut, und das Buch hat nicht auf Felix' Nachttisch gelegen, sondern auf dem Tisch im Wohnzimmer, auf dem immer die Zeitungen liegen und der jedermann zugänglich ist. Ich habe auch nicht den ganzen Brief gelesen, sondern nur die ersten paar Worte: So große Sehnsucht hab' ich nach Dir, geliebtes Herz. Diese Worte habe ich zuerst gar nicht verstanden, ich habe überhaupt nur die Schrift ansehen wollen, eine freie Schrift mit großen, schönen Unterlängen und manchmal Abständen zwischen den Buchstaben, kontaktscheu bedeutet das, habe ich gedacht, und dann habe ich überhaupt erst begriffen, was da stand, und ich habe lachen müssen, obwohl es natürlich gar nichts zu lachen gab. Auf den Gedanken, daß der Brief an den Felix gerichtet sein könnte, bin ich erst nach einigen Augenblicken gekommen. Ich habe danach nicht weitergelesen, nur noch bis zum Ende der Seite, lauter zärtliche Worte, und dann habe ich den Brief zurückgelegt und das Buch wieder zugemacht. Ich bin in die Küche gegangen und habe gedacht, da muß doch etwas gewesen sein, das schreibt man doch nicht so von ungefähr. Ich habe angefangen, die Vorbereitungen für das Mittagessen zu treffen, Schürze vorbinden, Fett in die Pfanne, Zwiebelschneidemaschine, rundes Glashäuschen, das stampft und dreht sich, man braucht die Zwiebeln gar nicht mehr anzufassen, man vergießt keine Tränen mehr. Man vergießt auch sonst keine Tränen mehr. Weinen ist unmodern, wie früher schon das In-Ohnmacht-Fallen, Zeit der Großmütter, da stand aber auch gleich das Stubenmädchen dabei oder eine dicke Köchin zum Auffangen und Korsettschnüre-Lockern und Sagen, nehmen Sie es sich nicht so zu Herzen, so sind die Männer, meiner war nicht anders, oder einfach: arme gnädige Frau. Ich bin nicht in Ohnmacht gefallen, ich habe auch nicht geweint, das Fett hat so lustig geprasselt, zum Weinen war ja auch kein Grund. So, habe ich gedacht, jetzt das Fleisch aus dem Eisschrank, Tür auf, Tür zu, ein komisches Geräusch ist dieses Zufallen von Kühlschranktüren, weich und schmatzend und doch fest, ein unsympathisches Geräusch, so endgültig immer, als sei es das letzte Mal. Das letzte Mal Kühlschrank, das letzte Mal zusammen Mittag essen, wie ist's dir ergangen, hat jemand angerufen, alles das letzte Mal. Warum denn eigentlich? Was ist denn geschehen? Nichts ist geschehen, vieles ist geschehen, einen Schlag habe ich bekommen, wie wenn man in einen defekten Kontakt greift, nur daß ich es nicht wahrhaben will. Nein, ich hab' es nicht wahrhaben wollen, ich habe das Fleisch in die Pfanne gelegt zum Anbraten, die Schnitzel, nackter roter Bauch, schön goldbraun jetzt, nackter, roter Rücken, schön braun.

Nein, schlecht darf mir nicht werden, habe ich gedacht und habe die Pfanne weggestellt und mich an den Tisch gesetzt, um die Kartoffeln zu schälen, aber auch um nachzudenken, und als ich die erste Kartoffel geschält habe, bin ich sehr zornig geworden und habe gedacht, ich kann mir so etwas erlauben, aber der Felix nicht. Ich kann mir erlauben, den Männern die Köpfe zu verdrehen, weil ja doch alles gelogen ist, nichts als Dummheiten und Zeitvertreib und nur für den einen Augenblick, daß man die fremden Augen aufleuchten sieht, daß man weiß, man wird geliebt. Aber Männer sind eben anders, bei Männern genügt das nicht ...

Sechs Kartoffeln habe ich geschält, und dann habe ich Schluß gemacht, weil ich doch keinen Hunger hatte, und nur eine wollte ich essen, weil es ja nicht auffallen sollte und der Felix auf keinen Fall etwas merken durfte, und auf keinen Fall wollte ich über den Brief sprechen, weil ich schon gewußt habe, daß Worte etwas Furchtbares sind und erst, was man mit Worten ausspricht, ist wirklich wahr. Also habe ich die Schürze abgenommen und bin ins Schlafzimmer gegangen, um mich zurechtzumachen und glückliche junge Frau zu spielen, und später würde man weitersehen. Aber gerade, als ich über den Flur gegangen bin, hat es geschellt. Ich habe zuerst gar nicht aufmachen wollen, weil ich plötzlich Angst gehabt habe vor jedem, der da hätte kommen können, vor aller Welt. Aber ich habe dann doch aufgemacht, und es ist nur ein Päckchen von der Drogerie abgegeben worden, das habe ich ausgepackt und die Sachen im Badezimmer versorgt. Das muß sie jetzt alles lernen, habe ich gedacht, was für Seife, was für Zahnpasta, und bei dem Rasierapparat ist ein Trick, wenn man den nicht weiß, funktioniert er nicht. Das Bett machen, das muß sie auch lernen, um Gottes willen gut einschlagen, und die Wärmflasche ganz nach unten, aber vielleicht will er die dann gar nicht mehr. Eine Wärmflasche, wo denkst du hin, Liebling, ich bin doch kein alter Mann. Nein, natürlich, nichts will er so, wie er es hier gehabt hat, keine Lavendelseife, keine harte Zahnbürste, alles anders, alles neu. Noch einmal alles ganz neu.

So habe ich vor mich hin geredet, während ich im Badezimmer auf dem Rande der Wanne gesessen habe, und in den Spiegel hab' ich dabei gesehen. Nicht mehr ganz jung, ein paar Falten, vom Lachen, vom Nachdenken, vom Leben einfach, von der Zeit, die vergeht. Falten sind wie Wege auf einer Landkarte, lauter gemeinsame Wege mit ihm. Ich habe aber nicht daran gedacht, ob die Frau, die ihm den Brief geschrieben hat, jünger sein könnte als ich, und überhaupt habe ich mir gar nicht überlegt, wer es sein könnte, das war mir egal. Ich habe mir das Gesicht gewaschen und bin dann wirklich ins Schlafzimmer gegangen, und dabei habe ich gedacht, die Wohnung muß er mir lassen, das wäre ja noch schöner, schließlich kann er sie ja nicht in mein Bett legen, und überhaupt, wer fort will, zieht aus. Wenn ich die Wohnung behalte, kann ich vermieten, das Vorderzimmer zum Beispiel, da kann man in die Ecke die Couch als Bett stellen, eine hübsche Decke ist auch noch da. Den Schrank aus dem Vorplatz, Fächer für die Wäsche muß man hineinmachen lassen und Kleiderbügel kaufen. Die Lampe mit dem grünen Schirm, nein, die paßt nicht, ich muß den Schirm anders überziehen. Schrankpapier muß ich auch kaufen, das hübsche rosane mit den Wellenlinien oder das mit den Schiffchen, das wollte ich schon lange.

Über diese Gedanken hab' ich mich dann selbst lustig gemacht, was einem so alles in den Sinn kommt, nicht wahr, und vielleicht ist der Brief ganz alt, und vielleicht ist alles schon längst vorbei. Vielleicht ist es noch nicht vorbei, aber es kann vorbeigehen. Und dann sind mir die Ratschläge eingefallen, die für solche Lebenslagen immer in den Briefkästen der Frauenzeitschriften stehen, die Ratschläge von einer, die sich Tante Anna oder Tante Emilie nennt. Nämlich, daß man' den Tisch ganz besonders hübsch decken soll und sein neuestes Kleid anziehen und die Löckchen zurechtzupfen, und möchtest du nicht ein Glas Wein, Liebster, mir ist heute so nach Feiern zumute.

Indessen hat das Telefon geläutet, aber nur einmal, wie es manchmal vorkommt, wenn einer merkt, daß er die falsche Nummer gewählt hat und den Hörer ganz rasch wieder niederlegt. Es ist mir aber dabei eingefallen, daß es leicht möglich war, daß der Felix vom Büro anruft, und warum habe ich denn plötzlich Tränen in den Augen, aber das macht nichts, er sieht mich ja nicht. Er hört nur meine Stimme, und meine Stimme ist ganz sanft und fröhlich. Was sagst du? Du kommst nicht zum Essen? Ob das etwas macht? Aber natürlich nicht. Gar nichts macht das. Ich bin sogar froh. Ich hab' noch zu bügeln, und ich wollte auch später gern zum Friseur. Nein, ich habe gar nichts Besonderes vorbereitet. Ich habe noch nicht einmal angefangen zu kochen. Geht es dir gut, Liebster? Mir? Wunderbar. Es ist ja so ein schöner Tag. Auf heute abend, ja ...

Ja, so wollte ich es machen, ganz leicht, ganz frei. Und so wollte ich auch mit ihm reden, wenn er kam.

Eigentlich hätte er ja jetzt schon dasein müssen. Es war halb zwei Uhr vorbei, und er kam immer eher pünktlich nach Hause. Er hatte auch immer großen Appetit mittags, und er wußte, daß es an dem Tag Schnitzel gab, die er sehr gern aß. Aber vielleicht wußte er das auch gar nicht mehr. Vielleicht kam er so spät, weil er noch mit ihr zusammen in einer Bar saß und etwas trank, und gerade jetzt vielleicht schaute er auf die Uhr und sagte, es ist halb zwei vorbei, sie wartet, ich muß nach Hause.

Sie wartet, habe ich gedacht. Sie, das bin ich. Man darf mich nicht warten lassen. Man hat Angst vor mir. Aber das ist nicht das Wichtige. Das Wichtige ist die dritte Person. Ich bin die dritte Person. Die dritte Person, die böse Person, der Störenfried, »sie«. Ich bin die gelbe Blume mit dem einen sonderbaren Blütenblatt und der langen roten Zunge, und jetzt soll er mir noch einmal auf den Leim gehen, kleine Vorspeise, Thunfisch mit Erbsen, jawohl, Tante Emilie, vielen Dank für den guten Rat. Er wird ihn nicht hindern, plötzlich das Messer und die Gabel hinzulegen und zu sagen: Entschuldige, aber ich liebe dich nicht mehr, entschuldige, aber, bitte, gib mich frei.

Natürlich wollte ich ihn freigeben. Bitte, geh nur, viel Glück auf den Weg. Ich brauche dich nicht zum Leben, kein Mensch braucht einen andern zum Leben, ich brauche auch die Wohnung nicht, und ich will auch kein Geld von dir. Ich kann in meinem alten Büro arbeiten, ich hätte das schon längst tun können, aber du hast es nicht gewollt. So ein Büro ist etwas Nettes, guten Morgen, Herr Schneider, viel Post heute? Guten Morgen, Fräulein Lili, ist es besser mit dem Zahnweh? Herrgott, können die nicht anständig heizen hier? Was ich sagen wollte, die Geburtstagsfeier für den Chef ...

Das ist mir durch den Sinn gegangen, während ich am Fenster gestanden und hinausgeschaut habe, aber durch die Gardinen, damit der Felix mich nicht da stehen sah. So ein schöner Februartag war das, blitzend und funkelnd, und jedes Jahr vergißt man wieder, wie stark das Licht im Februar schon sein kann, und jetzt rollen sie die Feuerräder von den Bergen und werfen die häßlichen Strohpuppen in den Brunnen, wir haben das einmal zusammen gesehen, der Felix und ich. Wir haben schon vieles zusammen erlebt, was herrlich war, und jetzt will er sich wahrscheinlich daran gar nicht mehr erinnern, jetzt soll alles nicht mehr gelten und grau und tot sein, und das ist das Schlimmste von allem, daß es die Zukunft nicht mehr geben soll, aber die Vergangenheit auch nicht, die wird gleich mit in den Brunnen geworfen, die häßliche, gelbe Strohpuppe, jetzt kommt der Frühling, jetzt wird alles ganz neu.

Indessen habe ich zweimal einen Schritt zurücktreten müssen, weil Bekannte vorbeigekommen sind, der Studienrat Wehrle von nebenan und die Frau Seidenspinner von Nummer fünf. Ich habe mir vorgestellt, wie sie dann reden würden: Haben Sie schon gehört, die arme Frau, und schlecht ist mir geworden, weil ich Mitleid nicht vertragen kann. Mitleid ist wie warme Brühe mit Fettaugen und eine furchtbare Anmaßung, wer ist schon die Frau Seidenspinner, daß sie sich Mitleid mit mir erlauben darf. In Todesfällen meinetwegen, da ist der liebe Gott persönlich am Werke, da gibt es kein Versagen, da ist er heimgegangen, liebe Worte auf den Lippen, du warst mir alles, und alles war schön. Da heißt es dann nachher nicht, sie hat sich in der letzten Zeit ziemlich gehenlassen, und eigentlich verdenken kann man es ihm nicht.

Ach, dummes Zeug, habe ich gedacht, was gehen mich die Nachbarn an. Ich würde auch nicht zu ihnen hinrennen und mich beklagen wie die Herta damals und sagen, nach so vielen Ehejahren, und immer bin ich ihm eine gute Frau gewesen, können Sie das verstehen? Denn natürlich bin ich dem Felix keine gute Frau gewesen, sonst würde er nicht fortwollen und sich nicht zärtliche Briefe schreiben lassen und vielleicht selber zärtliche Briefe schreiben und Angst haben vor dem Heimkommen, und wie sag ich's ihr nur.

Währenddem hab' ich immer noch zum Fenster hinausgesehen, und auf einmal ist ein Mann um die Ecke gekommen, der hat seine Gestalt gehabt und auch seinen Gang und einen dunkelblauen Wintermantel, und mein Herz hat einen Sprung gemacht, wie wenn ein Flugzeug plötzlich absackt, und ich habe versucht, ein harmloses Gesicht zu machen und schon gemerkt, ich kann das nicht. Der Mann ist näher gekommen und war gar nicht der Felix, sondern ein Fremder, und ich habe gedacht, was soll die Komödie, und ich könnte eigentlich auch gleich fortgehen, noch bevor er kommt. Ich könnte in die Stadt gehen und mich in ein Caféhaus setzen, in das traurige, staubige bei der Börse, da sind so viele Spiegel, da sitze ich hundertmal, hundertmal dieselbe verlassene Frau. Ich könnte dort in den Zeitschriften blättern und rauchen und in die Luft schauen, ein paar Stunden bringt man damit herum. Nach ein paar Stunden könnte ich in ein Kino gehen, eine Vorstellung und noch eine Vorstellung, und dann ist es schon Nacht. Da ist es schon Nacht, und Felix muß die Polizei anrufen, sehr peinlich wird ihm das sein. Ihre Frau, sagen Sie, ist abgängig? Wie bitte? Was sie angehabt hat? Ja, das weiß ich nicht.

Es war jetzt gleich zwei Uhr, und ich habe nicht mehr stehen können. Ich habe mich auf einen Stuhl gesetzt und das Radio angedreht, und wie immer, wenn man etwas Erbauliches oder etwas Erholsames hören will, sind die Wasserstände gekommen, alle Flüsse des Landes, zum Aussuchen, und die Weser hat am meisten Wasser gehabt, aber die Weser ist sehr weit weg. Und dann hat wieder das Telefon geläutet, aber diesmal nicht nur ein einziges Mal. Ich habe gewußt, diesmal ist es wirklich der Felix, und er war es auch. Ich habe mich noch genau erinnert, was ich ihm sagen wollte, so wie ich es vorher geprobt hatte, leise Stimme, sanfte Stimme, aber gerade in diesem Augenblick war mir so übel zumute wegen dem traurigen Caféhaus und den Flüssen und der Polizei, und es ist ganz anders herausgekommen, und zwar so:

Ach, so, du bist es. (Falsch, falsch!)

Was sagst du, du kommst nicht zu Tisch? (Ich treff' den Ton nicht!)

Doch, ich verstehe schon, es ist ja auch so schönes Wetter.

Davon hast du nichts? Nein, natürlich nicht.

Ich bin komisch? Wieso bin ich komisch?

Nein, es ist nichts geschehen. Wenigstens nichts, was dich interessieren könnte.

Warum nicht? Ich glaube, das weißt du besser als ich. Und so weiter. Immer in diesem grauenhaften, beleidigten Ton, den ich nicht gewollt habe, aber so hat sie aus mir heraus geredet, die Strohpuppe, so gedrückt und gequetscht, so widerlich, und schließlich habe ich überhaupt nur noch geredet, damit er den Hörer hinwirft, damit Schluß ist, Schluß mit all dem. Und weil er den Hörer nicht hingeworfen hat, bin ich einfach still gewesen, ganz still, die Muschel ans Ohr gepreßt. Bist du noch da? hat er gefragt, ganz lieb, ganz ratlos, und hat dann schließlich eingehängt, und ich habe auch eingehängt und habe dagestanden und mich gehaßt, und ihn habe ich auch gehaßt, weil er schuld war, daß ich mich so benommen habe, dritte Person, böse Person, Strohpuppe in den Brunnen geworfen, adieu. Und danach habe ich gedacht, jetzt könnte ich auch ebensogut den Brief zu Ende lesen, jetzt war ich ja so, wie sie es sich vorstellten, und wahrscheinlich bin ich immer so gewesen, solange ich lebe, die ganze Zeit.

Ich bin also ins Wohnzimmer gegangen und habe den Brief aus dem Buch gerissen und mir eine Zigarette angesteckt, längst hätte ich das tun sollen, und warum denke ich immer in zwei Stockwerken, und oben heißt es, es gibt keine glücklichen Ehen, und unten heißt es, ach komm doch zurück. Ich fange also an, den Brief noch einmal zu lesen, ganz schnell die erste Seite, die kenne ich schon, auf der zweiten steht nur ganz wenig und auf der dritten und vierten gar nichts mehr. Auf der zweiten Seite steht, sind es nur noch fünf Tage, eigentlich viereinhalb. Vergiß nur nicht bei dem Wäschegeschäft vorbeizugehen, die Sachen müssen längst fertig sein. Leb wohl, liebster Franz, ich umarme Dich, gib acht auf Dich, Maria.

Leb wohl, liebster Franz, gib acht auf Dich, leb wohl, liebster Franz, gib acht auf Dich, zehnmal hab' ich das wiederholt und bin dann in ein törichtes Gelächter ausgebrochen, weil der Brief überhaupt nicht an den Felix gerichtet war, sondern an einen Herrn namens Franz Kopf, der Name hat auch in dem Buch gestanden, und das Buch war eine Betriebswirtschaftslehre, und außer daß er sich dieses Buch von einem unordentlichen Herrn ausgeliehen hat, hat der Felix mit der ganzen Sache überhaupt nichts zu tun. Das hab' ich mir gesagt, aber es ist mir furchtbar schwer eingegangen, und eigentlich hätte ich jetzt doch herumspringen und lachen und singen müssen, aber keineswegs. Ich habe dagesessen und gestiert, und es ist mir gewesen, als sei ich in einen tiefen Brunnen gefallen und sei nun im Begriff, wieder herauszuklettern, aber komisch, ich komme nicht ganz bis oben hin, und es wird nicht wieder ganz hell.

Den ganzen Nachmittag habe ich versucht, aus dem finsteren Brunnen zu steigen, und am Abend war ich endlich so weit und guter Dinge, und als der Felix gekommen ist, habe ich gelacht und gesagt, entschuldige, ich war so grantig am Telefon, ich habe scheußliches Kopfweh gehabt, aber Gott sei Dank, das ist jetzt vorbei. Es muß wohl vorbei sein, hat der Felix gesagt, du siehst ganz rosig aus. Aber dann hat er plötzlich gefragt, was hast du denn da, und hat seine Hand ausgestreckt und hat mir etwas aus den Haaren gezogen, einen langen, bleichen Strohhalm – und bitte: wo kam der her?

ADAM UND EVA

Als Adam und Eva gezwungen wurden, das Paradies zu verlassen, ging es ihnen gewiß lange Zeit ziemlich schlecht. Wie man hört, waren die Tiere draußen unfreundlich, der Boden steinig und das Klima rauh. Adam und Eva hatten nichts gelernt als faulenzen, und die Arbeit fiel ihnen schwer. Kaum daß sie, wie man zu sagen pflegt, auf einen grünen Zweig gekommen waren, geschah das Unglück mit den beiden ältesten Söhnen, die sie schlecht erzogen hatten, so daß der selbstgefällige Abel nun unter dem Rasen lag, während der gewalttätige Kain irgendwo herumirrte und die Eltern sehen konnten wie sie zurechtkamen ohne den Gärtner Abel und den Jäger Kain. Aber dann wuchsen ihnen neue Kinder heran und immer wieder neue, wenigstens stelle ich mir das so vor, und auch, daß Adam und Eva ziemlich alt wurden, ehe sie zu altern begannen. Um diese Zeit hatten sie gewiß längst ein Haus, und Eva ging nicht mehr in Schürzchen aus Palmblättern umher. Obwohl beide an den Garten Eden nur noch eine schwache Erinnerung hatten, ahmten sie doch nach, was sie einmal dort gesehen hatten, indem sie einen Brunnen gruben, der dem Wasser des Lebens glich, einen Garten pflanzten und einige Tiere zähmten, die sich auf dem umfriedeten Grundstück friedlich, wie die Tiere des Paradieses, benahmen. Dies alles war ganz unvollkommen, aber es machte Freude, daran zu arbeiten und abends umherzugehen und darüber nachzudenken, was sich noch tun ließ. Es machte soviel Freude, daß sie mit der Zeit ganz zufrieden wurden und Adam sich manchmal selbst ein bißchen so fühlte, als sei er der liebe Gott.

Es war darum eine große Erschütterung für ihn, als er eines Tages erfuhr, daß er sterben müßte. Nicht, daß er darüber eine bestimmte Nachricht erhalten hätte. Er sah nur eines Abends ein Tier seiner Herde tot umfallen, und da er sich selbst diesem großen, starken Leittier oft verglichen hatte, kam ihm mit einem Mal der Gedanke, daß er in dieser Beziehung nicht mehr und nichts Besseres sei als ein Tier. Als er zu dieser Erkenntnis gekommen war, wurde er sich verschiedener Mängel bewußt, die er vorher nicht gekannt hatte, einer Schwäche der Augen, einer Unsicherheit der Hände, einer Trübung des Gehörs. Das ist der Tod, dachte er entsetzt, als an diesem Abend ein zerbrechlicher Gegenstand seiner Hand entglitt. Was hast Du denn, fragte Eva, weil er wie versteinert dastand, während sie die Scherben zusammenlas.

Diese Frage, was hast Du denn, stellte Eva noch einige Male in der folgenden Zeit. Denn Adam begann sich in der Tat wunderlich zu benehmen. Es fing damit an, daß er nicht mehr schlief in der Nacht. Er wälzte sich bald auf die eine, bald auf die andere Seite oder lag auch still auf dem Rücken und starrte zur Decke hinauf. Er konnte nicht schlafen, weil er zu viel denken mußte, aber die Gedanken, die ihn wachhielten, waren keineswegs erhabene, an den Tod oder an Gott, vielmehr drehten sie sich mit gräßlicher Beharrlichkeit um kleine häusliche Mißstände, einen Fehler in der Bewässerungsanlage, eine schadhafte Stelle im Dach. Wenn die Nacht vorüber war und alle im Hause sich wieder an ihre Arbeit begaben, überfiel ihn dann eine schreckliche Müdigkeit, und es kam vor, daß er sich gleich nach dem Frühstück wieder hinlegen mußte und eine ganze Weile liegen blieb. Das war ihm selbst verwunderlich, aber noch viel erstaunlicher war die Empfindlichkeit, die er gegenüber den verschiedensten Geräuschen an den Tag zu legen begann. Das Bellen der Hunde machte ihn rasend, noch mehr das Kreischen der Papageien und das alberne Geschrei der Affen, die in den Bäumen hinter dem Hause spielten und von denen er sich bald einbildete, daß sie ihn verfolgten und nur zu seinem Ärger ihren törichten Lärm vollführten. Die Kinder, und zwar noch mehr die halberwachsenen als die kleinen, erregten seinen Unmut auf Schritt und Tritt. Es fiel ihm plötzlich auf, daß sie gewisse idiotische Redewendungen beständig wiederholten und daß sie, ohne die geringste Rücksicht auf ihn zu nehmen, mit schallender Stimme ihre aufreizend stupiden Lieder sangen.

Schließlich bin ich der Vater, dachte er, und ein Mann, der einiges geleistet hat und dem es lange Zeit schlechtgegangen ist, ein Mann, der Anspruch darauf erheben kann, daß man ihn respektiert. Solche Gedanken waren neu, und neu war auch der Wunsch, der ihn jetzt von Zeit zu Zeit überkam, der

Wunsch nämlich, sich zu entfernen aus einer Umgebung, in der man ihn so wenig achtete und seinen Worten so wenig Aufmerksamkeit zollte. Er ging ein paarmal fort in der Nacht, bald in dieser, bald in jener Richtung, und schließlich ertappte er sich darauf, daß er bei diesen Spaziergängen etwas ganz Bestimmtes suchte: nämlich die Mauer des Gartens Eden, auf die er im Anfang, also vor vielen Jahrzehnten, herumwandernd, noch manchmal gestoßen war, und auf der im roten Abendhimmel die Engelwachen gestanden hatten, sehr schön, mit ihren Wolkenflügeln aus schimmerndem Grau. Aber diese Mauer war nicht mehr da, und er hörte auch bald auf, sie zu suchen. Statt allein fortzugehen, machte er immer öfter die Runde durch sein Anwesen, betrachtete alles, was er gemacht hatte und fand es schlecht genug. Er beobachtete auch seine Kinder und fand sie faul und leichtsinnig, unfähig, das Werk weiterzuführen, das er begonnen hatte, und das zu vollenden ihm nicht Zeit genug blieb. Und dann versuchte er über dies alles mit Eva zu sprechen, aber Eva lachte nur, und er war von ihrer Gleichgültigkeit aufs tiefste gekränkt.

In der folgenden Zeit fand er immer mehr Ursachen, mit seiner Frau unzufrieden zu sein. Denn wenn Eva auch im Anfang seiner Verdüsterung recht lieb und freundlich gewesen war und sich bemüht hatte, ihm ein wenig Ruhe zu verschaffen, so schein sie doch von Tag zu Tag weniger um ihn besorgt zu sein. Ihre Laune war ausgezeichnet, ihr Appetit vorzüglich, und obwohl sie nicht jünger war als Adam selbst, schlief sie, ohne auch nur ein einziges Mal aufzuwachen, die ganze Nacht. Wenn er sich über den Lärm beschwerte, machte sie ein erstauntes Gesicht, wenn er über das Wetter klagte, sagte sie, es wird schon wieder besser werden, und mit dieser Redewendung, die ihm leichtfertig und frech erschien, schob sie seine Leiden und Ängste, das einzige, das er noch hatte, in das Reich lächerlicher Grillen, denen niemand Aufmerksamkeit schuldig ist. Es fehlte nicht viel, daß sie gesagt hätte, ach sei doch still, wenigstens meinte Adam dies herauszuhören und auch einen kleinen Ärger über seine Mutlosigkeit, und dieses Unverständnis kränkte ihn tief. Natürlich konnte er trotzdem nicht schweigen, da ja das Sagenmüssen wie Rauch zum Feuer zu diesem inneren Brande gehört. Also sprach er weiter, sprach mit einer Stimme, die ihm selbst verhaßt war, weil sie so nörglerisch und griesgrämig klang. Er beklagte sich über die Sonne und den Regen, über das Unkraut und die Schädlinge und die Kinder, und Eva sagte in der ersten Zeit noch ein paarmal, das ist doch nicht so arg, und dann sagte sie gar nichts mehr, und er hatte den Verdacht, sie höre ihm überhaupt nicht mehr zu.

Das ist gewiß schlimm für einen Mann, der eingesehen hat, daß sein Leben nicht ewig währt und der angesichts dieser Tatsache an dem Wert alles Geleisteten zu zweifeln beginnt. Es war schlimm für Adam, der jetzt umherging und alles, was er gemacht hatte, gering achtete und der aus seinen früheren Leiden einen glühenden Anspruch sog. Aber es erwies sich, daß dies noch längst nicht das Ärgste war. Denn das Ärgste ist nicht die Gleichgültigkeit, sondern der Verrat.

Man muß bedenken, daß Adam, der so vieles kannte, so etwas in seinem Leben nie erfahren hatte. Er war der einzige Mann, der für Eva in Frage kam, da es neben ihm nur Söhne und Enkel gab. Zwar war er früher, wenn Eva allein fortging und lange ausblieb, manchmal ein wenig unruhig geworden. Aber Eva war, wenn sie zurückkam, immer besonders strahlend und liebevoll gewesen, immer hatte sie etwas Besonderes mitgebracht, ja es schien ihm jetzt, als habe er in seinem ganzen Leben nichts als Liebe und Freundlichkeit von ihr erfahren. Aber in dem Augenblick, in dem er sich seines Glückes bewußt wurde, war es mit diesem Glück auch schon vorbei. Denn wenn er bisher niemals in Evas Augen einen verräterischen Glanz gesehen hatte, wenn Eva sich niemals von ihm abgewendet hatte, um ihr Ohr einer anderen Stimme zu leihen: Jetzt erfuhr er dies alles, alle Qualen der Eifersucht, nur daß kein Liebhaber, sondern ein Phantom sein Nebenbuhler war, kein Mann, mit dem er hätte kämpfen können, sondern das Traumbild der Jugend und des Lebens schlechthin.

Denn er sah es wohl, der Jugend und dem Leben neigte sich Eva zu. Mit einem Mal gewahrte er sie auf der Seite der Kinder, ach, nicht mit Worten, aber mit mancher geheimen Zärtlichkeit, manchem vertraulich wiedergutmachenden Blick. Als Adam den ersten dieser Blicke auffing, zuckte er zusammen wie unter einem Schlag. Von da an wurde er mißtrauisch, horchte und schlich im Hause umher. Einmal, als er sich Eva gegenüber über die stechende Sonne beklagte, bemerkte er, wie sie ihr Gesicht und ihre Arme dieser Sonne entgegenhob, als sei gerade das, was ihn quälte, ihr eine Quelle der Lust. Durch solche Beobachtungen wuchs das Gefühl der Verlassenheit in ihm immer mehr. Er erinnerte sich der Zeiten, in denen Eva und er noch allein gewesen waren, und wie sie da, furchtbar allein und aufeinander angewiesen, sich geschworen hatten, einander niemals zu verlassen. Jetzt war Eva noch immer an seiner Seite, sie war nicht fortgegangen, aber es kam ihm vor, als entferne sie sich dennoch, ein wenig weiter mit jedem Tag. In seinem schrecklichen Mißtrauen zeichnete Adam jede Station dieser Entfernung getreulich auf. Er glaubte zu bemerken, wie bei seinen Worten eine leise Ungeduld über Evas Züge glitt. Wenn er ein längeres Ausbleiben ankündigte, meinte er, auf ihren Lippen ein Lächeln der Erleichterung zu sehen, und wenn er dann fortging, bildete er sich ein, daß ihre Stimme, die er aus der Ferne noch hörte, froher und heiterer klang. Einmal, als sie bei der Abendmahlzeit saßen, faßte er sie ins Auge und stellte fest, daß ihre Haut schlaff wurde und ihre Haare sich zu verfärben begannen. Er bemerkte auch, daß sie Schmerzen in den Gliedern hatte und sich nicht mehr so frei und anmutig bewegte wie vorher. Sie ist nicht jünger als ich, dachte er, aber sie tut, als habe sie unbegrenzte Zeit vor sich, ewige Zeit. Und dann dachte er plötzlich, sie weiß nichts, sie weiß es nicht, und er war über ihre Dummheit empört.

Nach dem Essen ging Eva noch auf den Hof hinaus, um das Spielzeug der kleinen Kinder zusammenzusuchen. Adam ging ihr nach und blieb bei ihr stehen und sah sie flehend an. Werde mit mir alt, wollte er sagen, werde mit mir alt. Aber natürlich brachte er diese Worte nicht über die Lippen, sondern begann sich statt dessen über die Mücken zu beklagen in einem wilden und verzweifelten Ton. Was Du nur immer hast, sagte Eva, und sah ihn kopfschüttelnd an.

In dieser Nacht beschloß Adam, Eva zu sagen, daß sie sterben müsse. Vielleicht hätte er es nicht getan, wenn nicht der Mondschein so hell im Zimmer, und gerade auf Evas Gesicht gelegen hätte und wenn dieses Gesicht nicht so voll von Lebensentzücken gelächelt hätte im Schlaf. Aber dieser Anblick rief in Adam, der schon viele Stunden schlaflos gewesen war, eine dunkle Rachsucht hervor. Er weckte Eva auf, und Eva rieb sich die Augen und fragte, ob etwas mit den Kindern sei. Wir müssen sterben, sagte Adam, und es war ihm zumute, als beginge er einen Mord. Große Neuigkeit, sagte Eva spöttisch. Das weiß ich schon lang. Hast Du Dir keine Gedanken gemacht, fragte Adam, sobald er sich von seiner Überraschung erholt hatte. Was wir hier zurücklassen, ist unfertig und keinen Pfifferling wert.

Jemand wird es schon fertig machen, sagte Eva.

Die Kinder, sagte Adam streng, sind träge und leichtsinnig. Sie wissen nicht, was arbeiten heißt, und werden elend zugrunde gehen.

Es wird schon noch etwas aus ihnen werden, sagte Eva.

Und was wird aus uns, fragte Adam und stützte seinen Kopf auf die Hand.

Wir bleiben zusammen, sagte Eva. Wir gehen zurück in den Garten. Und sie legte ihre Arme um Adams Hals und sah ihn liebevoll an.

Ist er denn noch da? fragte Adam erstaunt.

Gewiß, sagte Eva.

Wie willst Du das wissen, fragte Adam mürrisch.

Woher, meinst Du, fragte Eva, daß ich die Reben hatte, die ich Dir gebracht habe, und woher meinst Du, daß ich die Zwiebel der Feuerlilie hatte, und woher meinst Du, hatte ich den schönen, funkelnden Stein?

Woher hattest Du das alles, fragte Adam.

Die Engel, sagte Eva, haben es mir über die Mauer geworfen. Wenn wir kommen, rufe ich die Engel, und dann öffnen sie mir das Tor.

Adam schüttelte langsam den Kopf, weil eine ferne und dunkle Erinnerung ihn überkam. Gerade Dir, sagte er. Aber dann fing er an zu lachen, laut und herzlich, zum erstenmal seit ach wie langer Zeit.

CHRISTINE

Wie mein Mann ist in der letzten Zeit, ich kann das gar nicht beschreiben. Wie er dasitzt, ganz still mitten im Zimmer, und vor sich hinstarrt und durch einen hindurchstarrt, als wäre da gar nichts, nicht einmal ein Körper mit Armen und Beinen und einem Kleid und einer Schürze, geschweige denn seine eigene Frau. Schorsch, sage ich und versuche meiner Stimme einen lustigen Klang zu geben, schau nicht ins Narrenfenster, geh lieber hinaus in den Garten, die Rosen müssen zugedeckt werden, heute nacht gibt es Frost. Ich könnte das natürlich selbst tun oder eines von den Kindern schicken, ich bin keine von den Frauen, die ihren Mann anstellen zu diesem und jenem, und Geschirr abgewaschen hat er noch nie. Es ist mir aber nicht recht, daß er sich hat krank schreiben lassen, weil er gar nicht krank ist, und daß er zu Hause sitzt und auf dumme Gedanken kommt, weil ich schon weiß, was das für Gedanken sind, nicht, was Sie jetzt glauben, oder doch, was Sie glauben, aber so einfach, so alltäglich ist es nicht –

So einfach, so alltäglich, ein Mann von beinahe fünfzig, ein Vater von vier Kindern, und die Frau ein bißchen dick um die Hüften, und er kann sich nicht mehr vorstellen, daß er einmal verrückt vor Liebe war, und wenn er daran denkt, geniert er sich. Aber verrückt vor Liebe, das möchte er einmal wieder sein, noch einmal im Leben sein, wenn auch nur in Gedanken, ja besser nur in Gedanken, weil ohnehin alles so mühsam ist, die Frau paßt auf, und die Kinder passen auf, die Kinder sind groß. Die Gedanken hat man im Strandbad, wenn man da sitzt mit der ganzen Familie und mit dem Frühstückskorb, und sieht die Mädchen auf dem Sprungbrett, oder auch auf der Straße, vor dem Fenster, es ist Abend, die Geschäfte schließen, und die Mädchen gehen Arm in Arm. So ist das bei den Männern um fünfzig, das geht vorbei, darüber braucht man sich nicht aufzuregen, und am besten tut man, als bemerke man es nicht. Aber ich rege mich doch auf, wenn mein Mann am Fenster steht, und noch mehr, wenn er mitten im Zimmer sitzt, ohne Zeitung, ohne nichts. Ich rege mich auf, weil ich weiß, was bei ihm dahintersteckt und daß es nicht die Angst vor dem Alter, sondern eine ganz bestimmte Erinnerung ist.

Sehen Sie zu, Frau Bornemann, daß Ihr Mann das alles so schnell wie möglich vergißt, hat der Arzt damals gesagt, unser Hausarzt, den wir eigentlich nur für die Kinder hatten, denn wir beide waren nie krank. Wir waren ja auch noch jung, achtunddreißig und zweiunddreißig Jahre alt, und die Kinder waren noch klein. Mein Mann war damals schon bei Gütermann angestellt, wo er heute noch ist. Wir wohnten aber noch nicht hier, sondern in einer Vorstadtsiedlung, so einer Armeleute-Villenkolonie, kleine Reihenhäuser, die schon zerfallen, ehe sie noch recht fertig sind. Bald nachdem geschehen war, was geschehen ist, ich erzähle es gleich, bald danach also sind wir weggezogen, ich habe darauf gedrängt, das war ja nichts, immer den kleinen Vorgarten sehen und das Asternbeet und die Gitterstäbe, die das Kind mit seinen kleinen, von der Kälte blauen Händen umklammert hat, und eine Strähne von seinem weißblonden Haar hing noch lange am Gitter, und niemand traute sich sie wegzunehmen und fortzuwerfen.

Natürlich denken Sie jetzt, es wäre eines von unseren Kindern gewesen, dessen Haar da draußen am Gitter gehangen hat und das mein Mann nicht vergessen kann. Aber eines von unseren Kindern war es nicht. Unsere Kinder sind alle aufgewachsen, sie sind immer kräftig und gut in der Schule gewesen und haben uns Freude gemacht. Ja, auch meinem Mann haben sie Freude gemacht, und niemals hat er sie so angesehen, wie er sie jetzt manchmal ansieht, so gleichgültig und beinahe widerwillig, und manchmal sogar mit einem Ausdruck von Ekel, wie man ein Tier ansieht, ein lästiges, widerwärtiges Tier.

Das war ungefähr vor zehn Tagen, ja, vor zehn Tagen ganz genau. Es war am Sonntag, und weil wir jetzt einen Wagen haben, fahren wir am Sonntag oft den ganzen Tag weg, obwohl wir manchmal lieber zu Hause blieben und die Kinder lieber lange im Bett liegen und nachmittags mit ihren Freunden zusammen sein möchten. Beim Frühstück überlegen wir, wohin wir fahren möchten, und dabei gibt es meistens schon Streit. Die Jungen sind unausgeschlafen und schlecht gelaunt, und die Mädchen haben die Gesichter voll Fettcreme, weil sie behaupten, daß am Sonntag ihre Haut ausruhen muß. Alle Kinder rekeln sich und gähnen, und mein Mann hat die Landkarte vor sich liegen und schlägt dies oder jenes vor, und immer hat einer etwas dagegen, da ist kein Wasser, und dort ist kein Wald, und dort ist es langweilig, und da ist es zu still. Ich versuche, Frieden zu stiften, und ich sage auch, daß die Kinder nicht mit vollem Mund sprechen und ihre Servietten nicht zerknüllt auf den Tisch werfen sollen. Aber ich nehme das alles nicht so wichtig, und mein Mann hat es auch nie so wichtig genommen, nur an dem Tag hat alles ihn geärgert und gestört. Er hat etwas gesagt von schmutzigen Fingernägeln und daß Judith zu dick sei, um lange Hosen zu tragen. Natürlich haben die Kinder widersprochen, Beppo hat erklärt, er könne keine sauberen Nägel haben, wenn er Kohlen heraufholen müsse, und Judith hat gesagt, von wem hab' ich den Speck auf den Hüften, die Mutti ist auch ganz schön besetzt. Das ist wahr, und es ist auch wahr, daß die Kinder dick und überhaupt schlecht gewachsen sind und daß sie plumpe Finger und breite Gesichter haben. Aber das ist wirklich nicht ihre Schuld. Es ist nicht ihre Schuld, und es ist auch kein Grund, das zu tun, was mein Mann damals getan hat. Nämlich aufzustehen und die Karte hinzuwerfen und zu schreien, dafür, dafür – und aus dem Zimmer zu rennen wie verrückt.

Natürlich weiß ich jetzt ganz genau, was diese Worte – dafür, dafür – eigentlich zu bedeuten hatten. Aber damals wußte ich es noch nicht. Ich blieb am Tisch sitzen und beruhigte die Kinder, die übrigens gar nicht besonders beeindruckt waren, ja, der Jüngste, Uwe, murmelte sogar etwas wie »wohl nicht ganz richtig« vor sich hin. Das war eine Ungezogenheit, aber es schnitt mir auch durchs Herz, weil ich fühlte, daß wirklich etwas nicht ganz richtig war. Wir sind an jenem Sonntag schließlich allein weggefahren, ohne die Kinder. Wir haben einen Spaziergang gemacht und im Wald irgendwo Kaffee getrunken. Mein Mann war die ganze Zeit still und bedrückt. Als wir in dem Waldcafé saßen, wo eine Menge lustiger junger Leute den Nachmittag mit Bootfahren und Tanzen zubrachten, fing er wieder an, die Mädchen ins Auge zu fassen, aber nicht wie einer, der gern auf Abenteuer ausginge, sondern ernst und aufmerksam, als suche er jemanden, eine ganz bestimmte Person. Und dann ging auf einmal ein junges Mädchen an unserem Tisch vorbei, Hand in Hand mit einem jungen Mann, wie das jetzt üblich ist, ein Mädchen mit offenen weißblonden Haaren und einem zarten, fast durchscheinenden Gesicht. Mein Mann richtete sich auf und sah das Mädchen genau an, und dann ließ er seinen Kopf auf die Hände fallen und sagte, das könnte sie sein, mit einer Stimme, die brüchig und hart und verzweifelt klang. Und nun wußte ich mit einemmal, was er meinte und warum er am Morgen dafür, dafür gesagt hatte und daß all meine Bemühungen umsonst gewesen waren.

All meine Bemühungen, das klingt so feierlich nach Vorsatz und Plan. Ich habe aber niemals bestimmte Vorsätze gehabt und mir nie einen Plan gemacht. Fort, habe ich damals gedacht, fort aus der Wohnung, aus der Gegend, von den Bekannten, ans andere Ende der Stadt. Das war ein Ziel und eine Beschäftigung, und dann habe ich andere Ziele und Beschäftigungen gesucht. Ich war nicht geldgierig, in der kleinen, schäbigen Wohnung war ich ganz zufrieden gewesen, und ich war auch nicht ehrgeizig für meinen Mann, er sollte nur so viel verdienen, daß die Kinder etwas lernen konnten. Jetzt aber fing ich an zu drängen, er sollte vorankommen, eine leitende Stellung haben. Er saß am Abend über seinen Büchern, das machte ihm Freude. Als er nach ein paar Jahren wirklich Abteilungsleiter wurde und wir am Abend seine Beförderung mit einem Glas Wein feierten, sogar die Kinder weckten, sie anstoßen, trinken und Prosit sagen ließen, fiel mir noch einmal unser alter Hausarzt aus der Siedlung ein, und ich sah meinen Mann an und dachte, er hat es vergessen, wir sind über den Berg. Aber jetzt wußte ich, daß wir nie über den Berg gekommen sind. Denn die Worte dafür, dafür haben bedeutet, für diese Kinder, für diese Frau, für dieses Familienleben habe ich die Schuld auf mich geladen, die kein Mensch mir mehr abnehmen kann. Und als mein Mann angesichts des schönen und zarten Mädchens im Waldcafé sagte, das könnte sie sein, hat er an das Kind gedacht, das einmal vor unserer Gartentür ermordet wurde und das vorher so jämmerlich um Hilfe schrie.

Von einer Schuld meines Mannes kann natürlich gar keine Rede sein. Wenn überhaupt jemand schuld ist, bin ich es. Das habe ich meinem Mann hundertmal gesagt, damals, als die

Polizei dagewesen ist und er so etwas wie einen Zusammenbruch hatte, stiere Augen und zitternde Hände und Blasen von Speichel vor dem Mund. Ich habe es auch den Polizisten gesagt, und sie haben versucht, meinen Mann zu beruhigen, und gemeint, wir würden nur als Zeugen vernommen, und als Zeugen waren wir auch bei der Gerichtsverhandlung, und niemand hat meinem Mann je einen Vorwurf gemacht. Wir haben nur sagen müssen, wie es war, so und so, mein Mann war an dem Tag zu Hause, weil er krank gewesen war, nicht wie jetzt, sondern wirklich krank. Er war den ersten Tag aus dem Bett und steht da am Fenster, und ich decke den Tisch ab und sehe auch gerade zum Fenster hinaus. Das Kind kommt auf dem Bürgersteig gerannt, ein dünnes, weißblondes Kind, das wir nicht kennen, und ein großer schwerer Mann, den wir auch nicht kennen, kommt gleich hinterher. Das Kind sieht uns, oder doch wenigstens meinen Mann, und fängt an zu schreien und rüttelt an unserer Gartentür, die aber zu ist, und der Große, Schwere wirft sich über das Kind, greift unter die weißen Haare und legt ihm von hinten die Hände um den Hals. Zwischen dem ersten Hilfeschrei des Kindes und seinem Verstummen vergehen einige Minuten, während derer mein Mann sich umdreht und zur Tür hinaus will, was ihm nicht gelingt, weil ich mich an ihn hänge und die Finger wie Krallen in seinen Ärmel schlage und er mich nicht abschütteln kann. Geh nicht, sage ich ganz heiser vor Schreck und Angst, denk an die Kinder, geh nicht. Und weil ich das sage, bleibt mein Mann, der sich vielleicht hätte losreißen können, einen Augenblick stehen, gerade lange genug, daß der fremde Mann dort draußen dem schreienden Vögelchen die Kehle zudrükken kann. Das alles haben wir vor Gericht gesagt und auch einiges erfahren, nämlich daß das Kind mit Vornamen Christine hieß und daß es sieben Jahre alt war und erst seit wenigen Tagen in unserer Straße wohnte. Wir haben auch gehört, daß der Mann, der Mörder, ein Verrückter war, der sich von der ganzen Welt verfolgt glaubte, und daß er ein paar Minuten vorher von ganz anderen Kindern gehänselt worden war und gemeint hatte, sich rächen oder vor etwas ganz Unbestimmbarem schützen zu müssen. Aber nun frage ich Sie – was ging *uns* das eigentlich an?

Was geht es dich an, das habe ich damals auch meinem

Mann gesagt, und ich habe auch gesagt, daß eine Menge Kinder sterben, solange sie noch klein sind, daß sie überfahren werden oder Kinderlähmung oder die Schwindsucht bekommen, Kinder sterben und Erwachsene sterben, das reißt nicht ab, jede Sekunde stirbt jemand auf der Welt. Jede Sekunde tut jemand seinen letzten Atemzug, und wenn er sich nicht an die Stäbe eines Gartengitters klammert, so klammert er sich an das Leintuch oder an die Erde oder an die Hand, die ihm den Schweiß abtrocknen will. Früh sterben ist Schicksal, sage ich, und wer weiß, was dem Kinde noch geschehen wäre, vielleicht etwas viel Schlimmeres, und obwohl ich selbst das Kind damals ins Haus getragen und sein kleines, angstverzerrtes Gesicht an meine Brust gedrückt habe, sage ich das auch heute noch. Wahrscheinlich wird es Leute geben, die mir das übelnehmen, aber ich kann nichts dafür, daß mir mein Mann nähersteht als ein fremdes, kleines Mädchen, das Christine heißt. Ich kann nichts dafür, daß ich während der ganzen Gerichtsverhandlung nur sein ratloses bleiches Gesicht gesehen habe und daß ich nichts anderes gedacht habe als, mit einem großen Zorn, warum mußte gerade uns das geschehen? Warum mußte das Kind auf unserer Straßenseite gehen, obwohl es doch auf der anderen, der mit den ungeraden Nummern wohnte, und warum mußte der Verrückte es gerade vor unserer Gartentür einholen? Warum mußte es gerade ein Tag sein, an dem mein Mann zu Hause war, und warum mußten wir uns im Wohnzimmer aufhalten, obwohl wir sonst um diese Zeit meistens in der Küche sind? Warum mußte alles so sein, daß mein Mann den Gedanken nicht los wird, daß er das Kind hätte retten können ...

Denn jetzt weiß ich wohl, daß alles, sein Aufstieg im Geschäft und das eigene Haus und das gute Leben ihn von diesem Gedanken nicht befreien können. Ich weiß, daß er mich haßt, weil ich ihn damals festgehalten habe, und daß er die Kinder haßt, weil sie leben und gesund und kräftig sind. Seit dem Sonntag, an dem wir in den Wald fuhren, beobachte ich ihn unablässig, und manchmal möchte ich ihn schütteln vor Zorn. Wach doch auf, möchte ich schreien, das sind ungesunde Träume, wo kommen wir denn hin, wenn wir uns alles, was geschieht, so nahegehen lassen, man sieht ja an dir, wo wir hinkommen, in die Einsamkeit, in die Schwermut, in das

Nicht-ganz-richtig-Sein, denn richtig sein, das heißt doch, alles nehmen, wie es kommt, und das Beste daraus machen und nicht einem Hirngespinst nachhängen, einem Wesen, das man gar nicht gekannt hat und das schon zehn Jahre lang nicht mehr am Leben ist.

Aber manchmal denke ich auch, daß es gar nicht das Schuldgefühl ist, das meinen Mann umtreibt und quält. Ich denke, daß das tote Kind für ihn so etwas bedeutet wie die Anmut und die Schönheit an sich, und weil es so früh gestorben und gar nicht recht mit der Welt in Berührung gekommen ist, ist es auch so geblieben, so anmutig und so rein. Und dann gebe ich im geheimen zu, daß zwar für Frauen alles einen Sinn und Verstand haben muß, daß aber Männer einem Traum nachhängen und traurig sein dürfen über den Wahnsinn und die Unvollkommenheit der Welt. Ich gebe es zu, im geheimen, gerade eben habe ich das getan, als ich in den Garten hinauskomme, und mein Mann steht da und hat wirklich mit Tannenzweigen und alten Säcken die Rosen zugedeckt, und jetzt schaut er die Birke an, die irgendein Ungeziefer hat, das ihr die Blätter zusammenrollt, und macht ein unglückliches Gesicht. Ich sehe ihn an und habe ihn so lieb wie nie im Leben, auch in den ersten Jahren unserer Ehe nicht. Aber ihm das zu sagen, würde ich mich nicht getrauen. Also lege ich ihm nur meine Hand auf den Arm, ganz leicht, und sage, vielen Dank, und er dreht sich nach mir um, erstaunt, aber unfreundlich nicht.

Vor einigen Tagen habe ich in der Zeitung gelesen, daß in diesem Sommer der Albaner See sich rot gefärbt hat, rot wie Blut. Das Phänomen sei, so hatte es in dem Bericht geheißen, leicht zu erklären durch das massenhafte Auftreten einer bestimmten Algenart, nämlich der sogenannten Blutalge, die einen roten Farbstoff verbreitet, solange sie blüht. Natürlich habe ich dieser naturwissenschaftlichen Erklärung wenig Beachtung geschenkt. Ich habe den See vor mir gesehen, dieses tiefliegende schwarze Auge in seiner Umrahmung von bewaldeten Höhen, mit den hellen und freundlichen Orten am Hügelkamm und der düsteren Schwermut der Krateröffnung, und nichts ist mir leichter verständlich erschienen, als daß dieses Wasser sich blutig färbte, da es doch nun einmal und seit alter Zeit ein unheimliches, ja ein verfluchtes Wasser war. Daran konnte selbst der Papst nichts ändern, der im Sommer auf dem Hügelkamm wohnte, freilich nicht gegen den See hin, sondern auf der anderen Seite, wo man die Rebhänge im Blick hat, die fetten Äcker, auf denen die großhörnigen, weißen Rinder und die lustig buntbemalten Traktoren den Pflug ziehen, und weit draußen den hellen Streifen Meer. Eine Grimasse des Teufels im Rücken seiner Heiligkeit also? Ja, so dachte man gewiß über den See, wenigstens in den früheren Zeiten, als die Menschen noch ein feineres Gefühl für die Dämonie eines Ortes hatten, als sie der Natur noch nicht, wie jetzt, gutmütig auf die Flanke klopften, wie einem alten Zirkuspferd, das seine Runde abtrottet und auf dem man stehen und springen und seine Späße treiben kann. Und wahrscheinlich hätten die Bewohner der Seeufer dieses feinere Gefühl auch nicht verloren, wären nicht die Fremden gekommen und hätten sie eines Schlechteren belehrt.

Ja, gewiß waren die Fremden daran schuld, daß der See in den letzten Jahren sein unheimliches Gesicht verlor. Wenn sie hoch oben in der Eichenallee von Castel Gandolfo spazierengingen, sprachen sie nicht über das Essen und die Preise und die Liebe, wie es sich gehört. Sie erklärten ihren Frauen und

Kindern die Schlachten, die zwischen Rom und Albalonga geschlagen worden waren, und danach zuckten sie verächtlich die Achseln und sagten: Ist es denn zu glauben? So ein schöner See … Wenn der fünfzehn Kilometer von unserer Stadt läge, was gäbe es da alles, Wochenendhäuschen und Badeanstalten mit rot und blau angestrichenen Bootsstegen, Kaffeehäuser mit Seeterrassen und Speisehäuser mit Tanzflächen und bunten Lampions in der Nacht. Und dabei schauten sie auf die tiefliegende Wasserfläche hinunter, die nicht ein einziges Boot überquerte, und auf die steilen Abhänge, deren staubiges Grün kein einziges weißes Landhaus durchbrach. Und wenn dann gerade eine Wolke die Sonne verdeckte und ein eisiger Luftzug aus der Tiefe heraufwehte, machten sie wohl ein paar unfreundliche Bemerkungen über den Schwindel mit dem sonnigen Süden. Von der Dämonie des Ortes aber spürten sie nichts.

Auch die Einheimischen spürten immer weniger von ihr in der folgenden Zeit. Geld kam ins Land, Straßen wurden gebaut, und wo diese blauen Asphaltstraßen die Rebhügel und die Eichen- und Kastanienwälder durchzogen, gab es keine Einsamkeit mehr. Die Städter, die am Sonntag in großen Scharen die Orte auf dem Hügelkamm überfluteten, begannen nun auch an den See hinunterzufahren und sich neugierig dort umzusehen. Ein junger Einheimischer zimmerte ein Hüttchen, in dem er Getränke ausschenkte, und fügte im nächsten Jahr diesem Unternehmen einen bescheidenen Bootsverleih hinzu. Wer an den heißen Sommertagen ruderte, wollte auch baden, und eine Reihe von Kabinen zum Auskleiden entstand. Weil erst die geschwinde Bewegung, vor allem aber das lustige Knattern von Motoren das rechte Lebensgefühl hervorruft, mußten auch andere Fahrzeuge her, eine Art von Wasserautomobilen, feuerroten und blitzblauen, in denen dann die Liebespaare, eng aneinandergeschmiegt, auf dem schwarzen Wasser ihre wilden Kreise zogen. Da den verwöhnten Gästen die Bretterterrasse mit ihren Eisenstühlchen bald nicht mehr genügte, wagte Antonio, ein jungverheirateter Kellner aus Rom, mit dem Geld des Schwiegervaters das einzige Haus, das an der Längsseite des Sees und in beträchtlicher Entfernung von dem Ort Marino lag, auszubauen und dort ein Restaurant zu eröffnen. Daß der

Seeweg dorthin steinig und oft überflutet von Wasser, fast unbefahrbar war, bildete nur einen Reiz mehr für die wagelustigen Ausflügler, denen der junge Wirt mit kleinen Ruheplätzen zwischen blühenden Oleanderbüschen und mit Tischen und Stühlen unter schattigen Bäumen aufwartete und die er mit gutem Essen und freundlicher Miene bediente. Von den reichen Leuten, die bald in immer größerer Zahl bei ihm tafelten, plante wohl der eine oder andere schon, ein Sommerhaus in der Nähe zu bauen, und sprach auf dem Heimweg deswegen beim Bürgermeister vor. Badezeug wurde mitgebracht, von dem kleinen Steg vor dem Restaurant sprangen die jungen Leute ins Wasser, und eine Tafel, die der Wirt angebracht hatte, um vor den gefährlichen Strudeln des Sees zu warnen, rissen ein paar Buben eines Tages herunter, um sie als Floß zu benutzen. So verschwand die letzte sichtbare Mahnung an die Unheimlichkeit des Ortes, der sich nun, wie beherrscht und gezähmt von dem freundlich weißgetünchten Hause, auch freundlich zeigte, ein Dorado für Liebende, die nach dem Essen den schmalen Seeweg entlangschlenderten und sich zwischen Eichen und Kastanien vor neugierigen Blicken verbergen konnten. Antonio, der junge Wirt, war die Seele des aufblühenden Unternehmens, seine Frau Rita stand ihm freundlich und lebhaft zur Seite, das Söhnchen lief schon mit Tellern und Bestecken und wies die ankommenden Wagen zurecht. Antonio, obschon er nicht sonderlich kirchlich gesonnen war, freute sich jetzt oft, daß er dem Kinde den Namen Eugenio gegeben hatte, der auch der Name des hohen Sommergastes von Castel Gandolfo war, an den er nun dankbar und als einen guten Nachbarn und Schutzpatron seines Kindes dachte.

Eines Abends, als der Himmel über dem Ort Castel Gandolfo golden leuchtete und die Bäume dort oben am Hügelrand in schwarzem Schattenriß wunderliche Figuren zeigten, rief er das Kind und deutete auf eine Baumgestalt, die einem Menschen in segnender Gebärde glich. Der kleine Eugenio, der eben vom Seeweg her den Garten betreten hatte, stellte sich auch brav neben ihn und starrte hinauf, nahm aber dann seine Hand mit eisigen Fingern und sagte, er wolle dem Vater nun auch etwas zeigen, und zog ihn mit sich, von wo er gekommen war. Er sprach auf dem Wege nicht und antwortete auf die Fragen des Vaters mit keinem Wort. Auch als die Mutter mit ihrer kräftigen jungen Stimme nach den beiden rief und ihr vom Herdfeuer glühendes Gesicht zum Fenster hinausbeugte, schüttelte das Kind nur unwillig den Kopf, stieß die Gartentür auf und zerrte den Vater auf dem schmalen Pfad zwischen den Eichenbüschen fort. Da lag der See zur rechten, während links der Hügel anstieg, die Sonne war nun verschwunden, und mit einem erregten Murmeln stießen die kleinen Wellen gegen die Baumwurzeln am Ufer; so etwas wie einen Sandstrand gab es hier nicht. Hinter einer Wegbiegung tauchten zwei größere Kinder auf, Spielgefährten des kleinen Eugenio, wilde, handfeste Buben, denen der Wirt gleich ein paar Späße zurief, auf die sie aber nicht antworteten, auch nicht aufsprangen, sondern seltsam starr, wie gelähmt, sitzen blieben, wo sie saßen, am Abhang nämlich, zwanzig oder dreißig Meter über dem Saumpfad, neben einer großen, hohen Baumwurzel, aus der etwas Weißes hervorschaute. Dem Wirt, als er die grünbleichen Gesichter der Knaben sah und die Hand seines Sohnes in der eigenen zittern fühlte, wurde nun endlich klar, daß die Kinder etwas gefunden haben mußten, was sie entsetzte. Er befahl dem kleinen Eugenio, stehenzubleiben, und machte ein paar rasche Schritte auf die Baumwurzel zu, in der in der Tat etwas Schauriges steckte, nämlich der auf brutale Weise in das Holz gezwängte nackte Leib eines Menschen, eines Menschen ohne Kopf.

Es liegt mir fern, diese ganze, nie aufgeklärte Mordtat in allen Einzelheiten zu erzählen. Obwohl die Zeitungen damals wochenlang voll waren von all den Vermutungen, Bezichtigungen, falschen Spuren und richtigen, aber zu keinem Ergebnis führenden Hinweisen, erinnere ich mich an vieles nicht mehr genau. Ich weiß nur, daß auf den Wirt des Gasthauses am Seeufer ein eigentlicher Verdacht nie fiel, daß er zwar als Zeuge verhört, jedoch nie angeklagt wurde, obwohl das Verbrechen so nah vor seinem Hause ausgeführt worden war. Die sachkundige, fast berufsmäßige Art, mit der das verschwundene und vielleicht auf dem Grund des Sees liegende Haupt vom Rumpf getrennt worden war, ließ, ein Meisterstück der Fleischhauerei, als Täter auf einen Metzger schließen, und den Metzgern und Fleischhauern war man zunächst vor allem auf der Spur. Der arme, übriggebliebene Körper war der einer jungen Frau, die sich in einem frühen Stadium der Schwangerschaft befunden hatte. Es wurde in ihm nach sorgfältiger Überprüfung aller in der Stadt seit jenem Tage abgängigen Mädchen der einer Hausangestellten aus Sizilien vermutet und die Familie zur Feststellung der Toten von der Insel zitiert. Was doch der Kopf, Haar und Augen, Wangen, Schläfen und Mund an dem Menschen ausmachen, ja, daß eigentlich erst sie ihn ausmachen, mag da zutage getreten sein, als die armen Bauersleute die Füße und Hände betrachteten und nun sagen sollten, was sie doch nicht wahrhaben wollten: ja, das war unser Kind. Das stille, finstere und nicht einmal schöne Geschöpf hatte offenbar seinen freien Tag dazu benützt, einen Ausflug mit seinem Verehrer zu machen, eine Kahnfahrt auf dem See. Den Brotgebern hatte sie davon nichts gesagt. Es waren ihr auch vorher keine Liebesverhältnisse, ja nicht einmal Herrenbekanntschaften nachzusagen gewesen. Ob das Paar vor dem entsetzlichen Ende seines Ausflugs bei dem Wirt Antonio noch eingekehrt war, war mit Gewißheit nicht zu sagen, da ja nicht nur der Kopf, sondern auch die Kleider fehlten. Der Bootsverleiher hatte an dem Nachmittag an viele junge Paare Boote vermietet und sie alle zurückbekommen. Darauf zu achten, ob einer etwa in Begleitung wegfuhr und allein wiederkam, war ihm nicht möglich gewesen; es hätte ja auch die zweite Person irgendwo, zum Beispiel bei Antonios hübschem Restaurant, ausgestiegen sein können. Von einem Soldaten war eine Zeitlang die Rede, auch von einem Matrosen, aber die Nachforschungen in den Kasernen und auf den Schiffen ergaben nichts. Es wurde, kurz gesagt, nach vielen vergeblichen Bemühungen der Polizei allmählich wieder still um die Tote und stiller auch an den Ufern des Sees und in Antonios Restaurant, das nicht nur die Kriminalbeamten und die zahllosen Reporter, sondern auch viele Neugierige einige Wochen lang fleißig aufgesucht hatten. Man fuhr auch später gelegentlich noch hinaus, um seine Vermutungen anzustellen und das Gruseln zu lernen. Aber wer hätte noch zwischen den Oleanderbüschen friedlich träumen oder Liebesworte flüstern mögen, wer hätte in solcher Nähe der verfluchten Baumwurzel noch Appetit auf Brathähnchen gehabt, und wen hätte es gelüstet, in den See hinauszuschwimmen, aus dem jeden Augenblick das nun gewiß schon widerlich zerstörte, von den

Fischen angefressene Haupt der Ermordeten auftauchen konnte? Solche Abneigung stellte sich jedoch erst im nächsten Frühjahr heraus. Im Spätherbst, als die Tage kurz und die Winde eisig wurden, schloß Antonio, wie auch im vergangenen Jahr, die Gaststätte und zog mit Frau und Kind in die römische Vorstadt, zu den Schwiegereltern, mit denen er in einem guten Verhältnis stand. Er arbeitete den Winter über in der Stadt, und es kam vor, daß in den Gaststätten, wo er bediente, Menschen auf ihn deuteten und flüsterten, das ist der Wirt vom See, oder das ist der Mann, der über die Geköpfte alles weiß. Man versuchte wohl auch dann und wann, ihn auszuhorchen, aber nicht oft und im Laufe der Wintermonate immer seltener, da zu der Zeit schon neue, ebenso ungeklärte Schandtaten die Gemüter bewegten. Daß der kleine Eugenio unbefangen spielte und daß auch Antonios Frau Rita den grausigen Vorfall bald vergessen zu haben schien, war für den Wirt, der Frau und Kind wie nichts auf der Welt liebte, eine große Erleichterung, so daß er sich schon vor Ostern auf das Frühjahr und die Wiedereröffnung des Restaurants zu freuen begann und schon im April hinausfuhr, um alles instand zu setzen und nach dem rechten zu sehen. Frau und Kind kamen bald nach. Auch die Schwiegereltern verbrachten einen Sonntag draußen, und mit dem Schwiegervater, der einen großen Teil seiner Ersparnisse in das Unternehmen gesteckt hatte, ging Antonio nun durch das Anwesen, Erweiterung und Verbesserung zu bedenken, besonders einen Ausbau des oberen Stockwerkes, durch den einige Gastzimmer gewonnen werden sollten. Zu übernachten, ja längere Zeit zu bleiben, hatte schon mancher Gast gewünscht; zumal in den heißen Monaten ließ sich eine gute Einnahme da mit Sicherheit voraussehen. Es wurde also bald gesägt, gehämmert und geklopft, Bretter und Glasscheiben herangefahren, und Antonio, der sich an diesen Arbeiten mit großem Eifer beteiligte, fühlte, wie der letzte Rest von Bedrückung und Sorge von ihm fiel. Als der Ausbau fertig war und die Glaser ihre sonderbaren Schlangenzeichen auf die frisch eingekitteten Fenster malten, war auch die schöne Jahreszeit da, der Mai mit seiner jähen Wärme und seinem wilden Blühen, und an den Wochenenden begannen sich die Straßen durch die Campagna mit langen Kolonnen von Wagen wie mit Ameisen- oder

Käferwanderzügen zu bedecken. In Küche und Keller hatte Antonio vorgesorgt, Mädchen aus dem Ort waren zu Ritas Unterstützung verpflichtet worden, der kleine Eugenio trieb sich schon am frühen Vormittag, herankommende Wagen zurechtzuweisen, auf dem erweiterten und frisch geschotterten Parkplatz herum. Aber nicht nur an diesem frühen Vormittag, sondern den ganzen Tag über blieb der Parkplatz unbenutzt, standen die weißgedeckten Tische leer.

Daß der Besuch des Restaurants an diesem ersten schönen Sonntag viel, ja alles zu wünschen übrig ließ, war schließlich auf verschiedene Weise zu erklären: noch waren die Abende kühl, noch wurde die pralle Sonne des lateinischen Strandes mehr als die Schattenkühle von Wald und Bergen geschätzt. Aber dann änderte sich das Wetter noch einmal, es wurde schwül und bald hochsommerlich heiß, und noch immer stand der kleine Eugenio mit seinem, ihm von der Mutter genähten Fähnchen umsonst auf dem Parkplatz, immer noch blieben die Tische im Garten leer und die neuhergerichteten Zimmer unbenutzt.

Im August war ich einmal dort draußen; ich spielte vor dem Essen mit dem kleinen Eugenio und ließ mir bei Tisch von seiner Mutter berichten, dieser hübschen, rundlichen Frau, die nicht daran dachte, den Mut zu verlieren. An allem, sagte sie, ist nur die Geköpfte schuld, und der kleine Eugenio, der neben uns am Tisch ein Kartenhaus baute, sang »la de-ca-pi-ta-ta« wie ein lustiges Kinderlied und warf sein Kartenhaus um. Aber das wird nicht mehr lange dauern, fuhr Rita fort, nächstes Jahr denkt niemand mehr daran. Als solle ihre Zuversicht auf der Stelle belohnt werden, glitt in diesem Augenblick ein großer ausländischer Wagen lautlos vors Haus. Wie hübsch, wie schön, riefen die fremden Herren und Damen, ließen sich Liegestühle bringen und zogen ihre Badesachen an; es war beinahe, als sei hier nie etwas geschehen. Aber natürlich hatte Antonio nicht wie früher einkaufen können. Die Hühner, die in aller Eile geschlachtet wurden, waren mager, und als die Gäste gingen, hörte ich sie über das Essen abfällige Bemerkungen machen. Es kamen an diesem Tag nur noch zwei Motorroller, ein Soldat mit seiner Freundin, ein Liebespaar, das sich bei den Händen hielt und scheue Blicke auf die dunklen Gebüsche warf, hinter denen der schmale Weg am

See entlanglief. Auch der zweite Motorradfahrer war in Uniform, aber der setzte sich nicht und verzehrte nichts, sondern ging gleich ins Haus hinein, und als ich mein Essen bezahlte, erfuhr ich, daß er Antonio eine Vorladung gebracht hatte, eine Vorladung vor Gericht.

Natürlich hatte diese Vorladung noch immer mit dem Verbrechen zu tun. Aber es handelte sich gewiß um nichts anderes als um eine Kleinigkeit, um irgendeine Feststellung, die vergessen worden war. Ich sagte mir das, als ich langsam zu Fuß um den See herum nach Marino ging, aber ich konnte nichts dagegen tun, daß mir der See an diesem Abend fürchterlich öde und traurig erschien. Die Traurigkeit schien aus dem Wasser selbst wie aus einer unermeßlichen Tiefe aufzusteigen, aber nicht so weit empor, daß die frischen Bergwinde sie hätten ergreifen und zerstreuen können. Finstere Schatten lagen auf dem Kranz der steilen Ufer, während das Wasser, von seltsamen Strudeln bewegt, sich im Abglanz der Abendsonne färbte. Wie in den vergangenen Jahren war kein einziges Boot unterwegs, und nur von weit her, von den weißen Terrassen am Hügelkamm, ertönten fröhliche Stimmen und Mandolinen-Musik, wie aus einer andern, glücklicheren Welt. Dorthinauf stieg ich an jenem Tage, um mich mit Freunden zu treffen, und vergaß über dem Zusammensein den Wirt Antonio und seine Familie. Ich reiste auch bald darauf in meine Heimat und kam erst im Winter wieder nach Rom zurück. Aber gleich in den ersten Tagen erfuhr ich in einem der Restaurants, in denen Antonio in den Wintermonaten auszuhelfen pflegte, daß die kleine Familie diesmal gar nicht in die Stadt gezogen, sondern draußen am See geblieben war, ganz allein.

Wenn ich sage: allein, wird das gewiß bei uns niemand verstehen. Denn sie waren ja zu dritt und hatten einander, und vielleicht war da auch eine alte Magd, die am Abend umherging und die Fensterläden schloß. Aber für einen Südländer ist das schon eine bittere Einsamkeit. Denn zu einem rechten Leben gehören ihm die Großeltern und die Eltern, die Tanten und Onkel und Brüder und Schwestern und ihre Kinder. Es gehört dazu die Piazza mit ihren Männergesprächen und die Bar mit ihrem Glücksrad und ihrem politischen Streit. Lärm gehört dazu, Motorenlärm und Menschenstimmen und Menschengesichter in Leidenschaft und Freude und Schmerz. Dieses alles mußten Antonio und Rita entbehren und dazu den Winter ertragen, der in diesem Jahr ungewöhnlich streng und fast endlos war. Mehrere Male fiel Schnee in großen Mengen, der dann verharscht und schmutzig längere Zeit liegenblieb. An den wenigen Sonnentagen bliesen eisige Winde, und dazwischen setzte immer wieder ein maßloses schwarzes Tauwetter ein. Über die Binnengewässer zogen sich dichte Nebeldecken, die besonders am Rande der Berge nicht weichen wollten. Die Saumpfade, vom Eis geborsten und von der Schlammflut der Bergbäche überspült, wurden unbegehbar. Auch Antonios Haus war auf solche Weise bald von der Außenwelt abgeschnitten, und nur um die nötigsten Einkäufe zu machen, kam der Wirt mit dem Boot über den See und tauchte in den Geschäften auf wie einer aus dem Jenseits, eilig und bleich. Ob er krank sei, fragten ihn die Leute in Marino, aber das war er nicht, das waren sie alle nicht dort draußen, und trotz des entsetzlichen Wetters zogen sie nicht in die Stadt zurück und schrieben auch keine Klagebriefe an ihre Verwandten und Freunde in Rom. Antonio und Rita beschäftigten sich mit allerlei Ausbesserungsarbeiten, mit dem Holz und den Tieren, und brachten am Abend dem Söhnchen das Lesen und Schreiben bei. Einmal besorgte der Vater dem Kind auch Wasserfarbenstifte, und Eugenio benutzte diese dazu, mehrere merkwürdige Kritzeleien und Klecksereien herzustellen, die alle zum Gegenstand eine Art von Nixe hatten, aber eine ohne Körper, bei der der Hals in den schuppigen Fischschwanz unmittelbar überging. Antonio sah diese Blätter, machte aber kein Aufhebens davon, wie er überhaupt dem Kinde, aber auch seiner Frau gegenüber in diesen Wochen eine heitere, ausgeglichene Gemütsart zeigte. Eines Abends aber ging er, wie er es immer tat, noch einmal vor die Tür hinaus, und diesmal nahm er sein Gewehr mit und schickte den Knaben, der ihm nachlaufen wollte, mit zornigen Worten ins Haus zurück. Das war zur Zeit der letzten Schneeschmelze, ein stürmischer Abend, das Feuer prasselte im Herd, der See gurgelte und zischte, und die Äste der Bäume schlugen wie Schwerter aneinander. So kam es, daß Antonios Frau den Schuß nicht hörte, der draußen fiel, und daß sie erst eine ganze Weile später, als sie hinauslief und Antonios Namen schrie und nach ihm suchte, im Dunkeln stolperte und hinfiel, und das, worüber sie gefallen war, war der Körper ihres Mannes, was sie griff und umarmte, waren seine kalten Glieder, und worein ihre Lippen tauchten, war sein Blut.

Man hat später dem Wetter und der Einsamkeit die Schuld an Antonios Selbstmord geben wollen. Man hat auch behauptet, daß sein Schwiegervater ihm ein neues Darlehen verweigert oder das alte zurückgefordert habe und daß die beiden Männer deswegen in Streit geraten seien. Außerdem hat es auch geheißen, nicht vom Gericht, aber von allen Menschen in der Umgebung sei Antonio im Zusammenhang mit dem Verbrechen doch verdächtigt worden, und je mehr Zeit vergangen sei, ohne daß der wirkliche Täter gefunden wurde, desto mehr habe sich der Wirt das Gerede zu Herzen genommen. Und dann gab es natürlich auch Leute, die behaupteten, Antonio sei eben wirklich der Mörder gewesen, und nun habe er, von Gewissensbissen gepeinigt, seine Tat gesühnt.

Aber von alledem glaube ich kein Wort. Ich glaube vielmehr, daß es auf unserer, von der Technik beherrschten Erde und mitten zwischen den lauten Ansiedlungen der Menschen immer noch Orte gibt, die den Geistern gehören. Ich glaube, daß diese Geister, verkannt und mißachtet, ein Opfer haben müssen – und noch ein Opfer, und erst dann ist es gut. Erst dann können die bewimpelten Boote über einen ruhigen Wasserspiegel fahren, erst dann können die Liebespaare im Oleander sich küssen, erst dann können die Menschen fröhlich sein.

DAS DICKE KIND

Es war Ende Januar, bald nach den Weihnachtsferien, als das
dicke Kind zu mir kam. Ich hatte in diesem Winter angefangen, an die Kinder aus der Nachbarschaft Bücher auszulei-
hen, die sie an einem bestimmten Wochentag holen und zu-
rückbringen sollten. Natürlich kannte ich die meisten dieser
Kinder, aber es kamen auch manchmal Fremde, die nicht in
unserer Straße wohnten. Und wenn auch die Mehrzahl von
ihnen gerade nur so lange Zeit blieb, wie der Umtausch in
Anspruch nahm, so gab es doch einige, die sich hinsetzten
und gleich auf der Stelle zu lesen begannen. Dann saß ich an
meinem Schreibtisch und arbeitete, und die Kinder saßen an
dem kleinen Tisch bei der Bücherwand, und ihre Gegenwart
war mir angenehm und störte mich nicht. Das dicke Kind
kam an einem Freitag oder Samstag, jedenfalls nicht an dem
zum Ausleihen bestimmten Tag. Ich hatte vor, auszugehen
und war im Begriff, einen kleinen Imbiß, den ich mir gerichtet hatte, ins Zimmer zu tragen. Kurz vorher hatte ich einen
Besuch gehabt und dieser mußte wohl vergessen haben, die
Eingangstüre zu schließen. So kam es, daß das dicke Kind
ganz plötzlich vor mir stand, gerade als ich das Tablett auf den
Schreibtisch niedergesetzt hatte und mich umwandte, um
noch etwas in der Küche zu holen. Es war ein Mädchen von
vielleicht zwölf Jahren, das einen altmodischen Lodenmantel
und schwarze, gestrickte Gamaschen anhatte und an einem
Riemen ein paar Schlittschuhe trug, und es kam mir bekannt,
aber doch nicht richtig bekannt vor, und weil es so leise her-
eingekommen war, hatte es mich erschreckt.

Kenne ich Dich? fragte ich überrascht.

Das dicke Kind sagte nichts. Es stand nur da und legte die
Hände über seinem runden Bauch zusammen und sah mich
mit seinen wasserhellen Augen an.

Möchtest Du ein Buch? fragte ich.

Das dicke Kind gab wieder keine Antwort. Aber darüber
wunderte ich mich nicht allzu sehr. Ich war es gewohnt, daß
die Kinder schüchtern waren und daß man ihnen helfen

mußte. Also zog ich ein paar Bücher heraus und legte sie vor das fremde Mädchen hin. Dann machte ich mich daran, eine der Karten auszufüllen, auf welchen die entliehenen Bücher aufgezeichnet wurden. Wie heißt Du denn? fragte ich.

Sie nennen mich die Dicke, sagte das Kind.

Soll ich Dich auch so nennen? fragte ich.

Es ist mir egal, sagte das Kind. Es erwiderte mein Lächeln nicht, und ich glaube mich jetzt zu erinnern, daß sein Gesicht sich in diesem Augenblick schmerzlich verzog. Aber ich achtete darauf nicht.

Wann bist Du geboren? fragte ich weiter.

Im Wassermann, sagte das Kind ruhig.

Diese Antwort belustigte mich, und ich trug sie auf der Karte ein, spaßeshalber gewissermaßen, und dann wandte ich mich wieder den Büchern zu.

Möchtest Du etwas Bestimmtes? fragte ich.

Aber dann sah ich, daß das fremde Kind gar nicht die Bücher ins Auge faßte, sondern seine Blicke auf dem Tablett ruhen ließ, auf dem mein Tee und meine belegten Brote standen. Vielleicht möchtest Du etwas essen, sagte ich schnell.

Das Kind nickte, und in seiner Zustimmung lag etwas wie ein gekränktes Erstaunen darüber, daß ich erst jetzt auf diesen Gedanken kam. Es machte sich daran, die Brote eins nach dem andern zu verzehren, und es tat das auf eine besondere Weise, über die ich mir erst später Rechenschaft gab. Dann saß es wieder da und ließ seine trägen, kalten Blicke im Zimmer herumwandern, und es lag etwas in seinem Wesen, das mich mit Ärger und Abneigung erfüllte. Ja gewiß, ich habe dieses Kind von Anfang an gehaßt. Alles an ihm hat mich abgestoßen, seine trägen Glieder, sein hübsches, fettes Gesicht, seine Art zu sprechen, die zugleich schläfrig und anmaßend war. Und obwohl ich mich entschlossen hatte, ihm zuliebe meinen Spaziergang aufzugeben, behandelte ich es doch keineswegs freundlich, sondern grausam und kalt.

Oder soll man es etwa freundlich nennen, daß ich mich nun an den Schreibtisch setzte und meine Arbeit vornahm und über meine Schulter weg sagte, lies jetzt, obwohl ich doch ganz genau wußte, daß das fremde Kind gar nicht lesen wollte? Und dann saß ich da und wollte schreiben und brachte nichts zustande, weil ich ein sonderbares Gefühl der

Peinigung hatte, so, wie wenn man etwas erraten soll und errät es nicht, und ehe man es nicht erraten hat, kann nichts mehr so werden wie es vorher war. Und eine Weile lang hielt ich das aus, aber nicht sehr lange, und dann wandte ich mich um und begann eine Unterhaltung, und es fielen mir nur die törichtsten Fragen ein.

Hast Du noch Geschwister, fragte ich.

Ja, sagte das Kind.

Gehst Du gern in die Schule, fragte ich.

Ja, sagte das Kind.

Was magst Du denn am liebsten?

Wie bitte? fragte das Kind.

Welches Fach, sagte ich verzweifelt.

Ich weiß nicht, sagte das Kind.

Vielleicht Deutsch? fragte ich.

Ich weiß nicht, sagte das Kind.

Ich drehte meinen Bleistift zwischen den Fingern, und es wuchs etwas in mir auf, ein Grauen, das mit der Erscheinung des Kindes in gar keinem Verhältnis stand.

Hast Du Freundinnen? fragte ich zitternd.

O ja, sagte das Mädchen.

Eine hast Du doch sicher am liebsten? fragte ich. Ich weiß nicht, sagte das Kind, und wie es dasaß in seinem haarigen Lodenmantel, glich es einer fetten Raupe, und wie eine Raupe hatte es auch gegessen und wie eine Raupe witterte es jetzt wieder herum.

Jetzt bekommst Du nichts mehr, dachte ich, von einer sonderbaren Rachsucht erfüllt. Aber dann ging ich doch hinaus und holte Brot und Wurst, und das Kind starrte darauf mit seinem dumpfen Gesicht, und dann fing es an zu essen, wie eine Raupe frißt, langsam und stetig, wie aus einem inneren Zwang heraus, und ich betrachtete es feindlich und stumm. Denn nun war es schon soweit, daß alles an diesem Kind mich aufzuregen und zu ärgern begann. Was für ein albernes, weißes Kleid, was für ein lächerlicher Stehkragen dachte ich, als das Kind nach dem Essen seinen Mantel aufknöpfte. Ich setzte mich wieder an meine Arbeit, aber dann hörte ich das Kind hinter mir schmatzen, und dieses Geräusch glich dem trägen Schmatzen eines schwarzen Weihers irgendwo im Walde, es brachte mir alles wässerig Dumpfe, alles Schwere und Trübe der Menschennatur zum Bewußtsein und verstimmte mich sehr. Was willst Du von mir, dachte ich, geh fort, geh fort. Und ich hatte Lust, das Kind mit meinen Händen aus dem Zimmer zu stoßen, wie man ein lästiges Tier vertreibt. Aber dann stieß ich es nicht aus dem Zimmer, sondern sprach nur wieder mit ihm, und wieder auf dieselbe grausame Art.

Gehst Du jetzt aufs Eis? fragte ich.

Ja, sagte das dicke Kind.

Kannst Du gut Schlittschuhlaufen? fragte ich und deutete auf die Schlittschuhe, die das Kind noch immer am Arm hängen hatte.

Meine Schwester kann gut, sagte das Kind, und wieder erschien auf seinem Gesicht ein Ausdruck von Schmerz und Trauer, und wieder beachtete ich ihn nicht.

Wie sieht Deine Schwester aus? fragte ich. Gleicht sie Dir?

Ach nein, sagte das dicke Kind. Meine Schwester ist ganz dünn und hat schwarzes, lockiges Haar. Im Sommer, wenn wir auf dem Land sind, steht sie nachts auf, wenn ein Gewitter kommt und sitzt oben auf der obersten Galerie auf dem Geländer und singt.

Und Du? fragte ich.

Ich bleibe im Bett, sagte das Kind. Ich habe Angst.

Deine Schwester hat keine Angst, nicht wahr? sagte ich.

Nein, sagte das Kind. Sie hat niemals Angst. Sie springt auch vom obersten Sprungbrett. Sie macht einen Kopfsprung, und dann schwimmt sie weit hinaus ...

Was singt Deine Schwester denn? fragte ich neugierig.

Sie singt, was sie will, sagte das dicke Kind traurig. Sie macht Gedichte.

Und Du? fragte ich.

Ich tue nichts, sagte das Kind. Und dann stand es auf und sagte, ich muß jetzt gehen. Ich streckte meine Hand aus, und es legte seine dicken Finger hinein, und ich weiß nicht genau, was ich dabei empfand, etwas wie eine Aufforderung, ihm zu folgen, einen unhörbaren, dringlichen Ruf. Komm einmal wieder, sagte ich, aber es war mir nicht ernst damit, und das Kind sagte nichts und sah mich mit seinen kühlen Augen an. Und dann war es fort, und ich hätte eigentlich Erleichterung spüren müssen. Aber kaum, daß ich die Wohnungstür ins

Schloß fallen hörte, lief ich auch schon auf den Korridor hinaus und zog meinen Mantel an. Ich rannte ganz schnell die Treppe hinunter und erreichte die Straße in dem Augenblick, in dem das Kind um die nächste Ecke verschwand.

Ich muß doch sehen, wie diese Raupe Schlittschuh läuft, dachte ich. Ich muß doch sehen, wie sich dieser Fettkloß auf dem Eise bewegt. Und ich beschleunigte meine Schritte, um das Kind nicht aus den Augen zu verlieren.

Es war am frühen Nachmittag gewesen, als das dicke Kind zu mir ins Zimmer trat, und jetzt brach die Dämmerung herein. Obwohl ich in dieser Stadt einige Jahre meiner Kindheit verbracht hatte, kannte ich mich doch nicht mehr gut aus, und während ich mich bemühte, dem Kinde zu folgen, wußte ich bald nicht mehr, welchen Weg wir gingen, und die Straßen und Plätze, die vor mir auftauchten, waren mir völlig fremd. Ich bemerkte auch plötzlich eine Veränderung in der Luft. Es war sehr kalt gewesen, aber nun war ohne Zweifel Tauwetter eingetreten und mit so großer Gewalt, daß der Schnee schon von den Dächern tropfte und am Himmel große Föhnwolken ihres Weges zogen. Wir kamen vor die Stadt hinaus, dorthin, wo die Häuser von großen Gärten umgeben sind, und dann waren gar keine Häuser mehr da, und dann verschwand plötzlich das Kind und tauchte eine Böschung hinab. Und wenn ich erwartet hatte, nun einen Eislaufplatz vor mir zu sehen, helle Buden und Bogenlampen und eine glitzernde Fläche voll Geschrei und Musik, so bot sich mir jetzt ein ganz anderer Anblick. Denn dort unten lag der See, von dem ich geglaubt hatte, daß seine Ufer mittlerweile alle bebaut worden wären: er lag ganz einsam da, von schwarzen Wäldern umgeben und sah genau wie in meiner Kindheit aus.

Dieses unerwartete Bild erregte mich so sehr, daß ich das fremde Kind beinahe aus den Augen verlor. Aber dann sah ich es wieder, es hockte am Ufer und versuchte, ein Bein über das andere zu legen und mit der einen Hand den Schlittschuh am Fuß festzuhalten, während es mit der andern den Schlüssel herumdrehte. Der Schlüssel fiel ein paarmal herunter, und dann ließ sich das dicke Kind auf alle Viere fallen und rutschte auf dem Eis herum, und suchte und sah wie eine seltsame Kröte aus. Überdem wurde es immer dunkler, der Dampfersteg, der nur ein paar Meter von dem Kind entfernt in den See vorstieß, stand tiefschwarz über der weiten Fläche, die silbrig glänzte, aber nicht überall gleich, sondern ein wenig dunkler hier und dort, und in diesen trüben Flecken kündigte sich das Tauwetter an. Mach doch schnell, rief ich ungeduldig, und die Dicke beeilte sich nun wirklich, aber nicht auf mein Drängen hin, sondern weil draußen vor dem Ende des langen Dampfersteges jemand winkte und »Komm Dicke« schrie, jemand, der dort seine Kreise zog, eine leichte, helle Gestalt. Es fiel mir ein, daß dies die Schwester sein müsse, die Tänzerin, die Gewittersängerin, das Kind nach meinem Herzen, und ich war gleich überzeugt, daß nichts anderes mich hierhergelockt hatte als der Wunsch, dieses anmutige Wesen zu sehen. Zugleich aber wurde ich mir auch der Gefahr bewußt, in der die Kinder schwebten. Denn nun begann mit einem Mal dieses seltsame Stöhnen, diese tiefen Seufzer, die der See auszustoßen scheint, ehe die Eisdecke bricht. Diese Seufzer liefen in der Tiefe hin wie eine schaurige Klage, und ich hörte sie, und die Kinder hörten sie nicht.

Nein gewiß, sie hörten sie nicht. Denn sonst hätte sich die Dicke, dieses ängstliche Geschöpf, nicht auf den Weg gemacht, sie wäre nicht mit ihren kratzigen, unbeholfenen Stößen immer weiter hinausgestrebt, und die Schwester draußen hätte nicht gewinkt und gelacht und sich wie eine Ballerina auf der Spitze ihres Schlittschuhs gedreht, um dann wieder ihre schönen Achten zu ziehen, und die Dicke hätte die schwarzen Stellen vermieden, vor denen sie jetzt zurückschreckte, um sie dann doch zu überqueren, und die Schwester hätte sich nicht plötzlich hoch aufgerichtet und wäre nicht davongeglitten, fort, fort, einer der kleinen einsamen Buchten zu.

Ich konnte das alles genau sehen, weil ich mich daran gemacht hatte, auf dem Dampfersteg hinauszuwandern, immer weiter, Schritt für Schritt. Trotzdem die Bohlen vereist waren, kam ich doch schneller vorwärts, als das dicke Kind dort unten, und wenn ich mich umwandte, konnte ich sein Gesicht sehen, das einen dumpfen und zugleich sehnsüchtigen Ausdruck hatte. Ich konnte auch die Risse sehen, die jetzt überall aufbrachen und aus denen, wie Schaum vor die Lippen des Rasenden, ein wenig schäumendes Wasser trat. Und dann sah ich natürlich auch, wie unter dem dicken Kinde das

Eis zerbrach. Denn das geschah an der Stelle, an der die Schwester vordem getanzt hatte und nur wenige Armlängen vor dem Ende des Stegs.

Ich muß gleich sagen, daß dieses Einbrechen kein lebensgefährliches war. Der See gefriert in ein paar Schichten, und die zweite lag nur einen Meter unter der ersten und war noch ganz fest. Alles, was geschah, war, daß die Dicke einen Meter tief im Wasser stand, im eisigen Wasser freilich und umgeben von bröckelnden Schollen, aber wenn sie nur ein paar Schritte durch das Wasser watete, konnte sie den Steg erreichen und sich dort hinaufziehen, und ich konnte ihr dabei behilflich sein. Aber ich dachte trotzdem gleich, sie wird es nicht schaffen, und es sah auch so aus, als ob sie es nicht schaffen würde, wie sie da stand, zu Tode erschrocken und nur ein paar unbeholfene Bewegungen machte, und das Wasser strömte um sie herum und das Eis unter ihren Händen zerbrach. Der Wassermann, dachte ich, jetzt zieht er sie hinunter, und ich spürte gar nichts dabei, nicht das geringste Erbarmen, und rührte mich nicht.

Aber nun hob die Dicke plötzlich den Kopf, und weil es jetzt vollends Nacht geworden und der Mond hinter den Wolken erschienen war, konnte ich deutlich sehen, daß etwas in ihrem Gesicht sich verändert hatte. Es waren dieselben Züge und doch nicht dieselben, aufgerissen waren sie von Willen und Leidenschaft, als ob sie nun, im Angesicht des Todes, alles Leben tränken, alles glühende Leben der Welt. Ja, das glaubte ich wohl, daß der Tod nahe und dies das letzte sei, und beugte mich über das Geländer und blickte in das weiße Antlitz unter mir, und wie ein Spiegelbild sah es mir entgegen aus der schwarzen Flut. Da aber hatte das dicke Kind den Pfahl erreicht. Es streckte die Hände aus und begann sich heraufzuziehen, ganz geschickt hielt es sich an den Nägeln und Haken, die aus dem Holze ragten. Sein Körper war zu schwer, und seine Finger bluteten, und es fiel wieder zurück, aber nur, um wieder von neuem zu beginnen. Und das war ein langer Kampf, ein schreckliches Ringen um Befreiung und Verwandlung, wie das Aufbrechen einer Schale oder eines Gespinstes, dem ich da zusah, und jetzt hätte ich dem Kinde wohl helfen mögen, aber ich wußte, ich brauchte ihm nicht mehr zu helfen – ich hatte es erkannt ...

An meinen Heimweg an diesem Abend erinnerte ich mich nicht. Ich weiß nur, daß ich auf unserer Treppe einer Nachbarin erzählte, daß es noch jetzt ein Stück Seeufer gäbe mit Wiesen und schwarzen Wäldern, aber sie erwiderte mir, nein, das gäbe es nicht. Und daß ich dann die Papiere auf meinem Schreibtisch durcheinandergewühlt fand und irgendwo dazwischen ein altes Bildchen, das mich selbst darstellte, in einem weißen Wollkleid mit Stehkragen, mit hellen, wäßrigen Augen und sehr dick.

DIE SCHLAFWANDLERIN

Als die Schlafwandlerin angerufen wurde, hatte sie bereits die Hälfte ihres Weges zurückgelegt. Sie hatte eine Straße überquert und war vor einem Schaufenster stehengeblieben, in dessen matter und schmutziger Scheibe sich einiges spiegelte, ein Stückchen Märzhimmel, ein Schieferdach und eine Büstenhalter-Reklame, alles schön bunt und durch die Unebenheit der Scheibe angenehm verzerrt. Die Schlafwandlerin stand da, ließ ihr rotes Einkaufsnetz hin- und herschwingen und spürte ein ungewisses Etwas, das aus blauer Luft, braunen klebrigen Knospen, Vogelrufen und witternden Hundenasen bestand und »der Frühling« hieß. Sie dachte an gar nichts, und das Schaufenster, in das sie blickte, war vollkommen leer. »Sehen Sie mich denn nicht?« fragte jemand. Die Schlafwandlerin fuhr ein wenig zusammen. Sie gewahrte jetzt in der Scheibe sich selbst und daneben das Gesicht einer Frau, ein lebhaftes und zugleich strenges Gesicht. Sie war sofort davon überzeugt, diese Frau zu kennen oder sie doch wenigstens kennen zu müssen. Also sagte sie: »Doch« und »Wie geht es Ihnen?« und drehte sich freundlich um, allerdings nur um festzustellen, daß sich gar niemand hinter ihr befand.

»Das sieht mir ähnlich«, dachte die Schlafwandlerin und lächelte vor sich hin. Aber dann schrak sie wieder zusammen, weil sie die Stimme noch immer hörte und ebenso nahe wie zuvor.

»Ich denke nach«, sagte die andere Frau, ohne von der Höflichkeit der Schlafwandlerin die geringste Notiz zu nehmen. »Ich überlege mir, ob Sie kurzsichtig sind.«

»Das bin ich!« sagte die Schlafwandlerin.

»Haben Sie keine Brille?« fragte die Frau.

»Doch!« sagte die Schlafwandlerin.

»Warum setzen Sie sie nicht auf?« fragte die Frau streng.

»Ich bin zu eitel«, sagte die Schlafwandlerin beschämt.

»Das glaube ich nicht«, sagte die fremde Stimme. »Sie wollen nicht sehen!«

»Vielleicht will ich wirklich nicht sehen«, sagte die Schlafwandlerin, in der ein Gefühl des Unbehagens und des Trotzes sich zu rühren begann. Sie wandte sich von dem Fenster fort und machte einen Versuch, ihres Weges zu gehen. Aber die unsichtbare Fremde schien nicht die Absicht zu haben, sie zu verlassen. Sie ging an ihrer Seite, und die Schlafwandlerin meinte, ihre kleinen, harten Schritte auf dem Pflaster zu hören.

»Es geht nicht mehr recht weiter, nicht wahr?« fragte sie nach einer Weile.

»Was geht nicht mehr weiter?« fragte die Schlafwandlerin.

»Mit der Arbeit«, sagte die Stimme.

Diese drei Worte entsprachen dem Schrei, den einer auf der nächtlichen Straße ausstößt, weil er droben auf der Dachkante eine weiße Gestalt erblickt. Dem Schrei, der an das Ohr der ruhig Schreitenden dringt und ihr mit einem Mal alles zum Bewußtsein bringt, die Höhe der vier Stockwerke, die Schmalheit der Dachrinne, die ganze Absonderlichkeit ihrer Existenz. Als die Schlafwandlerin diese Worte hörte, erwachte sie in der Tat.

»Wie meinen Sie das?« fragte sie und sah sich unruhig um.

»Es will nicht mehr glücken«, sagte die Fremde. Die Schlafwandlerin blieb stehen, weil der Boden unter ihren Füßen zu schwanken begann. Sie war sofort davon überzeugt, daß die Fremde recht habe. Sie bildete sich sogar ein, diesen ganzen Vormittag nichts anderes empfunden zu haben und über nichts anderes nachgedacht zu haben als darüber, daß ihr nichts mehr glücken wollte und daß es mit der Arbeit nicht weiterging. Und wenn ihr noch vor wenigen Minuten die Gegenwart der Fremden lästig gewesen war, so empfand sie jetzt eine schmerzliche Angst, mit diesen Erinnerungen alleine zu sein.

»Warum will es nicht mehr glücken?« fragte sie schnell.

»Weil alles seine Zeit hat«, sagte die Fremde. »Etwas ist vorbei.«

»Was ist vorbei?« fragte die Schlafwandlerin begierig.

»Das Ungefähre ist vorbei«, sagte die Fremde.

»Und was kommt jetzt?« fragte die Schlafwandlerin mit zitternder Stimme.

»Jetzt müssen Sie sehen!« sagte ihre Begleiterin.

»Jetzt muß ich sehen«, dachte die Schlafwandlerin und riß ihre Augen auf.

Gerade ihr gegenüber stand die Ruine eines großen Geschäftshauses. In der Toreinfahrt stand ein einbeiniger Mann, der mit eintöniger Stimme Schnürsenkel feilbot. Auf der schmalen Straße fuhren die Wagen in beiden Richtungen schnell dahin und ließen den schmutzigen Schnee in kleinen Klumpen zur Seite fliegen. Obwohl die Schlafwandlerin dies alles genau kannte, flößte ihr doch der Anblick der Stadt in diesem Augenblick einen tödlichen Schrecken ein. Sie war ganz sicher, daß sie nicht nur gezwungen werden sollte, die Wirklichkeit ins Auge zu fassen, sondern daß sie dahinter etwas erkennen sollte, das über alle Maßen entsetzlich war.

»Beginnen Sie jetzt mit dem Aufzeichnen!« sagte die Stimme streng.

»Schriftlich?« fragte die Schlafwandlerin verstört.

»Nein«, sagte die Fremde. »Im Kopf; das genügt.«

»Ich muß Fisch kaufen«, sagte die Schlafwandlerin, mit einem letzten Versuch zu entrinnen.

»Eben dahin gehen wir«, sagte die Stimme.

Der Fischladen war gleich nebenan. In der Auslage häuften sich auf breiten Schüsseln rötlich und golden geschuppte Leiber, aus runden Mäulern wuchs fette grüne Petersilie.

Es war ein heiterer Anblick, dem sich die Schlafwandlerin sogleich mit Entzücken ergab. Aber es erwies sich, daß für solch gedankenloses Entzücken die Stunde nicht war. Denn kaum, daß sie nun im Laden stand, ließ sich die Unsichtbare auf's neue vernehmen.

»Was sehen Sie?« fragte sie.

»Fische«, sagte die Schlafwandlerin etwas töricht.

»Was für Fische?«

Die Schlafwandlerin zog die Brauen hoch und strengte sich an.

»Schleie«, sagte sie »Goldbarsche, Hechte.«

»Was ist mit den Augen?« fragte die Stimme.

Die Schlafwandlerin sah die Augen der Fische an und fand, daß sie Kraterseen in goldenen Moorhügeln glichen oder perlmuttenen Tellern, auf denen glänzend schwarze Körner lagen. Und dann sah sie in all diesen Augen etwas von der Unerbittlichkeit des gewaltsamen Todes und etwas von der erschrockenen Dummheit der Kreatur, die nicht in die Zukunft zu sehen und sich nicht zu fürchten vermag.

Obwohl die Schlafwandlerin zu schüchtern war, um diese

Gedanken zu äußern, schien ihre Begleiterin doch mit dem Ergebnis zufrieden zu sein.

»Betrachten Sie jetzt den Verkäufer«, sagte sie, etwas weniger streng als vorher.

»Einen Augenblick«, sagte der alte Mann, hob die Arme aus einem Bottich mit Wasser und bewegte sie ein paarmal hin und her. Dann trocknete er sich die Hände an einem grauen Lappen ab und kam langsam auf den Verkaufstisch zu. Als die Schlafwandlerin ihre Wünsche geäußert hatte, schnitt er ein Stück Fischwurst ab und legte es auf die Waage, und dann schnitt er noch ein Scheibchen ab und legte es dazu. Dabei mußte er husten und tat das auf eine versteckte, röchelnde Weise, wie jemand, der etwas zu verbergen hat. Seine Augen füllten sich mit Tränen, und aus dem wäßrigen Blau der Augäpfel sprang ein rotes Netz von Adern blutig hervor.

»Nun?« fragte die Stimme ungeduldig.

»Er ist krank«, meinte die Schlafwandlerin.

»Wie heißt die Krankheit?« fragte die Fremde.

»Das ist doch egal«, sagte die Schlafwandlerin unwillig.

»Es ist keineswegs egal«, sagte die Fremde. »Bei Lungenkrebs zum Beispiel erwacht man morgens auf eine ganz bestimmte Weise.

»Auf was für eine Weise?« fragte die Schlafwandlerin entsetzt.

»Fragen Sie ihn!« befahl die Stimme.

Aber das tat die Schlafwandlerin nicht. Sie schüttelte entrüstet den Kopf und wandte sich zum Gehen. Dabei konnte sie aber nicht vermeiden, noch einmal in die blutunterlaufenen Augen zu sehen und dort etwas zu entdecken, was von der Erschrockenheit der Fische sehr verschieden und auf eine erschütternde Art menschlich war.

Genug, dachte sie und zog beim Hinausgehen die Tür ganz rasch hinter sich zu. Aber natürlich nützte ihr das nichts. Gleich als sie draußen war, hörte sie die Schritte wieder neben sich hergehen, gläsern und fest und beschwingt.

»Was sehen Sie jetzt?« fragte ihre Begleiterin.

Die Schlafwandlerin hatte dicht vor sich einen Jungen, dessen Kopf unbedeckt und mit einem roten Ausschlag überzogen war.

»Ich sehe ein Kind mit Schorf«, sagte sie.

»Was sehen Sie jetzt?« fragte ihre Begleiterin.

»Milchschorf vielleicht«, meinte die Schlafwandlerin und war den Tränen nahe.

Sie sah auf den Kopf des Kindes, auf dem der Ausschlag nasse, rote Flecke bildete. Als das Kind bemerkte, daß es gemustert wurde, fuhr es mit der Hand an den Kopf und kratzte mit seinen schmutzigen Nägeln an der Kruste herum. Ein Lastwagen ratterte heran und hielt und blieb eine Weile stehen, und der Motor setzte nicht aus, sondern trieb seine groben Herzstöße durch den blechernen Riesenleib hin. Der Mann am Steuer ließ ein dickes, rotes Gesicht heraushängen, und nun bückte sich der Knabe plötzlich und warf ihm einen Klumpen schmutzigen Schnees gerade in den Mund.

»Nun?« fragte die Stimme neugierig.

»Was, nun?« fragte die Schlafwandlerin bedrückt.

»Was steckt dahinter?« fragte die Stimme.

Und nun fing die Schlafwandlerin an, darüber nachzudenken, was für eine Art Haß das Kind wohl beseelt haben mochte, und aus was für einer Empfindung heraus der Fahrer sich, ohne ein Wort zu sagen, den Dreck aus dem Gesicht gewischt und vor sich hingestarrt hatte, gerade vor sich hin. Sie sollte etwas herausbekommen, aber sie bekam es nicht heraus, soviel sie auch zerrte und zog. Sie versuchte etwas, eine winzige Kleinigkeit herauszulösen und aus dem Urgrund der Geheimnisse, aber der Urgrund zog sie in sich hinein.

»Warum schließen Sie die Augen?« fragte die Stimme streng.

»Tue ich das?« fragte die Schlafwandlerin schuldbewußt und blickte sich sofort wieder um. Sie bemerkte, daß sie ein paar Schritte weitergegangen waren und jetzt vor einem Fotografengeschäft standen. Im Fenster hing eine helle Dünenlandschaft mit Strandhafer und einem halbnackten Mädchen und darunter stand in großen Buchstaben: »WER FOTOGRAFIERT, HAT MEHR VOM LEBEN«. Die Schlafwandlerin las diese Worte und bezog sie sogleich auf ihre eigene Situation. Sie begriff plötzlich, daß sie das Bild der Fischaugen und das Bild der kranken Menschenaugen und das Bild des Kindes und das des Fahrers wie auf einer fotografischen Platte nach Hause tragen und dort entwickeln würde. Und nun kam es ihr plötzlich vor, als habe so etwas wie ein neues Leben begonnen, ein Leben, das voll von ungeheuren Möglichkeiten war. In diesem Leben gab es keine leeren Stunden, keine dumpfen Träumereien, kein verzweifeltes Warten mehr. Es glich einem einzigen blendend hellen Tag. »Ich lebe«, dachte sie entzückt und verwarf damit mit grausamer Entschiedenheit ihre bisherige Daseinsform, die vielleicht in der Tat nichts anderes gewesen war als ein Schlaf, aber doch ein furchtbarer, ein Tempelschlaf sozusagen, in dem ihr von der wehenden Luft und den ungewissen Geräuschen manches zugetragen worden war. Das Wort »Vorbei« tönte ihr noch immer in den Ohren, aber es verwandelte sich von Minute zu Minute und klang endlich wie ein Ruf der Befreiung, dem sie mit Entzücken nachzuhorchen begann. Denn nun ging es immer so weiter, straßenauf und straßenab. Die Schlafwandlerin hatte längst vergessen, daß sie sich auf dem Heimwege befunden hatte, ja, daß sie überhaupt ein Zuhause besaß. Sie nahm die Bilder auf und ließ sie gleichsam in sich zu Boden sinken, all diese erregenden Bilder der Welt. Einmal stand da ein Mann unter einem roten Schirm, um den sich die Leute drängten und der mit heiserer Stimme eine Salbe anpries, eine dünne graue Schmiere, die, auf den Riß in einer Hose gebügelt, sogleich fest wurde und den brüchigen Stoff zusammenhielt. »Wer jetzt noch nicht überzeugt ist, dem hilft kein Gott«, schrie der Mann, und die Leute lachten und kauften nicht.

»Was siehst Du?« fragte die Stimme.

»Ich sehe einen roten Schirm«, sagte die Schlafwandlerin eifrig, »und viele neugierige Gesichter.«

»Geh' näher heran«, befahl die Stimme.

Und nun mußte die Schlafwandlerin sich durch die Menge hindurchzwängen, was ihr sehr unangenehm war. Sie mußte so lange ihre Ellenbogen gebrauchen, bis sie in der vordersten Reihe stand. Sie mußte ihre Hand ausstrecken und den Stoff und die klebrige graue Masse anfühlen und den Hauch des Mannes einatmen, der nach schlechten Zähnen und billigem Alkohol roch. Und dann mußte sie darüber nachdenken, wie wohl das Zimmer aussehen mochte, in das er am Abend heimkehrte, und was er dann zu seiner Frau sagen würde, die klein und bleich neben ihm stand, und der er von Zeit zu Zeit einen Puff versetzte, einen kleinen, bösen Puff.

»Kommen Sie ruhig noch näher, Fräulein«, sagte der Mann und berührte mit der Hand ihre Brust. Die Umstehenden lachten, und die Schlafwandlerin wich zurück.

»Mir wird schlecht«, flüsterte sie.

»Nur nicht so wehleidig!« sagte die Stimme höhnisch.

Und die Schlafwandlerin beugte sich dieser Stimme. Sie beugte sich ihr, weil sie aufgeweckt worden war und weil sie jetzt lernen mußte, mit offenen Augen über die Dächer zu gehen, weil sie lernen mußte, in die furchtbaren Schluchten unter ihren Füßen zu blicken und doch nicht zu fallen.

»Wohin geht es jetzt?« fragte sie unermüdlich. Und sie gingen weiter und blickten in die Fenster hinein, in Zimmer mit teurem Hausrat und Zimmer mit billigem Hausrat und in unzählige Gesichter, aufgeräumte und zerstörte, und manchmal gewahrte die Schlafwandlerin in den aufgeräumten Gesichtern eine furchtbare Unruhe, eine beständige zitternde Bewegung, und durch die zerstörten fuhr manchmal etwas wie eine Hoffnung, ein glühender Wind, der mit Asche spielte und die Funken auffliegen ließ.

»Was siehst du«, fragte die Stimme unerbittlich.

»Ich sehe den Tod«, sagte die Schlafwandlerin.

»Hast du ihn früher nicht gesehen?«, fragte die Stimme erstaunt.

»Nein«, sagte die Schlafwandlerin.

»Dann war es die höchste Zeit«, sagte die Fremde.

Da begriff die Schlafwandlerin, daß es wirklich kein Zurück mehr für sie gab. Sie begriff, daß sie von nun an unablässig das Leben aufzeichnen mußte und nur darauf hoffen konnte, daß hinter den getreuen Linien einmal etwas aufleuchten würde, das zu diesen Linien in einem geheimen Zusammenhang stehen und ihnen ihren Sinn verleihen würde.

Aber dieser Gedanke tauchte in ihr auf wie ein furchtbarer körperlicher Schmerz. Sie fuhr sich mit der Hand an den Kopf und taumelte und rannte jemand an.

»Nimm dich zusammen«, sagte ihre Begleiterin. Die Schlafwandlerin nahm sich zusammen. Ich will, dachte sie, ich will.

Sie standen jetzt mitten in der Altstadt, die nichts als ein großes Trümmerfeld war, in der aber mit Buden und Hochrädern und kleinen Karussells sich das Leben auf eine seltsam unernste, spielerische Weise wieder zu regen begann. Luftballons wurden an einer Stange feilgeboten, und diese Ballons waren so riesenhaft, so prall und üppig, wie man sie vor dem Kriege nie gesehen hatte. Trotz ihres hohen Preises wurden sie mit großer Geschwindigkeit abgesetzt, und schon lösten sich die ersten aus den ungeübten Kinderhänden und wurden von dem starken, warmen Wind rasch fortgetragen. Die Schlafwandlerin sah ihnen nach und angesichts dieser schönen, rosenroten und veilchenfarbenen Bälle erfüllte sie etwas von dem alten, unbedenklichen Lebensentzücken, dem sie sich früher so oft hingegeben hatte. Aber sie konnte gleich bemerken, daß ihre Begleiterin damit nicht einverstanden war.

»Das ist nichts«, sagte sie streng.

Das ist auch etwas, dachte die Schlafwandlerin. Aber sie war nicht mehr imstande, zu widersprechen. Sie fühlte eine furchtbare Müdigkeit, die eigentlich weniger dem Erlebten als dem noch zu Erlebenden galt, eine Angst vor dem, was sich da aufgetan hatte und vor dem es kein Entrinnen gab. Sie hatte den Blick gehorsam gesenkt und sah die Pflastersteine zu ihren Füßen an.

»Was für Steine?« fragte die Stimme.

»Granit«, sagte die Schlafwandlerin fügsam. Urgestein aus den Alpen.

»Das genügt«, sagte die Stimme.

Aber die Schlafwandlerin ließ sich nicht aufhalten. Sie war zum Sterben müde und mußte sich wach erhalten, indem sie sprach. Und obwohl sie ganz sittsam hinging und nur ihre Lippen sich bewegten, meinte sie doch zu gestikulieren und zu schreien.

»Der Kern der Alpen«, schrie sie, »besteht aus Urgestein. Die Ränder aus Sedimentgestein. Die Flüsse …«

»Genug«, sagte ihre Begleiterin ärgerlich, »genug!« Und die Schlafwandlerin schwieg nun wirklich, aber sie tat es nicht aus Angst vor diesem unsichtbaren Dämon, der immer neben ihr war. Sie hatte das Rauschen des Flusses gehört. Von jenem Platz in der Altstadt, wo die beiden sich jetzt befanden, bis zum Flusse war es ganz nah. Man brauchte nur ein kleines Sträßchen hinunterzugehen und eine breite Autostraße zu überqueren, und schon konnte man die Möwen sehen, die sich in jähen Bögen hinauf- und hinunterschwangen und konnte ihre hellen Schreie hören.

»Nicht dorthin«, sagte die Stimme.

Aber die Schlafwandlerin ging gerade diese Straße entlang. Sie ging dorthin, weil sie müde war und träumen wollte, weil sie zurückbegehrte in den alten glücklichen Schlaf. So näherte sie sich der Autostraße und sah die weißen, zuckenden Vogelleiber und hatte die Ohren voll von dem trägen Rauschen des Flusses, das ihr wie ein mächtiger Gesang des Lebens erschien.

»Es gibt kein Zurück«, sagte die Stimme streng.

Aber es gibt doch ein Zurück.

»Paß doch auf, dumme Gans«, schrie der Chauffeur des Lastwagens. Und dann brachte er den Wagen zum Stehen und beugte sich heraus, schneeweiß im Gesicht. Da lag die Schlafwandlerin mitten auf der Straße, und ihr Körper war so zerschmettert, als sei sie aus großer Höhe herabgestürzt. Aber ihr Gesicht war unversehrt, und es lächelte wie im Schlaf.

DAS WUNDER

Die Schwierigkeit, die man im Verkehr mit Don Crescenzo hat, besteht darin, daß er stocktaub ist. Er hört nicht das geringste und ist zu stolz, den Leuten von den Lippen zu lesen. Trotzdem kann man ein Gespräch mit ihm nicht einfach damit anfangen, daß man etwas auf einen Zettel schreibt. Man muß so tun, als gehöre er noch zu einem, als sei er noch ein Teil unserer lauten, geschwätzigen Welt.

Als ich Don Crescenzo fragte, wie das an Weihnachten gewesen sei, saß er auf einem der Korbstühlchen am Eingang seines Hotels. Es war sechs Uhr, und der Strom der Mittagskarawanen hatte sich verlaufen. Es war ganz still, und ich setzte mich auf das andere Korbstühlchen, gerade unter das Barometer mit dem Werbebild der Schiffahrtslinie, einem weißen Schiff im blauen Meer. Ich wiederholte meine Frage, und Don Crescenzo hob die Hände gegen seine Ohren und schüttelte bedauernd den Kopf. Dann zog er ein Blöckchen und einen Bleistift aus der Tasche, und ich schrieb das Wort Natale und sah ihn erwartungsvoll an.

Ich werde jetzt gleich anfangen, meine Weihnachtsgeschichte zu erzählen, die eigentlich Don Crescenzos Geschichte ist. Aber vorher muß ich noch etwas über diesen Don Crescenzo sagen. Meine Leser müssen wissen, wie arm er einmal war und wie reich er jetzt ist, ein Herr über hundert Angestellte, ein Besitzer von großen Wein- und Zitronengärten und von sieben Häusern. Sie müssen sich sein Gesicht vorstellen, das mit jedem Jahr der Taubheit sanfter wirkt, so als würden Gesichter nur von der beständigen Rede und Gegenrede geformt und bestimmt. Sie müssen ihn vor sich sehen, wie er unter den Gästen seines Hotels umhergeht, aufmerksam und traurig und schrecklich allein. Und dann müssen sie auch erfahren, daß er sehr gern aus seinem Leben erzählt und daß er dabei nicht schreit, sondern mit leiser Stimme spricht.

Oft habe ich ihm zugehört, und natürlich war mir auch die Weihnachtsgeschichte schon bekannt. Ich wußte, daß sie mit der Nacht anfing, in der der Berg kam, ja, so hatten sie geschrien: der Berg kommt, und sie hatten das Kind aus dem Bett gerissen und den schmalen Felsenweg entlang. Er war damals sieben Jahre alt, und wenn Don Crescenzo davon berichtete, hob er die Hände an die Ohren, um zu verstehen zu geben, daß dieser Nacht gewiß die Schuld an seinem jetzigen Leiden zuzuschreiben sei.

Ich war sieben Jahre alt und hatte das Fieber, sagte Don Crescenzo und hob die Hände gegen die Ohren, auch dieses Mal. Wir waren alle im Nachthemd, und das war es auch, was uns geblieben war, nachdem der Berg unser Haus ins Meer gerissen hatte, das Hemd auf dem Leibe, sonst nichts. Wir wurden von Verwandten aufgenommen, und andere Verwandte haben uns später das Grundstück gegeben, dasselbe, auf dem jetzt das Albergo steht. Meine Eltern haben dort, noch bevor der Winter kam, ein Haus gebaut. Mein Vater hat die Maurerarbeiten gemacht, und meine Mutter hat ihm die Ziegel in Säcken den Abhang hinuntergeschleppt. Sie war klein und schwach, und wenn sie glaubte, daß niemand in der Nähe sei, setzte sie sich einen Augenblick auf die Treppe und seufzte, und die Tränen liefen ihr über das Gesicht. Gegen Ende des Jahres war das Haus fertig, und wir schliefen auf dem Fußboden, in Decken gewickelt, und froren sehr.

Und dann kam Weihnachten, sagte ich und deutete auf das Wort »Natale«, das auf dem obersten Zettel stand.

Ja, sagte Don Crescenzo, dann kam Weihnachten, und an diesem Tage war mir so traurig zumute, wie in meinem ganzen Leben nicht. Mein Vater war Arzt, aber einer von denen, die keine Rechnungen schreiben. Er ging hin und behandelte die Leute, und wenn sie fragten, was sie schuldig seien, sagte er, zuerst müßten sie die Arzneien kaufen und dann das Fleisch für die Suppe, und dann wolle er ihnen sagen, wieviel. Aber er sagte es nie. Er kannte die Leute hier sehr gut und wußte, daß sie kein Geld hatten. Er brachte es einfach nicht fertig, sie zu drängen, auch damals nicht, als wir alles verloren hatten und die letzten Ersparnisse durch den Hausbau aufgezehrt waren. Er versuchte es einmal, kurz vor Weihnachten, an dem Tage, an dem wir unser letztes Holz im Herd verbrannten. An diesem Abend brachte meine Mutter einen Stoß weißer Zettel nach Hause und legte sie vor meinen Vater hin, und dann nannte sie ihm eine Reihe von Namen, und mein Vater schrieb die Namen auf die Zettel und jedesmal ein paar Zahlen dazu. Aber als er damit fertig war, stand er auf und warf die Zettel in das Herdfeuer, das gerade am Ausgehen war. Das Feuer flackerte sehr schön, und ich freute mich darüber, aber meine Mutter fuhr zusammen und sah meinen Vater traurig und zornig an.

So kam es, daß wir am vierundzwanzigsten Dezember kein Holz mehr hatten, kein Essen und keine Kleider, die anständig genug gewesen wären, damit in die Kirche zu gehen. Ich glaube nicht, daß meine Eltern sich darüber viel Gedanken machten. Erwachsene, denen so etwas geschieht, sind gewiß der Überzeugung, daß es ihnen schon einmal wieder besser gehen wird, und daß sie dann essen und trinken und Gott loben können, wie sie es so oft getan haben im Laufe der Zeit. Aber für ein Kind ist das etwas ganz anderes. Ein Kind sitzt da und wartet auf das Wunder, und wenn das Wunder nicht kommt, ist alles aus und vorbei …

Bei diesen Worten beugte sich Don Crescenzo vor und sah auf die Straße hinaus, so als ob dort etwas seine Aufmerksamkeit in Anspruch nähme. Aber in Wirklichkeit versuchte er nur, seine Tränen zu verbergen. Er versuchte, mich nicht merken zu lassen, wie das Gift der Enttäuschung noch heute alle Zellen seines Körpers durchdrang.

Unser Weihnachtsfest, fuhr er nach einer Weile fort, ist gewiß ganz anders als die Weihnachten bei Ihnen zu Hause. Es ist ein sehr lautes, sehr fröhliches Fest. Das Jesuskind wird im Glasschrein in der Prozession getragen, und die Blechmusik spielt. Viele Stunden lang werden Böllerschüsse abgefeuert, und der Hall dieser Schüsse wird von den Felsen zurückgeworfen, so daß es sich anhört wie eine gewaltige Schlacht. Raketen steigen in die Luft, entfalten sich zu gigantischen Palmenbäumen und sinken in einem Regen von Sternen zurück ins Tal. Die Kinder johlen und lärmen, und das Meer mit seinen schwarzen Winterwellen rauscht so laut, als ob es vor Freude schluchze und singe. Das ist unser Christfest, und der ganze Tag vergeht mit Vorbereitungen dazu. Die Knaben richten ihre kleinen Feuerwerkskörper, und die Mädchen binden Kränze und putzen die versilberten Fische, die sie der

Madonna umhängen. In allen Häusern wird gebraten und gebacken und süßer Sirup gerührt.

So war es auch bei uns gewesen, solange ich denken konnte. Aber in der Christnacht, die auf den Bergsturz folgte, war es in unserem Hause furchtbar still. Es brannte kein Feuer, und darum blieb ich so lange wie möglich draußen, weil es dort immer noch ein wenig wärmer war als drinnen. Ich saß auf den Stufen und sah zur Straße hinauf, wo die Leute vorübergingen und wo die Wagen mit ihren schwachen Öllämpchen auftauchten und wieder verschwanden. Es waren eine Menge Leute unterwegs, Bauern, die mit ihren Familien in die Kirche fuhren, und andere, die noch etwas zu verkaufen hatten, Eier und lebendige Hühner und Wein. Als ich da saß, konnte ich das Gegacker der Hühner hören und das lustige Schwatzen der Kinder, die einander erzählten, was sie alles erleben würden heute nacht. Ich sah jedem Wagen nach, bis er in dem dunklen Loch des Tunnels verschwand, und dann wandte ich den Kopf wieder und schaute nach einem neuen Fuhrwerk aus; als es auf der Straße stiller wurde, dachte ich, das Fest müsse begonnen haben, und ich würde nun etwas vernehmen von dem Knattern der Raketen und den Schreien der Begeisterung und des Glücks. Aber ich hörte nichts als die Geräusche des Meeres, das gegen die Felsen klatschte, und die Stimme meiner Mutter, die betete und mich aufforderte, einzustimmen in die Litanei. Ich tat es schließlich, aber ganz mechanisch und mit verstocktem Gemüt. Ich war sehr hungrig und wollte mein Essen haben, Fleisch und Süßes und Wein. Aber vorher wollte ich mein Fest haben, mein schönes Fest ...

Und dann auf einmal veränderte sich alles auf eine unfaßbare Art. Die Schritte auf der Straße gingen nicht mehr vorüber, und die Fahrzeuge hielten an. Im Schein der Lampen sahen wir einen prallen Sack, der in unseren Garten geworfen, und hochgepackte Körbe, die an den Rand der Straße gestellt wurden. Eine Ladung Holz und Reisig rutschte die Stufen herunter, und als ich mich vorsichtig die Treppe hinauftastete, fand ich auf dem niederen Mäuerchen, auf Tellern und Schüsseln, Eier, Hühner und Fisch. Es dauerte eine ganze Weile, bis die geheimnisvollen Geräusche zum Schweigen kamen und wir nachsehen konnten, wie reich wir mit einem Male waren. Da ging meine Mutter in die Küche und machte Feuer an, und ich stand draußen und sog inbrünstig den Duft in mich ein, der bei der Verbindung von heißem Öl, Zwiebeln, gehacktem Hühnerfleisch und Rosmarin entsteht.

Ich wußte in diesem Augenblick nicht, was meine Eltern schon ahnen mochten, nämlich, daß die Patienten meines Vaters, diese alten Schuldner, sich abgesprochen hatten, ihm Freude zu machen auf diese Art. Für mich fiel alles vom Himmel, die Eier und das Fleisch, das Licht der Kerzen, das Herdfeuer und der schöne Kittel, den ich mir aus einem Pakken Kleider hervorwühlte und so schnell wie möglich überzog. Lauf, sagte meine Mutter, und ich lief die Straße hinunter und durch den langen, finsteren Tunnel, an dessen Ende es schon glühte und funkelte von buntem Licht. Als ich in die Stadt kam, sah ich schon von weitem den roten und goldenen Baldachin, unter dem der Bischof die steile Treppe hinaufgetragen wurde. Ich hörte die Trommeln und die Pauken und das Evvivageschrei und brüllte aus Leibeskräften mit. Und dann fingen die großen Glocken in ihrem offenen Turm an zu schwingen und zu dröhnen.

Don Crescenzo schwieg und lächelte freudig vor sich hin. Gewiß hörte er jetzt wieder, mit einem inneren Gehör, alle diese heftigen und wilden Geräusche, die für ihn so lange zum Schweigen gekommen waren und die ihm in seiner Einsamkeit noch viel mehr als jedem anderen Menschen bedeuteten: Menschenliebe, Gottesliebe, Wiedergeburt des Lebens aus dem Dunkel der Nacht. Ich sah ihn an, und dann nahm ich das Blöckchen zur Hand. Sie sollten schreiben, Don Crescenzo. Ihre Erinnerungen. – Ja, sagte Don Crescenzo, das sollte ich. Einen Augenblick lang richtete er sich hoch auf, und man konnte ihm ansehen, daß er die Geschichte seines Lebens nicht geringer einschätzte als das, was im Alten Testament stand oder in der Odyssee. Aber dann schüttelte er den Kopf. Zuviel zu tun, sagte er.

Und auf einmal wußte ich, was er mit all seinen Umbauten und Neubauten, mit der Bar und den Garagen und dem Aufzug hinunter zum Badeplatz im Sinne hatte. Er wollte seine Kinder schützen vor dem Hunger, den traurigen Weihnachtsabenden und den Erinnerungen an eine Mutter, die Säcke voll Steine schleppt und sich hinsetzt und weint.

ICH LIEBE HERRN X.

Vor kurzem trat auf der Bühne eines Kabaretts eine Frau auf, die jung und schön anzusehen, aber einfach und ohne allen Flitter gekleidet war und die sich mit einem an diesem Orte ungewöhnlichen Ernst an das Publikum wandte.

Ich liebe Herrn X., begann sie und machte dann eine Pause, während der die durch vorangegangene Leichtfertigkeiten aufgeheiterten Zuhörer sich in allerlei gewagten Bemerkungen ergingen. Die Sprecherin wartete ganz ruhig, bis all diese Zurufe verklungen waren. Sie stand hinter einem kleinen Tisch, auf den sie ihre Hände stützte. Nach einer Weile warf sie den schönen Kopf zurück und sah ihre Zuhörer auf eine herrische und entschlossene Weise an.

Sie werden nicht verlangen, sagte sie, daß ich den Familiennamen des von mir geliebten Herrn in aller Öffentlichkeit nenne. Und was seinen Vornamen anbetrifft, so muß ich gestehen, daß ich ihn gar nicht weiß. Ebensowenig könnte ich Ihnen über sein Alter, seine Herkunft und seine Weltanschauung sichere Angaben machen. Bleiben wir also dabei: Ich liebe Herrn X.

Die Sprecherin unterbrach sich nach diesen Worten aufs neue und sah sich lächelnd nach allen Seiten um. Dann fuhr sie fort. Und nun werden Sie gewiß schon ungeduldig und wünschen zu erfahren, was sich zwischen mir und diesem Herrn abspielt oder abgespielt hat. Vielleicht wollen Sie auch vorher noch wissen, wer ich bin, was ich tue und ob ich eine Familie habe. Aber da muß ich Sie enttäuschen. Ich habe nicht die Absicht, Ihnen über meine Vergangenheit zu berichten. Weder ein Zuhause noch eine Familie sind etwas sehr Dauerhaftes heutzutage, und man kann es niemandem zur Last legen, wenn er schließlich alleine geblieben ist. Außerdem haben Sie wahrscheinlich alle ihre eigenen Sorgen und Ihre eigenen Gräber oder die Photographien von Gräbern, irgendwo.

Nein, Sie brauchen jetzt nicht mitleidig den Kopf zu schütteln. Sie werden ja erfahren, was für ein Mensch ich bin, und daß ich leben will, genau wie Sie und auf dieselbe bedenkenlose Weise wie Sie. Sie werden erfahren, wie ich versuche, zu dem Meinigen zu kommen, weil ich erst dreißig Jahre alt bin und gelebt habe, aber nicht genug, nicht genug.

Ich will alles der Reihe nach erzählen. Schließlich lebt man ja auch der Reihe nach. Die Sonne geht nicht plötzlich wieder unter, kaum, daß sie aufgegangen ist, und man kann sie nicht herbeizwingen, so wenig, wie man sie am Abend zurückholen kann ...

Nach diesen Worten machte die Sprecherin wieder eine kleine Pause, aber diesmal gab es keine Zwischenrufe, und die Zuhörer sahen mit einer gewissen Beklommenheit zu, wie sie nun hinter ihrem Tischchen Platz nahm und den Kopf auf ihre Hand stützte. Heute früh, sagte sie, bin ich davon aufgewacht, daß eine in der Nähe meines Hauses aufgestellte Maschine in Betrieb gesetzt wurde. Der Lärm, den diese Maschine verursachte, bestand aus einem Stampfen und einem Zischen. Man kann aus solchen Geräuschen manchmal etwas wie Worte heraushören. Steh auf, zum Beispiel, oder auch Wozu. Wo-zu, wo-zu, wo-zu. Da liegt dann gleich alles darin, das Aufstehen und Arbeiten und Essen, alles, was mühsam und sinnlos ist auf der Welt. Gerade dieses Wort habe ich heute gehört. Aber während ich mich der Empfindung der Sinnlosigkeit so recht hingeben wollte, kam mir Herr X. in den Sinn. Ich richtete mich auf, und die Tatsache, daß er auf der Welt war, überflutete mich wie eine leichte reine Welle des Glücks.

Ich bin aufgestanden und habe mein Zimmer sauber gemacht, und die Staubsaugerschlange hat geblitzt und gefunkelt und ihren Schlapperbauch hinter sich hergezogen und gesungen wie im Frühling der Sturm. Ich habe meinen Abfalleimer auf den Hof getragen, ganz schnell bin ich die Treppe hinuntergesprungen, und der Deckel hat so lustig geklappert wie die Hufe eines Pferdchens. Und wie ich auf den Hof herausgekommen bin, war das Gras so neu und frisch vom Tau, und der Tag war so jung. So lang und schön lag er vor mir, was konnte nicht alles geschehen ...

Natürlich wußte ich ganz genau, was geschehen konnte, geschehen sollte an diesem Tag. Ich bin nur deshalb so schnell die Treppe heruntergelaufen, weil ich Angst hatte, einen Anruf zu verpassen. Beim Zurückkommen hat dann wirklich das Telefon geläutet. Ich habe den Hörer heruntergerissen und mich gemeldet, und mein Herz hat geklopft, und meine Stimme war ganz rauh.

Aber natürlich war das gar nicht der Anruf, auf den ich gewartet hatte. Was sollte er mir auch zu sagen haben, dieser Herr X., den ich nur zweimal im Leben gesehen und mit dem ich nur ein paar belanglose Worte gewechselt hatte und nur einmal einen Blick, einen langen, seltsam schwermütigen Blick ...

Der Anruf kam von jemand, der seine Übersetzung abholen wollte. Diese Arbeit war keineswegs fertig, und ich habe mich hinsetzen müssen und schreiben und wieder abschreiben, und darüber ging der Vormittag dahin. Ich habe keine Zeit mehr gehabt, an Herrn X. zu denken, nur daß ich ihn manchmal vor mir gesehen habe, seine langen, kräftigen Hände, seinen schönen Mund. Als ich mit allem fertig war, hat auf der Straße schon der Eismann geklingelt und daran habe ich bemerkt, wie das Leben vergeht. Man muß etwas tun, habe ich gedacht, man muß etwas tun. Und schon habe ich angefangen, meine Ränke zu spinnen.

Sie wissen ja, wie man das macht und daß man sich dabei wie ein Feldherr vorkommt oder wie ein Staatsmann, während man sich doch in Wirklichkeit seine eigene Grube gräbt. Zuerst habe ich übrigens gar nicht ernstlich vorgehabt, etwas zu unternehmen. Ich mußte ausgehen und einkaufen und meine Arbeit wegbringen, und es hätte ja gut sein können, daß ich dem Herrn X. auf der Straße begegnete. Es hätte sein können, daß er mit seinem Wagen die Straße herunterfährt, meine Straße, und daß er mich von hinten erkennt und anhält und fragt, ob er mich ein Stückchen mitnehmen darf. Oder es hätte beim Kaufmann eine feine, hübsch angezogene Dame sich über die Salatköpfe beugen können, eine Dame, die mir bekannt vorkommt, und die, wie sich gleich herausstellt, seine Frau ist, Frau X.

Vielleicht habe ich noch gar nicht gesagt, daß Herr X. verheiratet ist. Aber das versteht sich doch eigentlich von selbst. Alle Männer sind verheiratet, vorausgesetzt, daß sie ihre Kinderschuhe ausgetreten haben und daß ihnen die Frauen nicht ganz und gar widerwärtig sind. Alle Männer haben eine Frau, mit der sie etwas verbindet und die ein Recht auf sie hat, ein zähes, unheimliches Recht.

Wegen dieser Frau X. also habe ich mich heute besonders lang beim Kaufmann aufgehalten. Ich habe mich auf einen Stuhl gesetzt und meinen Besorgungszettel herausgezogen und aufgeschrieben und gerechnet oder dergleichen getan und darauf gewartet, daß sie den Laden betritt. Darf ich Ihnen helfen, Ihre Pakete zu tragen, wollte ich sagen. Nein, ich habe gar nichts zu tun, ich habe Zeit. Auch die Treppe hinauf? Natürlich, auch die Treppe hinauf. Wollen Sie denn nicht ein bißchen hereinkommen? Doch, einen Augenblick gern. – Sieh doch, wen ich mitgebracht habe. – Mit diesen Worten würde Frau X. die Türe aufmachen, die in das Zimmer ihres Mannes führt. Vielleicht würde sie mich dann einladen, mit ihnen zu Mittag zu essen, und bis zum Mittagessen würde Herr X. mir seine Bilder zeigen. Das ist ein Soundso, würde er sagen, und ich würde nicht das Geringste erkennen, weil ich ganz und gar davon in Anspruch genommen wäre, auf seine Stimme zu horchen, die manchmal ganz leise wird und fast wie ein Flüstern klingt. Inzwischen würde Frau X. den Tisch decken, mit einem Tischtuch aus Leinen und mit Servietten, die eben aus der Wäsche kommen und die gestärkt sind und weiß und frisch. Nach dem Essen würde sie sagen, jetzt muß mein Mann sich ein bißchen hinlegen, und Herr X. würde lachen und sagen, das ist nicht so wichtig, aber da wären wir schon zur Türe hinaus. Ich würde seiner Frau beim Abwaschen helfen, schön langsam, und wenn wir fertig wären, würde es sich so fügen, daß auch Herr X. gerade ausgehen muß und daß wir denselben Weg haben, ein ganzes langes Stück.

Sie können sich schon denken, daß das alles Luftschlösser waren, müßige Betrachtungen, und keinen Pfifferling wert. Frau X. dachte nicht daran, gerade um diese Stunde ihre Einkäufe zu machen, und von dem Wagen ihres Mannes war auf der Straße weit und breit nichts zu sehen. Ich ging meine Arbeit abliefern, und der Herr, für den ich sie gemacht hatte, war sehr zufrieden, aber das Geld hatte er leider im Augenblick nicht zur Hand. Ich ging nach Hause und war sehr froh, daß meine Kostgänger sich für diesen Tag abgemeldet hatten und daß ich nicht zu kochen brauchte. Ich aß ein paar Brote und trank eine Tasse Kaffee, und dann war es schon vier Uhr. Ich hätte natürlich weiterarbeiten sollen, aber statt dessen habe ich mich hingesetzt und habe gestickt.

Ich tue das sonst nur am Sonntag oder spät in der Nacht. Es ist eine sehr mühsame Arbeit, weil es Blumen sind, die ich nicht vorher aufzeichne und von denen jede einzelne aus vielen Hunderten von kleinen Stichen besteht. Es sollen immer Blumen werden, die bei uns zu Hause geblüht haben, aber wenn sie fertig sind, sehen sie ganz anders und wie große fremdartige Vögel aus. Heute also saß ich da und fing eine neue Blume, eine Art von Taglilie, an. Ich zog die feurige Seide durch den stumpfen schwarzen Stoff, und dabei dachte ich an Herrn X. und an seine feine, stille Wohnung und an seine feine, stille Frau. Ich überlegte mir, daß ich nur den Telefonhörer aufzunehmen und eine bestimmte Nummer zu wählen brauchte und daß es dann wäre, wie wenn man einen Stein ins Wasser wirft, wobei ja auch nichts Besonderes entsteht, nur ein paar Kreise, die ans Ufer laufen und zittern und nur sehr langsam vergehen.

Den ganzen Nachmittag habe ich am Fenster gesessen und gestickt und darüber nachgedacht, wie ich es fertigbringen könnte, Herrn X. heute noch zu sehen. Ich habe eine Menge wunderlicher Einfälle gehabt und bin zweimal zum Telefon gegangen und habe den Hörer aufgenommen und ihn wieder hingelegt, um dann in meinem Zimmer herumzulaufen wie ein Tier in seinem Käfig im Zoo. Gegen Abend ist ein Bekannter gekommen, einer von diesen Spießgesellen, die mein Verkehr sind, weil sie dieselben Nöte haben, dieselben Sorgen und dieselbe Art von Erinnerungen wie ich. Natürlich wäre dieser Bekannte gerne geblieben und hätte auch gern etwas zu essen bekommen. Ich habe auch vorgehabt, ihn einzuladen, aber jemand in mir war furchtbar ungeduldig und hat ihn weggeschickt und immer das eine gesagt: die Zeit vergeht. Und dann hat dieser Jemand mich auch zum Telefon gestoßen, und diesmal habe ich die Nummer gewählt.

Ja, und nun habe ich wirklich mit Frau X. gesprochen. Ich habe sie an ihr Versprechen erinnert, mir ein bestimmtes Buch zu leihen, und ich habe gesagt, daß ich es gerade heute haben müßte, ja heute noch, unbedingt. Wir haben ein fröhliches kleines Gespräch geführt und daneben noch ein anderes, das stumm und keineswegs fröhlich war.

Was wollen Sie eigentlich von mir? hat die stumme Frau X. gefragt.

Ich will Ihnen Ihren Mann wegnehmen.

Mit was für einem Recht?

Mit dem Kriegsrecht. Dem Standrecht. Dem Faustrecht.

Wer sind Sie denn überhaupt?

Ich bin eine von denen, die leben wollen und lieben wollen, genau wie Sie.

Ihr seid Freibeuterinnen.

Wir sind Freibeuterinnen …

Also, wenn es Ihnen recht ist, sagte die andere Frau X. liebenswürdig, wir gehen ohnehin noch aus. Wir bringen ihnen das Buch. In einer halben Stunde. –

Dreißig Minuten sind ein Nichts von einer Zeit, wenn man so viel zu tun hat, wie ich jetzt. Mein Zimmer sollte doch hübsch aussehen, mein häßliches, trauriges Zimmer. Ja, da hause ich nun, wollte ich sagen, aber es sollte ihnen nicht peinlich sein, daß es so anders war als bei ihnen und daß ich selbst so anders war, ein zerzauster Vogel auf einem schwankenden Zweig. Also tat ich, was ich konnte, zog die Vorhänge zu und stellte den Teekessel auf. Sie trinken doch eine Tasse Tee? Das hier – ja, das ist meine Arbeit, Übersetzungen, übrigens recht interessant. Die Stickereien, ach, eine Spielerei, sonst nichts. Was für ein schönes Kind … nein, die Photographien kommen in die Schublade. Ich will kein Mitleid, ich will leben, ich nehme den Frauen ihre Männer weg, ich bin eine Freibeuterin, sonst nichts.

Ich machte alles bereit, und dann drehte ich das Licht wieder aus und stellte mich ans Fenster und schob den Vorhang beiseite und sah hinaus. Es war jetzt schon lange dunkel, und die Straßenlaternen brannten. Die Schatten der Paare, die sich dort unten der nächsten Laterne näherten, waren lang und schlank, und dann wurden sie kurz und gedrungen und dann schlüpften sie unter den Füßen der Wandernden hindurch und erschienen wieder und wuchsen und zeigten die zärtlich einander zugeneigten Köpfe und die Gestalten, die manchmal verschmolzen zu einer einzigen Gestalt. Bei diesem Anblick traten mir die Tränen in die Augen, und die Schatten verschwammen, und die Laterne bekam einen kleinen mondenen Hof. Ich konnte eine ganze Weile nichts mehr erkennen, und dann schellte es, und als ich die Haustür aufmachte, stand Herr X. draußen, allein.

Allein? fragte ich.

Meine Frau hat Besuch bekommen, sagte Herr X. Er streckte mir das Buch hin, das in Seidenpapier eingewickelt war, und machte keine Anstalten, näher zu treten.

Kommen Sie doch herein, sagte ich. Einen Augenblick wenigstens. Legen Sie ab.

Ich muß gleich wieder gehen, sagte Herr X.

Er legte seinen Hut auf den Stuhl im Korridor und behielt den Mantel an, und ich dachte, er liebt mich, aber er fürchtet sich davor, und ich fürchte mich nicht.

Setzen Sie sich doch, sagte ich, als wir im Zimmer standen. Ich legte das Päckchen zwischen uns auf den Tisch, und Herr X. begann über das Buch zu sprechen, das seine Frau mir geliehen hatte. Er war zuerst ein wenig verlegen, wie ein Mann, der nicht gewohnt ist, ohne seine Frau auszugehen, und ich war auch verlegen, weil doch immer alles so anders ist, als man es sich vorgestellt hat. Denn jetzt hätte ich ihm ja auf die verschiedenste Weise zeigen können, daß er mir nicht gleichgültig war. Ich hätte ihm Tee einschenken und mir eine Zigarette von ihm anstecken lassen können. Ich hätte ihn auf meine wunderlichen Blumen aufmerksam machen und ihn etwas fragen oder ihm etwas erzählen können, etwas Persönliches, bei dem zutage getreten wäre, daß wir Menschen waren, Menschen auf ihrem seltsamen Wege zwischen Geburt und Tod.

Aber von dem allen habe ich nicht das Geringste getan. Wir haben am Tisch gesessen, ich hier und er dort und haben miteinander gesprochen, aber nur so obenhin, lauter gleichgültiges Zeug. Ich habe meine Hände im Schoß zusammengekrampft und er hat mich angesehen mit demselben Blick wie damals, diesem tiefen, hungrigen Blick. Er hat seinen Mantel nicht ausgezogen und sich nicht umgeschaut, und plötzlich habe ich begriffen, daß er mich gar nicht kennenlernen und gar nichts von mir erfahren wollte. Ich habe begriffen, daß er nur auf den Augenblick wartete, in dem er mich an sich ziehen und meine Augen an seiner Schulter verbergen konnte.

Es ist mir klar geworden, daß er sich schämte, mir auf eine andere Weise nahezukommen, als in der großen Verzauberung der Sinne, in der blinden Unschuld des Tieres ...

Wenn ich sage, daß ich alles durchschaut und verstanden habe, so ist das natürlich ganz falsch ausgedrückt. Etwas in mir verstand, und dieses Etwas lehnte sich auf. Die Folge war, daß ich meine Kopfschmerzen bekam.

Meine Kopfschmerzen. Das ist die Pein von damals, aus der schlimmsten Zeit meines Lebens, aus der bedrohtesten hoffnungslosesten Zeit. Es ist ein Klopfen, das hier hinten anfängt, eine Qual, die sich von Zeit zu Zeit wiederholt, aus irgendeinem Grunde, aus gar keinem Grunde, nur um mir zu zeigen, daß man immer den alten Menschen mit sich herumschleppt, daß es keinen neuen Anfang und keine Befreiung gibt.

Wie ärgerlich, dachte ich, gerade heute, gerade jetzt. Ich versuchte, nicht darauf zu achten, aber der Schmerz wurde nur stärker, und ich konnte nicht verhindern, daß er mich auf eine schreckliche Weise ernüchterte und mich kalt machte wie der Tod.

Ja, wie eine Tote sprach ich jetzt mit diesem Herrn X., den ich liebte und nach dem ich mich gesehnt hatte, den ganzen langen Tag. Tonlos sprach ich und glatt und kalt, über dieses und jenes und am Ende auch über seine Frau.

Das ist natürlich das Letzte, was man tun darf, einem Mann gegenüber, der sich davor fürchtete, seine Frau zu verlassen. Einem Mann gegenüber, der einen herrlichen Augenblick der Befreiung erleben will, vor dem Müdewerden, vor dem Alter, vor dem Tod.

Leider, ich muß jetzt gehen, sagte Herr X.

Ja, sagte ich, und stand auf.

Wir schüttelten uns die Hände wie zwei Fremde, die wir ja im Grunde auch waren, wenn auch nicht viel gefehlt hätte, daß wir uns anheimgefallen wären, gründlichst, auf Gedeih und Verderb. Und dann stand ich auf und begleitete Herrn X. an die Tür. Jetzt bin ich allein. Ich habe keine Schmerzen mehr, und ich zweifle daran, daß ich je welche gehabt habe. Vielleicht war dieses Klopfen nichts anderes als das Neinnein-nein, der kleine, eiserne Widerstand der Freibeuterinnen, die nicht das Vergessen suchen, sondern ein Erwachen, nicht das Abenteuer, sondern ein Schicksal, das nicht mehr endet bis zum Tod.

Ich hätte ihn an mich binden können, meinen Sie vielleicht? Ach, sehen Sie, jetzt, wo es so still und die Nacht so weit vorgeschritten ist, denke ich, vielleicht habe ich auch das nicht gewollt. Vielleicht habe ich ihn fortgehen lassen, damit ich morgen früh, wenn ich aufwache und wenn die Maschine anfängt mit ihrem Knarren und Zischen, ihrem Wozu-wozu-wozu, damit es mich dann wieder überflutet, diese reine, leichte Welle der Freude, damit ich aufspringen kann mit dem Gedanken – ich liebe Herrn X.!

Bei diesen Worten richtete sich die Sprecherin hoch auf und sah sich mit einem zugleich schmerzlichen und strahlenden Lächeln um. Ihr Auftritt war zu Ende, und während sich, zögernd zuerst und dann heftig, der Beifall rührte, verschwand sie hinter dem Vorhang, der die kleine Bühne umschloß.

Jetzt können wir wohl gehen, sagte eine Dame, die mit ihrem Mann an einem der vorderen Tische saß. Sie erhob sich und ging an den Tischen vorbei dem Ausgang und der Garderobe zu. Ihr Mann folgte ihr langsam, und als die Sprecherin, vom Händeklatschen gerufen, aufs neue erschien, wandte er sich noch einmal um. Und da er nun einen Augenblick, ohne die Hände zu erheben, wie verloren stehenblieb und zur Bühne hinaufstarrte, gab es unter den Zuschauern einige, die in diesem Besucher den geliebten Herrn X. erkennen wollten und die behaupteten, die Gefeierte habe von ihm Abschied genommen mit einem Neigen des Hauptes, mit einem langen lächelnden Blick.

Das weiß Gott, wie ich mich mit dieser Geschichte herumge-
schlagen habe und mit Dir, meinem Helden, dem ich keinen
Namen geben wollte, weil ich das Gefühl hatte, daß Namen
uns nicht mehr zukommen, Dir nicht und uns allen nicht,
keinem Menschen der Welt. Schließlich kam ich darauf, daß
Du ein Student sein solltest, weil einem Studenten noch immer etwas anhaftet von Liebe und Wanderlust, während er
doch in Wirklichkeit ganz anders ist, ein Büffler und verbissen und kalt. Und das solltest Du ja auch sein, mein Held,
strebsam und verbissen und kalt, und aufzeichnen, was um
Dich vorgeht, am Abend etwa, wenn Du in Deinem Büdchen
an der Hauptwache sitzt und mit dem Verkauf von Süßigkeiten Dein Geld verdienst. Und da saßest Du wirklich, Du
Namenloser und wickeltest etwas ein, Stückchen von einer
zackigen, süßen Masse, Granatsplitter in Syrup, hätte man
denken können, und gabst das den Kindern und legtest das
Geld in eine Pappschachtel und decktest die Pappschachtel
zu. Auf dem Schoß hieltest Du Dein Lehrbuch aufgeschlagen
und ab und zu warfst Du einen Blick hinein, und ich bemühte
mich, den Titel zu erkennen, aber die ganze Zeit über konnte
ich nicht herausbekommen, was für ein Buch das war. Und
das lag wohl daran, daß es mir an Entschlußkraft fehlte, aber
vielleicht auch daran, daß ich es im Grunde für unwesentlich
hielt, weil ja alles, was man lernt, nur ein Teil des großen
Gesetzes ist, ein winziger Teil von dem großen Gesetz. Ja, da
saßest Du mit Deinem kalten Gesicht, ein junger Mann mit
einem anständigen Verdienst, aber auch ein Schwimmer, über
den die Wellen hinwegfluten, und wenn er wieder auftaucht,
sperrt er den Mund auf und reißt die Luft in sich hinein, in die
kleine Leibeshöhle, die da herumgezerrt wird und leben will.
Je später es wurde, desto heftiger wurde die Brandung, dieser
Widerhall aller Menschengeräusche an dem riesigen Felsen
der Nacht. Es wurde lauter auf dem Platz, aber an Deiner
Bude wurde es stiller, die Kinder waren zu Bett gegangen und
die Erwachsenen kauften nicht. Du hättest Dein Buch jetzt

ganz ruhig auf den Tisch legen und lesen können, und dann
wäre wohl alles um Dich herum still gestanden, der zerfetzte
Turm und die Uhr, mit dem Zeiger auf der Stunde des Unter-
ganges, und die Hauptwache, dieses lächerliche Gebäude
ohne Dach, in dem die Menschen unter den Sternen ihre
Würstchen essen. Du hättest die Ruinen nicht gesehen, deren
Sockel von Licht strahlen und von Glas und Nickel blitzen
und deren Dachfirsten verkohlt in den Himmel ragen, und
die Neubauten, durch welche die Scheinwerfer geistern und
zu denen die ganze Nacht hindurch die Krane ihre eisernen
Arme erheben. Aber Du lasest nicht, und sahest das alles, und
die Feuerräder und den Widerschein auf dem Pflaster, und
unter dem Pflaster die Toten, die sich in den Armen liegen
und beieinander Schutz suchen, von Ewigkeit zu Ewigkeit.
Und es ging Dir gewiß so, wie es allen in der Nacht auf diesem
Platze ergeht, daß sie so um sich schauen und sehen die Häuser wie Türme wachsen, lauter funkelnde Türme, Stockwerk
um Stockwerk, und dann kommt ein unhörbarer Schlag, und
es fällt alles zusammen, wie beim Erdbeben von Messina, und
einen Augenblick lang ist gar nichts mehr da, nur eine Wüste
und ein Baum ohne Blätter und ohne Rinde, ein weißes Ske-
lett.

Es war merkwürdig, wie Du alles hinnahmst, Du fahrender
Scholast, um den das Leben herumfuhr und der in der Mitte des
Lebens stand, wie der Chinese in dem alten Karussell im Pra-
ter, unbeweglich und stumm. Denn es waren ja Deine Augen
nicht die einzigen Tore, durch die das Leben in Dich eindrang.
Was in Deine Ohren fiel, war schlimmer, all' das Kreischen und
Pfeifen und Hupen und das Ausrufen der Nachrichten, dieser
Drohungen, die wie Peitschen über den Häuptern der Menschen geschwungen wurden, und bei jedem Sausen liefen sie
ein wenig schneller im Kreise und erschauerten in den Schultern und lächelten sich hilflos zu. Und dann schwieg die
Stimme des Ausrufers, um die Ecke war er, und schon brannten die Lampen wieder heller, und die Gänse in den Auslagen
brüsteten sich fetter, und auf den Gesichtern der Frauen glühte
etwas, ein Schein wie vom Sonnenuntergang, und aus allen
Mündern kamen Rauchfahnen, aus denen die Worte »diese
paar Jahre« in den Nachthimmel flogen.

Ja, dies alles sah ich und wunderte mich darüber, daß Du so

ruhig dasitzen konntest und daß über Dein Gesicht nur der Widerschein der Lichter spielte und daß sonst keine Bewegung auf ihm zu entdecken war. Aber was ging es Dich schließlich an, das waren Hirngespinste und keine lebendigen Menschen. Und schon warf ich meine Blicke wie Bambusreifen, die man als Kind mit einem Stöckchen wegschleuderte; und die weißen Ringe umfaßten hier ein Menschenantlitz und dort eines, und schon kamen sie, ganz als ob es in ihrer Absicht gelegen hätte, an Deinem Büdchen vorbei.

Zuerst kam einer, der Dein Vater sein konnte, ja, war er es nicht, mit seinem Gesicht, das dem Deinen ähnlich sah, nur daß es aufgewühlt war von den Bächen der ungeweinten Tränen und erschüttert vom Vorüberfahren der schweren Jahre und so voll Sehnsucht, noch einmal neu zu sein und wieder zu beginnen, töricht und stark. Er trat an Deinen Stand und hatte neben sich eine schöne junge Frau und bot ihr von Deinem Zuckerzeug an, und sie streckte schon die Hand aus, aber dann schüttelte sie plötzlich den Kopf und machte ein böses Gesicht. Und er lachte, aber seine Augen waren voll Angst und irrten schon weiter und suchten etwas, das sie erfreuen konnte und waren voll Angst vor dem Augenblick, in dem sie von ihm gehen und ihn zurückstoßen würde in den Kerker seiner Jahre, in die Unwiderruflichkeit seines Geschicks. Komm, sagte er und faßte ihren Arm an dem Pelzmantel, über dessen Kragen die rötlichen Locken fielen, und dann wandte er sich noch einmal zurück zu Dir, Namenloser, gleichsam, als wolle er sagen, so sind die Frauen, und ich dachte, daß Du ihm vielleicht zulächeln könntest, aber das tatest Du keineswegs, angewidert warst Du von seiner Lebensbegierde, schautest ihn an wie ein Richter, steinern und hart.

Als dieser vorüber und gar nicht mehr zu sehen war, schoben sie die Frau vor Dein Büdchen, eine Frau, die Deine Mutter hätte sein können und die in einem Rollstuhl saß und gerade so etwas wie einen nervösen Zusammenbruch hatte und weinte und schrie. Ja, sie weinte und stieß die seltsamsten Schreie aus, und die Leute blieben stehen und starrten in ihr zuckendes Gesicht, und die Tochter, die den Rollstuhl schob, beugte sich über die Frau und sagte, sei doch still, Mutter, und schämte sich sehr. Haben Sie denn gar nichts zu trinken, fragte sie Dich, ein Glas Wasser wenigstens, und jetzt hättest Du wohl weglaufen und Wasser holen können, aber Du zucktest nur die Achseln und rührtest Dich nicht. Was ist denn los, fragten die Leute, und die Frau, die Deine Mutter hätte sein können, schrie, wer nicht geheilt wird, ist verdammt, wer nicht geheilt wird, verdient es nicht. Sie wischte sich die Tränen vom Gesicht und wurde plötzlich ganz ruhig, und die Leute gingen weiter, aber wer noch dastand, der konnte sehen, daß über das Gesicht der Kranken unaufhörlich Sprünge liefen, ein schreckliches Zucken, das aus der Tiefe, aber nicht aus ihrer eigenen, sondern aus der Tiefe der Erde zu dringen schien. Und als die Kranke nun weitergeschoben wurde, schienen alle Menschen an ihrem Übel zu leiden, im Veitstanz sprangen sie in die elektrischen Bahnen, und im Veitstanz zogen sie um die gespenstische Wache herum. Aber so etwas dauert natürlich nicht ewig, es war nur eine Einbildung und verging wieder, als der Riese, der Stelzenmann, kam und sich hier und dort niederbeugte und die Menschen mit furchtsamem Lächeln aus seiner Hand die Zettel nahmen, die Botschaft, die eine ungeheure hätte sein können und die doch nichts anderes als die Anpreisung eines Putzmittels war. Zwischen den Beinen des Riesen hindurch lief jetzt ein Knabe auf Dich zu und beugte sich über die Theke und sprach Dich an.

Ich bin die ganze Zeit hier, sagte der Knabe, der Dein Bruder hätte sein können, Du hast mich gesehen.

Wer bist Du denn überhaupt, fragtest Du.

Das ist ja egal, sagte der Junge und fuhr sich mit der Hand über das Haar. Die Hauptsache ist, Du hast mich gesehen. Und nun dämmerte es Dir vielleicht, daß dieser Junge, Dein Bruder, etwas vorhatte, was er nicht vorhaben sollte, und daß er den Unschuldigen spielen wollte, später, wenn es herauskam, der Raub oder die Bluttat oder was immer geschah.

Laß die Finger davon, sagst Du und nimmst Dein Buch und legst es vor Dir auf den Tisch. Der Junge blieb stehen, die Hände in den Taschen und sah Dich an, und in seinem Blick war Trotz, aber doch nicht Trotz allein, auch eine Frage und ein Flehen, und Du könntest jetzt das Brett heraufklappen und den Jungen zu Dir hereinholen und auf eine Kiste setzen. Aber Du tatest nichts dergleichen. Du schautest nicht einmal mehr auf, bis das weg war vor Dir, das Stück Hose mit dem

Gürtel, das Stück brauner Wollsweater, unter dem ein Menschenherz schlug.

Ja, ich leugne es nicht, daß ich enttäuscht bin von Dir, Namenloser, und mich kränke, daß ich Dich so wenig kenne und so gut wie gar nichts von Dir weiß. Ich möchte so etwas tun wie Dein Herz aufreißen, aber ich tue es nicht, weil ich Angst habe vor der Mondlandschaft, vor dem Kaktusgarten, vor der großen Wüste in Dir. So versuche ich lieber, Dir gerecht zu werden und mir klar zu machen, daß auch diese Menschen Dich nicht das geringste angehen, weil keiner den anderen angeht, der nicht gebraucht wird, zum Leben oder zum Sterben gebraucht ...

Jetzt, denke ich jedesmal, wenn wieder ein Mensch an Deinen Stand tritt, um Zuckerzeug zu kaufen oder nach einer Straße zu fragen. Und wirklich, nach einer Weile kommt ein Mädchen, das Dir schon von weitem zuwinkt und bei dessen Anblick sich Dein Gesicht für einen Augenblick erhellt.

Das Mädchen windet sich durch die Menschen, die bei der Haltestelle hin- und hergehen, es trägt eine Büchermappe auf den Verkaufstisch und kramt darin herum.

Was war noch? fragst Du.

Oh, nichts Besonderes, sagt das Mädchen. Ich habe für dich mitgeschrieben.

Es zieht ein Päckchen aus der Mappe und fängt an, es auszuwickeln und hält es Dir hin.

Danke, sagst Du und beginnst von dem Wurstbrot zu essen, das in dem Päckchen war, und das Mädchen steht an den Verkaufstisch gelehnt und sieht Dir zu, so vergnügt, als könne es wahrnehmen, wie das alles, Brot und Butter und Wurst, sich in Dir verwandelt in Leben und Blut. Und Du ißt und siehst an seinem dunklen Haar vorbei auf die Feuerräder und die Scheinwerfer in den Ruinen und auf die Häuser, die so gespenstisch wachsen und wieder vergehen. Ist dir nicht kalt? fragt das Mädchen.

Nicht sehr, antwortest Du, obwohl Dich soeben ein Schauer durchfahren hat.

Du solltest Schluß machen, sagt das Mädchen. Es richtet seine Blicke auf die Zeiger der Uhr, die seit vielen Jahren auf derselben Stelle stehen und versichert ganz ernsthaft, es ist schon spät. Kein Betrieb heute, sagst Du und fängst wirklich an, Deine Süßigkeiten einzupacken, Stück für Stück, und das Mädchen bittet: laß mich das Geld zählen und streckt schon seine Hand nach der Pappschachtel aus.

Eine Weile lang ist sie jetzt still, Deine Freundin, und flüstert nur zwanzig, vierzig, sechzig, achtzig und legt die schmutzigen kleinen Scheine in Häufchen vor sich hin. Aber dann verrechnet sie sich, weil sie spürt, daß Du sie ansiehst, und auch, weil der Zeitungsschreier wieder um die Ecke biegt mit seinem roten Kasten, seinem drohenden Gesang.

Weiß er denn gar nichts anderes, fragt sie ärgerlich, das ist ein häßliches Lied.

Das ist ein Liebeslied, sagst Du, und aus Deiner Stimme kann man hören, daß auch Dir nichts anderes zu Gebote steht als diese harte, unerbittliche Drohung der Zeit.

Und nun beugt sich das Mädchen plötzlich vor, und es tritt ein ganz neuer Ausdruck in sein junges Gesicht.

Wir gehen zu mir, nicht wahr, sagt es. Wir drehen das Radio an, und ich mache Dir heißen Tee.

Und nun möchte ich wohl, daß Du, Namenloser, Deinen Arm um dieses Mädchen legst und mit ihm fortgehst. Aber ich kann es nicht verhindern, daß Du im allerletzten Augenblick in der Tiefe dieser kindlichen Augen etwas anderes als Liebe und Fürsorge, etwas Mächtigeres und Schrecklicheres entdeckst. Ich kann es nicht verhindern, daß Du die Arme, die Du schon aufgehoben hast, wieder sinken läßt und so tust, als hättest Du nur etwas an Deiner Bude richten wollen, und daß Du das Mädchen jetzt fortschickst, mit einem kleinen Kopfnicken zum Gruße, zur Wegzehrung für den schrecklichen Durst des Geschlechts. Und nun denke ich wohl, daß alles vorbei ist, jede Gelegenheit, Dich kennenzulernen als einen Menschen, den ich verstehe, dessen Herz wie mein eigenes schlägt. Aber es kommt gleich darauf noch jemand, den Du schon von weitem erkennst und der Dich erkennt und Dir zulacht und sich freut.

Ein alter Mann ist es mit einem schweren, großen Körper und einem großen Gesicht. Es könnte Dein Lehrer sein, ja gewiß ist es Dein Lehrer; denn Du stehst ja auf, und er gibt Dir die Hand und legt seine Hefte und Bücher auf Deinen Tisch.

Kann ich davon haben, fragt er und deutet auf die Granatsplitter in Syrup.

Essen Sie denn so etwas? fragst Du und lachst.

Sehr gern, sagt der alte Mann, und zum Beweis, daß er nicht aus Barmherzigkeit kaufen will, stopft er sich gleich eine Handvoll in den Mund. Feierabend? fragst Du und deutest auf die Hefte und Bücher auf Deinem Tisch.

Ach nein, sagt der alte Mann. Jetzt fängt es doch erst an. Er versucht, das klebrige Zeug herunterzuschlucken und wird ganz rot dabei. Er sieht aus wie ein Kind, des Stopfens wegen, aber auch wegen der reinen Freude, der wunderbaren Neugier, die ihn bei dem Gedanken an seine Arbeit überkommt.

Und jetzt sehe ich Dich wieder an, und ich finde, daß Du traurig aussiehst, und vielleicht bist Du traurig, weil Du das nicht hast, diese heilige Neugier, und wer weiß, ob Du sie je bekommen wirst, und wer weiß, ob Du je auf einem Katheder stehen und sagen wirst, zum letzten Mal spreche ich zu euch, meine jungen Freunde, und die Tränen laufen Dir über das Gesicht. Unterdessen ißt der alte Mann noch immer und dreht sich nach rechts und nach links und sieht sich überall mit seinen kleinen vergnügten Augen um. Ein bißchen unheimlich, sagt er plötzlich, ein bißchen unheimlich, nicht wahr? Und dabei verändert sich seine Stimme und wird weinerlich, und auch sein großes Gesicht verändert sich, und er bekommt Hängebacken wie eine alte Frau. Und nun überlegst Du Dir gewiß, was Du für ihn tun kannst, nach Hause soll er, so schnell wie möglich, an seinen Schreibtisch, in seine unsterbliche Welt.

Herr Professor, die Fünfzehn, sagst Du und schiebst ihn schon fort, und er lacht und zieht sein Baskenmützchen ganz tief vor Dir und läuft recht behende auf die Haltestelle zu.

Danach kommt niemand mehr zu Dir oder doch niemand mehr, den Du kennst. Eine ganze Anzahl von Lichtern ist schon erloschen. Schon gibt es zwischen ihnen große dunkle Flecken, Inseln, auf denen das Auge ausruhen könnte, wenn diese Inseln nicht etwas ganz anderes, wenn sie nicht die schwarze Leinwand wären, auf der sich die Erinnerungen abbilden, der Film, den Du selbst hinausschickst, dieser niemals endende Film.

Die Bilder Deiner Erinnerung, die über die schwarze Leinwand der Nacht laufen, kenne ich nicht. Vielleicht sind es fremde Landschaften und wandernde Menschenzüge, vielleicht sind es Gestalten von Menschen, die steifgefroren, wie

Eiszapfen an der Wand einer Hütte lehnen oder solche, die auf eine furchtbare Weise lebendig, mit irrem Gelächter gegen den Stacheldraht springen. Vielleicht bist es immer Du selbst, der auf diesem Streifen vorkommt und dieses und jenes überwindet und überlebt. Aber es ist doch nicht die Geschichte eines Helden, der seinen Glauben und seine großen Ziele hat, es ist die Geschichte einer Eintagsfliege, die immer neu geboren wird und die nichts versteht.

Na, zufrieden? fragt der Zeitungsmann mit seiner heiser geschrienen Stimme und läßt sich für einen Augenblick auf Deinem Verkaufstisch nieder, und Du nimmst eines der Blätter und schaust auf die schöne halbnackte Frau in der rechten Ecke und auf die fetten Überschriften in Schwarz und Rot. Ach, Stuß, sagt der Zeitungsmann und nimmt Dir das Blatt aus der Hand. Dann geht er wieder weiter und ruft seine Nachtausgabe aus, genau eine Terz hinunter und wieder hinauf und die Auflagenziffern in lauter gleichen Tönen hinterher. Kaum, daß er um die Ecke ist, steht das Kind vor Deinem Tisch.

Ein Kind, denke ich, mitten in der Nacht, und das denkst auch Du und schaust es verwundert an, wie es nun seinen Geldschein hinlegt und mit seiner kleinen singenden Stimme etwas von Deiner Ware verlangt. Aber das Kind ist keineswegs vom Himmel gefallen, es ist kein Engelskind, sondern ein kleines Mädchen, das in einem warmen Mantel schön verpackt ist und dessen Stimme nur singt, weil es nicht von hier stammt, sondern aus einer anderen Gegend, wo man weicher und klangvoller spricht.

Mußt Du nicht ins Bett? fragst Du streng.

Doch, gleich, sagt das Kind, wie Dir zur Beruhigung, und reißt die Augen auf, um zu zeigen, wie wach es noch ist. Ich habe schon ein bißchen geschlafen, setzt es hinzu und deutet mit der Hand auf eine der Holzhütten, die auf der anderen Seite der Straße wie die Buden eines Weihnachtsmarktes stehen.

Bist du bei deinen Eltern? fragst Du.

Ja, sagt das Kind.

Wo kommt ihr denn her, fragst Du, und ich merke, daß Du versuchst, das Kind ein wenig bei Dir zu behalten, weil alles jetzt so still ist, weil Du Angst hast vor der schwarzen Leinwand der Nacht.

Ich weiß den Namen nicht, sagt das Kind, und dann stockt

das Gespräch schon wieder, weil Du nicht besonders kinderlieb bist, oder weil das Kind die Augen kaum mehr aufbringt und vor Müdigkeit schwankt. Es wendet sich schon wieder fort, aber ehe es geht, hat es Dir noch eine Mitteilung zu machen.

Wenn ich groß bin, sagt es und blinzelt Dich an. Was wird dann sein? fragst Du schnell, und das Kind sieht Dich an und antwortet, dann gehen wir nach Hause.

Es scheint, daß Du gar nicht wissen willst, was da vor den Augen des Kindes auftaucht, ob es ein Höfchen ist mit einem Stapel Bretter oder ein Hohlweg oder ein Winkel im Haus. Du lächelst nicht einmal, ganz ernst nickst Du mit dem Kopf und nimmst die Hände des Kindes zwischen Deine Hände und fängst an, sie zu reiben, mit einer gewissen Erbitterung und gar nicht behutsam und zart. Aber es ist doch plötzlich ein sonderbarer Ausdruck in Deinen Augen, so, als habe das Kind für Dich eine Brücke geschlagen, eine Brücke in die Zukunft, in der alles seinen festen Platz haben wird, seine Erfüllung und seinen Sinn. Ganz ruhig stehst Du jetzt, wie auf einem Dorfplatz im Schnee, und wie Schnee liegt das Mondlicht auf den hölzernen Baracken und auf dem Turm, dessen Uhr auf der Stunde der Ewigkeit steht. Und ich weiß wohl, daß ich Dich jetzt verlassen kann und daß Du nach Hause gehen und schlafen wirst oder noch ein wenig lernen, still und beharrlich, Deine Formeln oder Paragraphen, deinen Teil von dem großen Gesetz.

Als ob es für einen alten Mann keine Abenteuer mehr gäbe. Das eine vor allem: fortziehen, wohin, über die Grenze, die Grenzen sind offen, die Kinder sind versorgt. Irgendwo leben, wo man die Peterskuppel sehen kann, etwas Gewaltiges ist die Peterskuppel, ein Stück Himmelsarchitektur, über der Erde schwebend und eigentlich gar nicht in Verbindung mit der Kirche, in die man nicht gehen mag, weil sie etwas für Fremde und Bettler ist. Hoch oben wohnen, es werden jetzt so hohe Häuser gebaut, einen Aufzug gibt es immer, wenn auch einen klapprigen mit erschreckenden Geräuschen, aber das Drahtseil hält. Das oberste Stockwerk heißt *attico* und ist ein Häuschen auf dem flachen Dach, mit Terrassen auf drei Seiten, wer Geld hat, kann sich dort einen Garten anlegen, Rosen, Oleander, Gelsominen, wie an den Brunnen von Palermo, die duften süß. Ehe man dort hinzieht, verkauft man alles Angeschwemmte, behält nur das Liebste, drei Regale voll Bücher, einen chinesischen Seidenstoff mit Sonnen und Vögeln, glänzend und schwebend, und einen riesigen, festen Tisch. Eine Hilfe sollte man haben, wenn man ein Mann ist und allein und alt. Aber die alten Frauen, die zu alten Männern in Dienst gehen, die mag man nicht, die mochte er nicht, der alte Herr Seume, der seit einigen Jahren auf einem der sieben Hügel Roms wohnte und auf die Peterskuppel hinübersah. Also suchte er einen Mann, der Diener und Koch war in einer Person, und fand ihn auch. Roberto, einen hochfahrenden jungen Menschen, der sich auf Kosten des Herrn gleich drei Hilfskräfte hielt, die aber der Herr nicht zu sehen bekam, nur früh und spät forthuschen sah, wie Hühner verscheucht. Roberto, der die Besucher des alten Herrn Seume so unterschiedlich behandelte, die hochmütigen, unwirschen wie Fürsten und die freundlichen, hilfreichen wie Dreck. Roberto, der sich auf die feine Küche verstand, auch aufs Anrichten, schön und zierlich, nur daß der alte Herr Seume bald nach seinem Einzug in das Himmelsquartier Diät halten mußte, seines Magens wegen, der manchmal heftig schmerzte, aber auch weil der Blutdruck zu hoch war und Schwindel verursachte und seltsame Zustände von Benommenheit und Angst. Also war es bald aus mit den Speisen, mit denen Roberto sich eingeführt hatte, der Hummermayonnaise und den kleinen, goldgelben *Vol au vents* mit der negerbraunen, glänzenden Schokoladencreme als Füllung und dem Häufchen Schlagrahm als Hut. Ein junger Krieger, dachte Herr Seume, wenn Roberto ihm servierte, in der Livree, die aus Botschafterzeiten stammte und glitzernde Epauletten hatte wie eine Uniform. Ein junger Krieger, der Grießbrei anbietet, aber doch ein Soldat, und der Grießbrei ist seine Waffe und eine tödliche zuletzt. Denn der alte Herr Seume wollte nicht wahrhaben, daß sein Hausarzt, ein liebenswürdiger Tiroler, der mit ihm ermunternde Späße trieb, solcher Kost das Wort redete, ja den Roberto beim Kommen und Gehen jedesmal zur Strenge ermahnte. Roberto war an allem schuld, Roberto, der seinen Launen so freien Lauf ließ, Roberto, der so schön singen konnte, nachts auf der Terrasse, aber von Herrn Seume befragt, stritt er es ab, und weil Herr Seume einmal durch die Läden gespäht und eine dem Diener ähnliche Gestalt dort draußen hatte stehen sehen, glaubte er, daß Roberto einen Zwillingsbruder hätte, der manchmal in der Nacht zu Besuch käme, ihn in den Schlaf zu singen, zwei schöne Brüder, Hypnos und Thanatos, und Roberto war Thanatos, der Tod. Nicht daß Herr Seume beständig so überschwenglich an seinen Diener gedacht hätte, er hatte viel Ärger mit ihm und beklagte sich auch bei seinen Freunden über ihn und nahm sich vor, ihn zu entlassen und einen anderen zu suchen, nur daß er dazu schließlich doch keine Lust hatte und auch keine Zeit.

Denn mit der Zeit, die der alte Herr Seume nach Ansicht all seiner Bekannten so reichlich zur Verfügung hatte, stand es in Wirklichkeit ganz anders, nämlich schlecht, und schlechter mit jedem Tag. Sie zerrann ihm zwischen den Fingern, gleich nachdem das Frühstück abgetragen war, brachte Roberto schon das Mittagessen, und nur ein paar Worte standen in frischer Tinte auf dem Papier, das heißt auf einem der zahllosen kleinen Zettel, die Herrn Seumes riesigen Schreibtisch bedeckten. Zwischen dem Frühstück und dem Mittagessen war ein schwarzes Loch, in dem die großen blütenartigen Sonnen von dem chinesischen Wandbehang langsam auf und nieder schwebten, sonst nichts. Es kam aber auch vor, daß Herr Seume den ganzen Tag wach, ja überwach war und daß er, den Kopf dicht aufs Papier gebeugt, schrieb und schrieb, lauter neue blitzende Gedanken über die Wesensart und das Verhalten der Menschen, Gedanken, die wohl wert gewesen wären, gedruckt zu werden, nur daß Herr Seume sie am Abend, wenn er das Geschriebene überlesen wollte, nicht mehr auffaßte, ja manchmal keinen einzigen Satz mehr verstand. Das waren die Abende, an denen Herr Seume auf seiner breiten, langen Terrasse auf und ab ging und die neuen Schößlinge seiner gelben Rosen betrachtete, und wenn dann ein Besucher kam und den herrlichen Ausblick auf die schwarzen Pinien und die Peterskuppel rühmte, deutete Herr Seume auf den Platz, der tief unten lag, und sagte, es zieht hinunter, und machte die sonderbare nervöse Grimasse, die er sich in der letzten Zeit angewöhnt hatte und die manchmal einem unangebrachten Lächeln, manchmal aber auch einem teuflischen Grinsen glich.

Nun muß man jedoch nicht denken, daß diese Geschichte damit endet, daß man den alten Herrn Seume eines Tages zerschmettert dort unten fand. Seine Tage waren gezählt, aber es war in diesen gezählten Tagen noch etwas verborgen, wie ein Goldstück in einem Wunderknäuel, ein Erlebnis, das sichtbar wird, wenn sich die Tage abspulen, und das taten sie im Falle des alten Herrn Seume, von einem gewaltsamen Durchschneiden des Lebensfadens konnte die Rede nicht sein. Das Erlebnis stand im rechten Gegensatz zu der strengen Zucht und dem finsteren Wesen des schönen Roberto, es war heiter, rund und durchaus weiblich und hatte mit guten, fetten Speisen und starkem rotem Wein zu tun. Es begann an einem Sonntag, als Roberto Ausgang hatte und Herr Seume den Entschluß faßte, das karg diätisch hergerichtete Abendmahl kurzerhand in die Toilette zu schütten und auswärts essen zu gehen, freilich nicht mit dem Taxi in die Stadt hinunter, sondern zu Fuß in eines der Gartenrestaurants in der Nähe, das sich eines guten Rufs erfreute. Eine junge Frau bediente ihn da und tat es ihm an, da sie ernste Augen und ein fröhliches, sinnliches Lachen hatte und ihn versorgte wie eine Tochter, wie seine Tochter, die weit fort ihr eigenes Leben hatte. Auch die hübsche Caterina hatte ihr eigenes Leben und ihre eigenen Sorgen, an denen sie Herrn Seume teilnehmen ließ, nicht gleich am ersten Abend, aber an manchen folgenden, die Herr Seume unter dem Vorwand, eingeladen zu sein, in dem von Pinien beschatteten Wirtshausgarten verbrachte. Caterina, die, von ihrem Geliebten verlassen, bei dem Onkel Gastwirt aushalf, setzte sich zu ihm an den Tisch, legte die Serviette über seine Knie und schenkte den verbotenen Wein ein, den er, da seine Hände leicht zitterten, sonst verschüttet hätte. Hatte sie zu tun, schickte sie ihr Söhnchen, das Kind der Liebe, dessen ernsthafter Eifer den alten Mann rührte und mit dem er phantastische Späße trieb, wie er es mit den eigenen Enkeln nie getan hatte – erst der Unvernunft des hohen Alters gelingt es, den größeren Bogen zu schlagen. Von Caterina wurde er als Mann und Berater genommen, ohne Berechnung auch als ein Geschenk des Himmels, da er ihre Rechnungen bezahlte und ihr kleine Geschenke gab. Von der Gesundheit des Herrn Seume war hier nicht die Rede oder doch nur auf die einfache, volkstümliche Weise, nach der ein kräftiges Essen, ein feuriger Wein Hilfsmittel für alles, Leibes- und Seelennöte, sind. Weißen harten Fenchel, im Wasser schwimmend, aß Herr Seume, Nudeln in hitziger roter Sauce, Leber mit Speckstückchen, gebraten am Spieß. Man wußte nichts von seinen Leiden, konnte sie nicht einmal ermessen, und Caterina, hätte sie ihn am Schreibtisch sitzen und Unsinniges und Tiefsinniges mühsam zu Papier bringen sehen, hätte auf jeden Fall die tiefste Ehrfurcht empfunden. In ihrer Gegenwart fühlte Herr Seume sich jung und gesund, die merkwürdigen Zustände, die solchen Gelagen folgten, nahm er leicht, fast als Zeichen der Genesung, hin. Eines Abends, als das blasse Kind um seinen Teller ein Papierschiffchen wie um eine runde Insel schob, kam ihm ein Gedanke, der ihn entzückte. Möchtest du verreisen, fragte er, und der Bub ließ das Schiffchen sogleich stehen und starrte ihn überwältigt an. Eine Wallfahrt, fragte er, Tre Scaline? Madonna di Pompei? Dort war die Mutter einmal gewesen und hatte dem Kinde viel erzählt, auch von der großen Stadt Neapel und den Schiffen, die im Hafen vor Anker liegen. Keine Wallfahrt, sagte Herr Seume erregt und dachte im geheimen, eine Wallfahrt doch, aber eine heidnische, zu den griechischen Inseln, die, Wunder über Wunder, auftauchen und nähergleiten auf dem gefährlich schwankenden Meer. Eine solche Reise mit Caterina und dem Knaben zu machen erschien ihm plötzlich unsagbar begehrenswert, schon zeichnete er auf die Speisekarte mit unsicherer Hand und recht im Zickzack die Schiffsroute, Thasos, Lindos, Mykonos, Santorin, Samothrake, Kos. Er sagte Caterina noch nichts von seinen Plänen, erst mit den Fahrkarten in der Hand wollte er sie überraschen, sie auch dann erst loskaufen von ihrer übernommenen Pflicht. Er verabschiedete sich und ging heim, wo er zu seinem Verdruß Roberto schon antraf, der ihn mit strengen Blicken musterte, auch später nicht zu Bett ging, sondern sich unter allerlei Vorwänden immer wieder ins Zimmer schlich, wo Herr Seume noch um Mitternacht stand und, sonderbare Namen vor sich hin murmelnd, den Diener anstarrte mit glasigem Blick. Als er endlich zu Bett lag, hörte Herr Seume auf der Terrasse draußen wieder einmal Singen und dachte, der unverschämte Kerl, er behält seinen Bruder über Nacht hier, aber ohne Zorn. Am nächsten Morgen ließ er ein Taxi kommen und fuhr zum Bahnhof Termini, wo die schöne Schwingung der Vorhalle den Ankommenden wie eine starke und sanfte Welle in die Stadt hineinträgt wie auf einen ewig heimatlichen Strand. Den alten Herrn Seume berührte die Schwinge nicht, ihn trug es hinaus, und so reisesüchtig war er mit einemmal, daß er sich an seinem eigentlichen Ziel, dem Büro für Zug- und Schiffsreisen, vorbeischieben ließ, den Bahnsteigen zu. Von seiner hohen, stillen Dachterrasse mit ihrer reinen Luft in das stinkende, schreiende, wirbelnde Menschengewühl wie aus dem Himmel auf die Erde, wie aus dem Tod ins Leben versetzt, ließ er sich puffen und stoßen und empfand all dies nicht als lästig, sondern wie eine Befreiung, ein Aufgenommenwerden im Greifbaren und Begreiflichen, dem er sich sein Leben lang ferngehalten hatte. Durch Zufall von einer Schar junger Fußballspieler umringt, nickte er freundlich nach allen Seiten, sein nervöses Gesichtszucken stellte sich auch ein und wurde als spaßhafte, vielleicht sogar anzügliche Gebärde gedeutet, auch wurde Herr Seume als Fremder sogleich erkannt und gutmütig aufs Korn genommen, endlich auch zum Sitzen aufgefordert, da man sich, geschoben und gezerrt, gerade bei den Eisenstühlchen und Tischchen der Bar befand. Auf ein solches kaltes Stühlchen ließ sich der alte Herr Seume, vielleicht schon von einer leichten Schwäche überkommen, nun tatsächlich fallen, wonach die jungen Leute, in der Hoffnung, von dem reichen Amerikaner reich bewirtet zu werden, anfingen, ihn auf spaßhaft übertriebene Weise zu bedienen. Der alte Herr Seume sah die jungen Gesichter sich zugeneigt und hinter ihnen die leuchtenden Buchstaben, die auftauchten und verschwanden, und die Räder, die sich drehten, und jenseits der Sperre die Züge, die hereinkamen und wieder fortglitten. Er hörte das ungeheure Getöse des großen Bahnhofs und spürte, wie ein jäher Frühlingsduft von blühenden Mimosen den Dunst von Schweiß und Zigarettenrauch, von Gebratenem und Gebackenem durchdrang. Wohin reisen Eure Exzellenz, riefen die jungen Männer, und wieder zeichnete Herr Seume mit zitternden Fingern, aber schwungvoll die Schiffsroute, Thasos, Lindos, Mykonos, Samothrake, Kos. Mittendrin sprang er auf und wollte zur Kasse, einen großen Geldschein wie ein Fähnchen in der Hand schwingend. Da warf ihn der Schwindel zwischen die Tische und Stühle, wo ihn ein paar der fröhlichen Knaben, die ihm dienstfertig nachgelaufen waren, gerade noch auffangen konnten, ehe er sich das Gesicht zerschlug. Ein Sofa gab es weit und breit nicht, auch keine Bank, auf der Herr Seume sich hätte ausstrecken können, also saß er, gegen die Leiber der Fußballer wie gegen eine lebendige Mauer gestützt, auf einem der Eisenstühlchen und kam langsam so weit zu sich, daß er seine Adresse nennen und ein Taxi besteigen konnte. Den großen Geldschein hatte ein Junge aufgefangen, hatte die Rechnung bezahlt und den genauen Rest dem Herrn Seume wieder in die Tasche geschoben, nun winkten sie alle beim Abschied, ein wenig betroffen, weil sie plötzlich einsahen, wer sie bewirtet hatte, das Alter, vielleicht der Tod. Einer noch schwang sich im letzten Augenblick auf das Trittbrett und zum Fahrer, brachte Herrn Seume auf den Hügel und ins Himmelsquartier, wurde aber von Roberto mit so unverhohlenem Mißtrauen empfangen, daß er sich bald entfernte, was Herrn Seume nur recht war, sowenig wie möglich von seinem Abenteuer sollte Roberto zu Ohren kommen. Der fragte nicht viel, er brachte seinen Herrn zu Bett und telefonierte mit dem Arzt, der dann noch in der Nacht seinen Besuch machte und Herrn Seume das Ausgehen auf ungewisse Zeit verbot.

Herr Seume war darüber weniger ungehalten, als man hätte annehmen können. Auf ungewisse Zeit – ach, die Zeit des Herrn Seume war schon von sich aus eine ungewisse, die mit Morgen und Abend, Tag und Nacht willkürlich umsprang und die nun schon manchmal bei hellem Tageslicht Robertos Zwillingsbruder auf der Terrasse singen ließ. Roberto freilich wollte es nicht wahrhaben, er blickte Herrn Seume streng an und sagte, es sei niemand draußen und niemand in der Wohnung, der Arzt habe jeden Besuch verboten. In der Tat hörte der Herr mehrmals, wenn es geschellt hatte, an der Eingangstür leise und heftig sprechen, und einmal kam es ihm in den Sinn, Caterina sei es, die da Einlaß begehrte, er glaubte, ihre Stimme zu hören, und nun war er mit einemmal wieder zu Hause, fuhr nicht mit einer andern traumhaften Caterina von Insel zu Insel, schüttelte nicht für ein traumhaftes Söhnchen Schmetterlinge vom Baum. Er stand auf und schlich sich auf die Terrasse, wobei ihn von neuem ein heftiger Schwindel überkam. Dort unten aber trat Caterina aus dem Haus, sie hatte das Kind nicht bei sich, ganz klein und verloren, ein fernes Figürchen, stand sie in der grellen Mittagssonne und hob jetzt den Blick, und Herr Seume beugte sich über die Brüstung und bewegte seinen weißen Kopf rätselhaft hin und her. Da winkte Caterina nur schnell und lief fort, quer über den Platz und um die Ecke und sah auch nicht mehr zurück, vielleicht aus Besorgnis, Herr Seume möge sich allzuweit vorbeugen und das Gleichgewicht verlieren. Das Gleichgewicht aber meinte Herr Seume nun gerade wiedergewonnen zu haben, den Sinn für oben und unten und für heute und morgen, und heute wollte er noch zu Hause bleiben und den Roberto mit großer Fügsamkeit in Sicherheit wiegen, aber morgen ihn mit einem Auftrag fortschicken und seinerseits das Haus verlassen. Bei diesem Gedanken wurde Herr Seume so guter Laune, daß er sich an seinen Schreibtisch setzte, wo Roberto die zahllosen, von Herrn Seume in der letzten Zeit mit kleiner, feiner Schrift bedeckten Zettel auf mehrere Haufen geschichtet hatte, und diese Zettel nahm Herr Seume nun zur Hand und las und verstand alles und wunderte sich, was das für Gedanken waren, klarere, kühnere als je zuvor. Über den

Tisch gebückt, laut vor sich hin redend, fand ihn Roberto und trieb ihn ins Bett zurück, wo Herr Seume die Zettel verstreute und über ihnen einschlief, ein begeistertes Lächeln auf dem Gesicht. Am nächsten Morgen erinnerte er sich sehr wohl seines Vorhabens, er schrieb, aber erst am Nachmittag, ein winziges Briefchen an eine sehr weit entfernt wohnende Bekannte und schickte Roberto damit auf den Weg. Roberto ging gutwillig, aber als er fort war und Herr Seume sich anziehen wollte, stellte sich heraus, daß Roberto den Kleiderschrank abgeschlossen und den Schlüssel versteckt oder mitgenommen hatte und daß auch Herrn Seumes Hausschlüssel, die auf der Kommode im Korridor ihren bestimmten Platz hatten, fehlten. Herr Seume dachte nicht daran, sich zufriedenzugeben, auch einen Roberto kann man überlisten, auch einen Engel mit einem flammenden Schwert. In einem Mottenkoffer in der Besenkammer waren noch alte Kleider, von denen Roberto nichts wußte, besonders sein uralter, sehr langer Mantel, der den Schlafanzug völlig bedeckte, und auch ein altes lächerliches Jägerhütchen, von dem Herr Seume sich nie hatte trennen können. In dem grauen, schon zerlöcherten Mantel, das staubige Hütchen auf dem Kopf, ging Herr Seume die Treppe hinunter, ja, zu Fuß all die vielen Treppen, weil er für die Fahrstuhltür keinen Schlüssel hatte. Er ging am Fenster des Portiers vorüber, der mochte ihn für einen Bettler halten und schalt hinter ihm her. Weil Herr Seume nicht erkannt sein wollte, trat er rasch auf den Platz hinaus, wo die Nachmittagssonne glühte, ein wenig zu rasch, und schon schwindelte ihm wieder, und er war geblendet und schlug eine falsche Richtung ein. Er merkte es auch gar nicht, so schwer war das Zufußgehen, so ungewohnt war es ihm, all die heftigen Geräusche zu bestehen. Die Straße trug ihn bergauf, dann wieder bergab, an Gartenmauern hin, bergab hätte es nicht gehen dürfen, und Herr Seume dachte einen Augenblick daran, zu fragen, nur wußte er plötzlich nicht mehr, was er fragen sollte und was eigentlich sein Ziel gewesen war. Ein klappriges Taxi fuhr an ihm vorüber und hielt an, und der Fahrer beugte sich heraus und forderte ihn auf, einzusteigen, er suche keine Kundschaft mehr, er führe nach Hause. Daß der zerlumpte Alte, statt sich zu ihm nach vorn zu setzen, die hintere Tür öffnete und sich wie ein großer Herr in die Polster fallen ließ, belustigte den Fahrer sehr, wohin befehlen? spottete er, nach San Pietro, und behandelte Herrn Seume wie einen vornehmen Fremden, der nichts weiß und nichts versteht. Herr Seume war froh, zu sitzen, er nickte, und sein Gesicht verzog sich zu der alten Grimasse, die der Fahrer für ein spaßhaftes Einverständnis nahm. So machte er auch weiterhin den Fremdenführer, sagte Porta San Pancrazio und Garibaldi, und schon waren zur Seite kleine Gärten mit Bambus und grünem Salat. Der Wagen rollte jetzt im Leerlauf im tollsten Tempo bergab, hielt mit einem Ruck beim roten Licht und fuhr dann, während rechts der Tunnel wie ein Höllenrachen gähnte, wirklich auf die mächtigen abendlichen Kolonnaden der Peterskirche zu.

Herr Seume griff in die Tasche, er hatte kein Geld, daß er so erstaunt immer weiter danach suchte, nahm der Fahrer als den letzten, köstlichsten Scherz. Er ließ Herrn Seume aussteigen und am Brunnen stehen, wo der Wind ihm das Regenbogenwasser ins Gesicht schleuderte, und die Kolonnaden begannen zu wandern und gingen langsam, aber unaufhörlich im Kreise um ihn herum. Herr Seume trat auf die breite Treppe zu und stieg mit großer Mühe ein paar der flachen Stufen hinauf, da stand im Mantel und Dreispitz eines Kirchenhüters Roberto und hob mit feierlicher Gebärde den Stab. Aber dann war es doch nicht Roberto, sondern sein Bruder, den es nicht hatte geben sollen, aber jetzt gab es ihn doch, denn er sang mit hundert Stimmen aus der Kirche heraus. Eine Frau, die dort herkam, gab Herrn Seume eine Münze, und dieser nahm sie ernsthaft und demütig und schob sie unter die Zunge, wie ein Kind alles, was man ihm gibt, zum Mund führt. Er wollte nicht in die Kirche, mußte auch nicht, er konnte sich ganz langsam hinfallen lassen, auf die Knie, auf die Hände, auf die Stirn. Er konnte sich auf den königlichen Stufen von St. Peter ausstrecken und ruhen, bis er aufgehoben und fortgetragen wurde, ein fremder Bettler und tot.

Langweilig, alles langweilig, die Hotelhalle, der Speisesaal, der Strand, wo die Eltern in der Sonne liegen, einschlafen, den Mund offenstehen lassen, aufwachen, gähnen, ins Wasser gehen, eine Viertelstunde vormittags, eine Viertelstunde nachmittags, immer zusammen. Man sieht sie von hinten, Vater hat zu dünne Beine, Mutter zu dicke, mit Krampfadern, im Wasser werden sie dann munter und spritzen kindisch herum. Rosie geht niemals zusammen mit den Eltern schwimmen, sie muß währenddessen auf die Schwestern achtgeben, die noch klein sind, aber nicht mehr süß, sondern alberne Gänse, die einem das Buch voll Sand schütten oder eine Qualle auf den nackten Rücken legen. Eine Familie zu haben ist entsetzlich, auch andere Leute leiden unter ihren Familien, Rosie sieht das ganz deutlich, zum Beispiel der braune Mann mit dem Goldkettchen, den sie den Schah nennt, statt bei den Seinen unterm Sonnenschirm hockt er an der Bar oder fährt mit dem Motorboot, wilde Schwünge, rasend schnell und immer allein. Eine Familie ist eine Plage, warum kann man nicht erwachsen auf die Welt kommen und gleich seiner Wege gehen. Ich gehe meiner Wege, sagt Rosie eines Tages nach dem Mittagessen und setzt vorsichtshalber hinzu, in den Ort, Postkarten kaufen, Ansichtskarten, die an die Schulfreundinnen geschrieben werden sollen, als ob sie daran dächte, diesen dummen Gören aus ihrer Klasse Kärtchen zu schicken, Gruß vom blauen Mittelmeer, wie geht es dir, mir geht es gut. Wir kommen mit, schreien die kleinen Schwestern, aber gottlob nein, sie dürfen nicht, sie müssen zum Nachmittagsschlafen ins Bett. Also nur die Fahrstraße hinauf bis zum Marktplatz und gleich wieder zurück, sagt der Vater, und mit niemandem sprechen, und geht der Mutter und den kleinen Schwestern nach mit seinem armen, krummen Bürorücken, er war heute mit dem Boot auf dem Wasser, aber ein Seefahrer wird er nie. Nur die Fahrstraße hinauf, oben sieht man, mit Mauern und Türmen an den Berg geklebt, den Ort liegen, aber die Eltern waren noch nie dort, der

Weg war ihnen zu lang, zu heiß, was er auch ist, kein Schatten weit und breit. Rosie braucht keinen Schatten, wozu auch, ihr ist überall wohl, wohl in ihrer sonnenölglänzenden Haut, vorausgesetzt, daß niemand an ihr herumerzieht und niemand sie etwas fragt. Wenn man allein ist, wird alles groß und merkwürdig und beginnt einem allein zu gehören, meine Straße, meine schwarze räudige Katze, mein toter Vogel, eklig, von Ameisen zerfressen, aber unbedingt in die Hand zu nehmen, mein. Meine langen Beine in verschossenen Leinenhosen, meine weißen Sandalen, ein Fuß vor den andern, niemand ist auf der Straße, die Sonne brennt. Dort, wo die Straße den Hügel erreicht, fängt sie an, eine Schlangenlinie zu beschreiben, blaue Schlange im goldenen Reblaub, und in den Feldern zirpen die Grillen wie toll. Rosie benützt den Abkürzungsweg durch die Gärten, eine alte Frau kommt ihr entgegen, eine Mumie, um Gottes willen, was da noch so herumläuft und gehört doch längst ins Grab. Ein junger Mann überholt Rosie und bleibt stehen, und Rosie macht ein strenges Gesicht. Die jungen Männer hier sind zudringliche Taugenichtse, dazu braucht man keine Eltern, um das zu wissen, wozu überhaupt braucht man Eltern, der Teufel, den sie an die Wand malen, hat schon längst ein ganz anderes Gesicht. Nein, danke, sagt Rosie höflich, ich brauche keine Begleitung, und geht an dem jungen Mann vorbei, wie sie es den Mädchen hier abgeguckt hat, steiles Rückgrat, Wirbel über Wirbel, das Kinn angezogen, die Augen finster niedergeschlagen, und er murmelt nur noch einiges Schmeichelhafte, das in Rosies Ohren grenzenlos albern klingt. Weingärten, Kaskaden von rosa Geranienblüten, Nußbäume, Akazien, Gemüsebeete, weiße Häuser, rosa Häuser, Schweiß in den Handflächen, Schweiß auf dem Gesicht. Endlich ist die Höhe erreicht, die Stadt auch, das Schiff Rosie bekommt Wind unter die Leinwand und segelt glücklich durch Schattenstraßen, an Obstständen und flachen Blechkästen voll farbiger, glitzernder, rundäugiger Fische hin. Mein Markt, meine Stadt, mein Laden mit Herden von Gummitieren und einem Firmament von Strohhüten, auch mit Ständern voll Ansichtskarten, von denen Rosie, der Form halber, drei schreiendblaue Meeresausblicke wählt. Weiter auf den Platz, keine Ah- und Oh-Gedanken angesichts des Kastells und der Kirchenfassaden, aber interessierte Blicke auf die bescheidenen Auslagen, auch in die Schlafzimmer zu ebener Erde, wo über gußeisernen, vielfach verschnörkelten Ehebettstellen süßliche Madonnenbilder hängen. Auf der Straße ist zu dieser frühen Nachmittagsstunde fast niemand mehr, ein struppiger kleiner Hund von unbestimmbarer Rasse kläfft zu einem Fenster hinauf, wo ein Junge steht und ihm Grimassen schneidet. Rosie findet in ihrer Hosentasche ein halbes Brötchen vom zweiten Frühstück. Fang, Scherenschleifer, sagt sie und hält es dem Hund hin, und der Hund tanzt lustig wie ein dressiertes Äffchen um sie herum. Rosie wirft ihm das Brötchen zu und jagt es ihm gleich wieder ab, das häßliche, auf zwei Beinen hüpfende Geschöpf macht sie lachen, am Ende hockt sie im Rinnstein und krault ihm den schmutzig-weißen Bauch. Ehi, ruft der Junge vom Fenster herunter, und Rosie ruft Ehi zurück, ihre Stimmen hallen, einen Augenblick lang ist es, als seien sie beide die einzigen, die wach sind in der heißen, dösenden Stadt. Daß der Hund ihr, als sie weitergeht, nachläuft, gefällt dem Mädchen, nichts gefragt werden, aber Gesellschaft haben, sprechen können, komm mein Hündchen, jetzt gehen wir zum Tor hinaus. Das Tor ist ein anderes als das, durch welches Rosie in die Stadt gekommen ist, und die Straße führt keinesfalls zum Strand hinunter, sondern bergauf, durchquert einen Steineichenwald und zieht dann, mit vollem Blick auf das Meer, hoch oben den fruchtbaren Hang entlang. Hier hinauf und weiter zum Leuchtturm haben die Eltern einen gemeinsamen Spaziergang geplant; daß sie jetzt hinter der Bergnase in ihrem verdunkelten Zimmer auf den Betten liegen, ist beruhigend, Rosie ist in einem anderen Land, mein Ölwald, mein Orangenbaum, mein Meer, mein Hündchen, bring mir den Stein zurück. Der Hund apportiert und bellt auf dem dunkelblauen, schmelzenden Asphaltband, jetzt läuft er ein Stück stadtwärts, da kommt jemand um die Felsenecke, ein Junge, der Junge, der am Fenster gestanden und Grimassen geschnitten hat, ein stämmiges, braunverbranntes Kind. Dein Hund? fragt Rosie, und der Junge nickt, kommt näher und fängt an, ihr die Gegend zu erklären. Rosie, die von einem Aufenthalt im Tessin her ein wenig Italienisch versteht, ist zuerst erfreut, dann enttäuscht, da sie sich schon hat denken können, daß das Meer das Meer, der Berg der Berg und die Inseln die Inseln sind. Sie geht schneller, aber der vierschrötige Junge bleibt ihr auf den Fersen und redet weiter auf sie ein, alles, auf das er mit seinen kurzen braunen Fingern zeigt, verliert seinen Zauber, was übrigbleibt, ist eine Ansichtskarte wie die von Rosie erstandenen, knallblau und giftgrün. Er soll nach Hause gehen, denkt sie, mitsamt seinem Hund, auch an dem hat sie plötzlich keine Freude mehr. Als sie in einiger Entfernung zur Linken einen Pfad von der Straße abzweigen und zwischen Felsen und Macchia steil bergabführen sieht, bleibt sie stehen, holt aus ihrer Tasche die paar Münzen, die von ihrem Einkauf übriggeblieben sind, bedankt sich und schickt den Jungen zurück, vergißt ihn auch sogleich und genießt das Abenteuer, den Felsenpfad, der sich bald im Dickicht verliert. Die Eltern und Geschwister hat Rosie erst recht vergessen, auch sich selbst als Person, mit Namen und Alter, die Schülerin Rosie Walter, Obersekunda, könnte mehr leisten; nichts mehr davon, eine schweifende Seele, auf trotzige Art verliebt in die Sonne, die Salzluft, das Tun- und Lassenkönnen, ein erwachsener Mensch wie der Schah, der leider nie spazierengeht, sonst könnte man ihm hier begegnen und mit ihm zusammen, ohne dummes Gegacker, nach fern vorüberziehenden Dampfern Ausschau halten. Der Pfad wird zur Treppe, die sich um den Felsen windet, auf eine Stufe setzt sich Rosie, befühlt den rissigen Stein mit allen zehn Fingern, riecht an der Minze, die sie mit den Handflächen zerreibt. Die Sonne glüht, das Meer blitzt und blendet. Pan sitzt auf dem Ginsterhügel, aber Rosies Schulbildung ist lückenhaft, von dem weiß sie nichts. Pan schleicht der Nymphe nach, aber Rosie sieht nur den Jungen, den zwölfjährigen, da ist er weiß Gott schon wieder, sie ärgert sich sehr. Die Felsentreppe herunter kommt er lautlos auf staubgrauen Füßen, jetzt ohne sein Hündchen, gesprungen.

Was willst du, sagt Rosie, geh heim, und will ihren Weg fortsetzen, der gerade jetzt ein Stück weit ganz ohne Geländer an der Felswand hinführt, drunten liegt der Abgrund und das Meer. Der Junge fängt gar nicht wieder an mit seinem Ecco il mare, ecco l'isola, aber er läßt sich auch nicht nach Hause schicken, er folgt ihr und gibt jetzt einen seltsamen, fast flehenden Laut von sich, der etwas Unmenschliches hat und der Rosie erschreckt. Was hat er, was will er, denkt sie, sie ist nicht von gestern, aber das kann doch wohl nicht sein, er ist höchstens zwölf Jahre alt, ein Kind. Es kann doch sein, der Junge hat zuviel gehört von den älteren Freunden, den großen Brüdern, ein Gespräch ist da im Ort, ein ewiges halblautes Gespräch von den fremden Mädchen, die so liebessüchtig und willfährig sind und die allein durch die Weingärten und die Ölwälder schweifen, kein Ehemann, kein Bruder zieht den Revolver, und das Zauberwort amore amore schon lockt ihre Tränen, ihre Küsse hervor. Herbstgespräche sind das, Wintergespräche, im kalten, traurigen Café oder am nassen, grauen, überaus einsamen Strand, Gespräche, bei denen die Glut des Sommers wieder entzündet wird. Warte nur, Kleiner, in zwei Jahren, in drei Jahren kommt auch für dich eine, über den Marktplatz geht sie, du stehst am Fenster, und sie lächelt dir zu. Dann lauf nur hinterher, Kleiner, genier dich nicht, pack sie, was sagst du, sie will nicht, aber sie tut doch nur so, sie will.

Nicht daß der Junge, der Herr des äffigen Hündchens, sich in diesem Augenblick an solche Ratschläge erinnert hätte, an den großen Liebes- und Sommergesang des Winters, und die zwei, drei Jahre sind auch noch keineswegs herum. Er ist noch immer der Peppino, die Rotznase, dem seine Mutter eins hinter die Ohren gibt, wenn er aus dem Marmeladeneimer nascht. Er kann nicht wie die Großen herrisch auftreten, lustig winken und schreien, ah, bella, jetzt wo er bei dem Mädchen, dem ersten, das ihm zugelächelt und seinen Hund an sich gelockt hat, sein Glück machen will. Sein Glück, er weiß nicht, was das ist, ein Gerede und Geraune der Großen, oder weiß er es doch plötzlich, als Rosie vor ihm zurückweicht, seine Hand wegstößt und sich, ganz weiß im Gesicht, an die Felswand drückt? Er weiß es, und weil er nicht fordern kann, fängt er an zu bitten und zu betteln, in der den Fremden verständlichen Sprache, die nur aus Nennformen besteht. Zu mir kommen, bitte, mich umarmen, bitte, küssen bitte, lieben bitte, alles ganz rasch hervorgestoßen mit zitternder Stimme und Lippen, über die der Speichel rinnt. Als Rosie zuerst noch, aber schon ängstlich, lacht und sagt, Unsinn, was fällt dir ein, wie alt bist du denn überhaupt, weicht er zurück, fährt aber gleich sozusagen vor ihren Augen aus einer Kinderhaut, bekommt zornige Stirnfalten und einen wilden, gierigen Blick. Er soll mich nicht anrühren, er soll mir nichts tun, denkt Rosie und sieht sich, aber vergebens, nach Hilfe um, die Straße liegt hoch oben, hinter den Felsen, auf dem Zickzackpfad ihr zu Füßen ist kein Mensch zu sehen, und drunten am Meer erstickt das Geräusch der Brandung gewiß jeden Schrei. Drunten am Meer, da nehmen die Eltern jetzt ihr zweites Bad, wo nur Rosie bleibt, sie wollte doch nur Ansichtskarten für ihre Schulfreundinnen kaufen. Ach, das Klassenzimmer, so gemütlich dunkel im November, das hast du hübsch gemalt, Rosie, diesen Eichelhäherflügel, der kommt in den Wechselrahmen, wir stellen ihn aus. Rosie Walter und dahinter ein Kreuz, eure liebe Mitschülerin, gestorben am blauen Mittelmeer, man sagt besser nicht, wie. Unsinn, denkt Rosie und versucht noch einmal mit unbeholfenen Worten, dem Jungen zuzureden, es hätten aber auch beholfenere in diesem Augenblick nichts mehr vermocht. Der kleine Pan, flehend, stammelnd, glühend, will seine Nymphe haben, er reißt sich das Hemd ab, auch die Hose, er steht plötzlich nackt in der grellheißen Steinmulde vor dem gelben Strauch und schweigt erschrocken, und ganz still ist es mit einemmal, und von drunten hört man das geschwätzige, gefühllose Meer.

Rosie starrt den nackten Jungen an und vergißt ihre Angst, so schön erscheint er ihr plötzlich mit seinen braunen Gliedern, seinem Badehosengürtel von weißer Haut, seiner Blütenkrone um das schweißnasse schwarze Haar. Nur daß er jetzt aus seinem goldenen Heiligenschein tritt und auf sie zukommt und die langen, weißen Zähne fletscht, da ist er der Wolf aus dem Märchen, ein wildes Tier. Gegen Tiere kann man sich wehren, Rosies eigener schmalbrüstiger Vater hat das einmal getan, aber Rosie war noch klein damals, sie hat es vergessen, aber jetzt fällt es ihr wieder ein. Nein, Kind, keinen Stein, Hunden muß man nur ganz fest in die Augen sehen, so, laß ihn herankommen, ganz starr ins Auge, siehst du, er zittert, er drückt sich an den Boden, er läuft fort. Der Junge ist ein streunender Hund, er stinkt, er hat Aas gefressen, vielleicht hat er die Tollwut, ganz still jetzt, Vater, ich kann es auch. Rosie, die zusammengesunken wie ein Häufchen Unglück an der Felswand kauert, richtet sich auf, wächst, wächst aus ihren Kinderschultern und sieht dem Jungen zornig und starr in die Augen, viele Sekunden lang, ohne ein einziges Mal zu blinzeln und ohne ein Glied zu bewegen. Es ist noch immer furchtbar still und riecht nun plötzlich betäubend aus Millionen von unscheinbaren, honigsüßen, kräuterbitteren Macchiastauden, und in der Stille und dem Duft fällt doch der Junge wirklich in sich zusammen, wie eine Puppe, aus der das Sägemehl rinnt. Man begreift es nicht, man denkt nur, entsetzlich muß Rosies Blick gewesen sein, etwas von einer Urkraft muß in ihm gelegen haben, Urkraft der Abwehr, so wie in dem Flehen und Stammeln und in der letzten wilden Geste des Knaben die Urkraft des Begehrens lag. Alles neu, alles erst erwacht an diesem heißen, strahlenden Nachmittag, lauter neue Erfahrungen, Lebensliebe, Begehren und Scham, diese Kinder, Frühlings Erwachen, aber ohne Liebe, nur Sehnsucht und Angst. Beschämt zieht sich der Junge unter Rosies Basiliskenblick zurück, Schritt für Schritt, wimmernd wie ein kranker Säugling, und auch Rosie schämt sich, eben der Wirkung dieses Blickes, den etwa vor einem Spiegel später zu wiederholen sie nie den Mut finden wird. Am Ende sitzt der Junge, der sich, seine Kleider in der Hand, rasch umgedreht hat und die Felsenstiege lautlos hinaufgelaufen ist, nur das Hündchen ist plötzlich wieder da und bellt unbekümmert und frech, der Junge sitzt auf dem Mäuerchen, knöpft sich das Hemd zu und murmelt vor sich hin, zornig und tränenblind. Rosie läuft den Zickzackweg hinab und will erleichtert sein, noch einmal davongekommen, nein, diese Väter, was man von den Vätern doch lernen kann, und ist im Grunde doch nichts als traurig, stolpert zwischen Wolfsmilchstauden und weißen Dornenbüschen, tränenblind. Eure Mitschülerin Rosie, ich höre, du warst sogar in Italien, ja danke, es war sehr schön. Schön und entsetzlich war es, und am Ufer angekommen, wäscht sich Rosie das Gesicht und den Hals mit Meerwasser, denkt, erzählen, auf keinen Fall, kein Wort, und schlendert dann, während oben auf der Straße der Junge langsam nach Hause trottet, am Saum der Wellen zum Badestrand, zu den Eltern hin. Und so viel Zeit ist über all dem vergangen, daß die Sonne bereits schräg über dem Berge steht und daß sowohl Rosie wie der Junge im Gehen lange Schatten werfen, lange, weit voneinander entfernte Schatten, über die Kronen der jungen Pinien am Abhang, über das schon blassere Meer.

Reden, gehen, schweigen, gehen, fragen, gehen, antworten, gehen, deuten, lächeln, gib acht sagen, gehen, weißt du noch sagen, morgen sagen, oder, ich bin müde, ich kann nicht mehr. Lauter gemeinsame Wege, Fußwege, die letzten Fußgänger, ein Paar auf der Straße, ein dämonisches Paar. Einmal gingen wir durch eine unwirkliche Landschaft, auf einem schmalen Sandstreifen, hingelegt zwischen Wasser und Wasser, salzigem und süßem, Haff und See. Sand war unter unseren Sohlen, weißer Dünensand, der wandert und fliegt von der Salzwasserseite zur Süßwasserseite, durchwandert die Häuser, verschlingt sie ganz und gar. Später, nach vielen Jahrzehnten, tauchen sie wieder auf im Rücken der Dünenwelle, zerfressen, gebleicht wie Fischgerippe und furchtbar still. Zwischen Wasser und Wasser gingen wir durch Wälder, über die wir hinwegsehen konnten, da sie sich bückten und krümmten unter dem Fegen des Sturms. Fabeltiere mit Schaufelgehörnen zogen in der Ferne über die Schneise, schwere Leiber mit leichtem, federndem Gang. In einem der Hausgerippe saßen wir, legten Muster aus blauen Muscheln, Kreuz und Stern. Der Sand ist wie die Zeit, auch die wandert durch uns hindurch und läßt uns am Ende als reinliches Knochenwerk zurück. Aber solche Dinge bedachten wir damals nicht. Wir standen auf und gingen weiter, und die Zugvögel über unseren Köpfen schrien.

Ein andermal stiegen wir aus einem südlichen Bergort hinab zur Küste, und die Nacht brach schon herein. Die Sonne war nur noch eine Flamme auf dem höchsten Felshang, eine Flamme, die dort tanzte und erlosch. Der Weg war mit flachen Steinen gepflastert, abschüssig und schmal. Rechts und links lagen die Papiermühlen, schwärzliche Gebäude, aus denen unheimliche Geräusche, ein Brausen und Stampfen, drangen. In den scheibenlosen Fenstern hingen wie Fledermäuse Bündel von Lumpen und Kindergesichter, ernst und bleich. Weiter unten wurde das Tal breiter und freundlicher, Trauben wurden geerntet und Nüsse von den Bäumen geschlagen. Der Ort, in den wir kamen, war ein Irrgarten von weißgekalkten Treppen und überwölbten Gängen mit Haustüren und Hausnummern, mit Fenstern voll roter Geranien und schwarzen Katzen, die an Fischköpfen nagten. Einmal tat sich dort eine Tür auf, unter Glasstürzen standen wächserne Heilige, starr und furchterregend, und aus zerwühlten Betten krochen blasse schöne Kinder, immer mehr, wie Larven aus einem Sumpf. Draußen hämmerte die Glocke, wir gingen weiter, und als wir an den Strand kamen, war es dunkel, und die ersten Fischer zündeten ihre Lampen an und ruderten hinaus aufs Meer.

In meiner Heimat gingen wir um den Ölberg, den großen Aussichtsweg am Rande des Urstroms, aber keine Spazierpromenade, trocken und bequem. Der Pfad führte im Buchenwald hinauf zu den Rebbergen, dann zwischen kahlen Weinstöcken weiter, schwerer gelber Lehm hing an unseren Schuhen, den wir mit einem Stöckchen abkratzten von Zeit zu Zeit. Um den Berg herum lief ein Fahrweg mit tiefen Radspuren, blaues, himmelspiegelndes Wasser darin. Weihnachtszeit war, aber was bedeutete das hier, auf keinen Fall Schnee, Veilchenzeit, Föhnzeit und große Sonnentage dazwischen, und an einem solchen Sonnentag gingen wir um die Kuppe der Berge, vorbei an Höhlen der Vorzeit und Ringen, an denen einmal Boote befestigt waren, damals, als noch das Meer an die Kalkfelsen schlug. Am Waldrand saßen wir, bei Heckenrosenranken und grauer Wolle der Waldrebe, und hielten einander die Dornenzweige vom Gesicht. Ich sah die ziehenden Wolken, die weißen Sternblümchen, die rötlichen Weinranken, mit gelbem Bast gebunden, vor dem tiefblauen Himmel, den Strom, der in der Ebene hier und dort aufblitzte, alles, was immer da war und immer gleich. Du sahst den Chemin des Dames, die Burgundische Pforte, die Vogesen, den Jura, Schauplätze geschichtlicher Wanderungen und kriegerischer Auseinandersetzungen, alles, was seine Zeit hatte, seine einmalige, nicht wiederkehrende Zeit. Was wir sahen, teilten wir einander mit. Wir gingen weiter, und der große weiche Wind des Rheintals trieb vor unseren Augen zwischen roten Wolkenfischen die Sonne ihrem herrlichen Untergang zu.

Vor den Toren Roms stiegen wir auf Treppen unter die

Erde, es roch nach Fäulnis und Finsternis, und im Schein deiner Kerze traten bei marmornen Särgen Kreuzzeichen und Fischzeichen aus der Wand. Ein Luftzug löschte das einzige Licht, und lange Zeit fanden wir nicht heraus aus dem Labyrinth der Tiefe, aus dem kein Ruf nach oben drang. Als wir endlich wieder ans Tageslicht kamen, umarmten wir die weißglühende Sonne und die Erde, die von Weizen und Wein überquoll. Danach wanderten wir auf der Via Appia immer weiter, immer einsamer, ein Feldweg nun, dann ein Wiesenpfad zwischen Kamillen, Margeriten und wildem rotem Mohn, den Bergen, dem Ort Albano zu. Die Grillen sangen, in die Bogen der Wasserleitung trat das rosige Abendlicht, und ein Hirte trug ein eben geborenes Lamm, flaumig und blutig, auf seinen Schultern der Herde nach. Diesen Weg gingen wir später noch unzählige Male, er veränderte sich mit den Jahren, über das alte römische Straßenpflaster wurde eine Asphalthaut gezogen, und die glühende Lichterkette, die sich auf ihr bewegte, riß nicht mehr ab in der Nacht. Wir gingen nicht mehr zu Fuß, sondern fuhren, Quo vadis domine, Caecilia Metella, alles rasch vorüber, und fast ebenso schnell stelzten die Tausendfüßler der blitzenden Vorstädte den Bergen zu. In den alten Schenken ließen sich schüchterne Reiche von zahllosen Kellnern in weißen Uniformen bedienen, und mit markerschütterndem Brausen stürzten rasende Maschinen durch den Himmel auf das Flugfeld hinab. Trotzdem war nichts verloren, die Grillen sangen und schwiegen am Abend, und in den Bogen der Wasserleitung stand das rosige Licht.

Pilzwege sind Schlängellinien, Zickzacklinien, entdecken, hinlaufen, getrogene Hoffnung, weiter oder zurück. Der Wald mit seinen Nebelstrahlen, seiner Springkrautwildnis, seinen efeuumwachsenen Stämmen ist unwirklich wie ein Theaterhintergrund, nur der weiße Hut, die sandbraune Knolle, der graue Schirm, die gelbe Koralle gilt. Rufe, Pfiffe gehen von einem zum andern, unsere gebückten Gestalten sind schon verloren in Herbstnebel und sinkender Nacht. Einmal suchten wir Champignons auf einer hessischen Waldwiese, ein Flugzeug näherte sich tief und schnell, ein Maschinengewehr knatterte, wir warfen uns hin, wo wir gerade standen, Gesicht in die Brombeeren, und wieder auf, beschmiert mit blaurotem Saft und Blut. Das Säckchen mit den bereits gesammelten Pilzen war verlorengegangen, und wir spähten danach aus wie nach dem heiligen Gral. Als sei an dieser Abendmahlzeit alles gelegen gewesen und unser Fortleben und Fortlieben nun in Frage gestellt, gingen wir traurig weiter durch den dunkelnden Wald. Alle Pilze waren in die Erde zurückgekrochen, im Ort starb der Entwarnungsruf der Sirene wie ein schwerer Seufzer hin. Wir waren hungrig und müde; daß wir hätten umkommen können, bedachten wir nicht.

Immer mußten wir gehen und schauen, gehen und schauen, auch in schlechten Zeiten, auch wenn es nur Häßliches zu sehen gab. Wir streiften durch die Vorstädte, an grauen, von Flaksplittern übersäten, von Bombentrichtern aufgerissenen Wiesen hin. Die Straßen waren Feldwege, die sich durch die Ruinen schlängelten, bergauf und bergab. Auf den Hügeln wuchsen Buschwindröschen, und unter den Hügeln lagen ganze Häuser mit all ihren Toten noch darin. Wir gingen in schlechten Schuhen, mit schmerzenden Füßen, aber der Anblick einer blassen Winde richtete uns auf, und nicht die Trümmer hatten wir im Auge und zeigten sie uns, sondern die ersten wiederhergestellten Dächer, die ersten gelben Fensterkissen, auf welche graue, aufgeschwemmte Frauen ihre Brüste stützten, um am Feiertag auf die Straße zu sehen. Wir gingen an der Bahnstrecke entlang, auf der klapprig finstere, kleine Züge sich fortmühten. Auch andere, strahlend erleuchtete und schnelle fuhren dort, in die niemand einsteigen durfte, ohne zu halten durchquerten sie in Windeseile das verpestete Land. Wir sahen ihnen nach, eng aneinandergedrückt in schäbigen Mänteln, mit zerrissenen Sohlen, sahen uns in die geistergrünen Gesichter, alles war uns recht, wir sprachen von der Zukunft, die Frieden hieß.

Daß Fremde nach Marathon zu Fuß gehen wollen, ist ein Ereignis, der Autobus hielt auf freier Straße, seht sie an, die Armen, die nicht wissen, wohin sie sich wenden sollen, eine Straße gibt es nicht. Blauer Himmel stand über Euböa, eine Gewitterwolke über dem Hymettos, die Stürme der Tag- und Nachtgleiche kündigten sich an. Im mageren Ölwald auf die Bucht zugehend, fanden wir den Tumulus, das Massengrab, der Sieg, nach Jahrtausenden, leuchtete nicht mehr, sondern gab sich als Herbst und Melancholie. Der kleine, alte Bauer im Gehöft daneben stand gelassen da, sein Esel mit den hellen Mandeln um die schwarzen Augen rupfte das Gras, seine Frau kochte auf dem Dreifuß neben der Hausmauer den Brei. Er gab uns Wein und Oliven und salzlose Kringel und wies uns den Weg zur Bucht, am flockigen Baumwollfeldchen hin. Die Ölbäume blieben bei den ärmlichen Häuschen zurück, der Pfad endete in Disteln und Dorn. Auf einem morastigen Graben trieben langsam zwei violette Distelköpfe, zwei verlassene Hunde winselten in dem bunten Bretterställchen, auf dessen Tür in unbeholfenen Buchstaben die Worte BAR OASIS standen. Das Ufer der Bucht war großartig und menschenleer, eine Urweltküste mit Dünen, auf die das Wasser zusammengebackene Algen und Pflanzenreste getragen und sie dort aufgerichtet hatte zu grauen Wällen von unheimlicher Gestalt. In der trüben Flut von weichen Algen umschlungen, schwammen wir ein Stück auf die Halbinsel Euböa zu, drehten dann um, zogen uns an und gingen unter Himmelsblau und blitzdurchflogenem Wolkenschwarz auf die Straße zurück. In der finsteren Öde des einsamen Landes bemühten wir uns, das Wunder des Tempels zu verstehen.

Auf der Ringstraße gingen wir unter den alten Bäumen, Schottentor, Bastei, Universität, Burgtheater, Rathaus, Bellaria, Hofburg und Oper, Geschichte deiner Jugend und Jugendgeschichten, wie ihr euch den Spaß machtet, einer spielte den wißbegierigen Fremden, der andere den hilfreichen Erklärer, und der erklärte alles falsch, das Rathaus als Residenz, die Oper als Universität, bis die Mitfahrenden es nicht mehr aushielten und eingriffen, wehleidig und empört. Café Landmann, da saßen wir am Abend, weither gekommen aus einem Stadtteil, der dich traurig stimmte. Hier aber war viel Raum, Laternen wie Lilien, sanfte Herbstluft und der Weg durch die Anlagen, alle Rosen des Volksgartens noch in Blüte und die großen öffentlichen Gebäude, die Kuppeln und Türme und der eiserne, eiserne Rittersmann eine starre, mondscheinfarben angestrahlte Pracht. An dem Weg lag dir viel, lag Persönliches und Überpersönliches, und von dem Persönlichen sprachst du, aber das Überpersönliche bewegte dich, den heimgekehrten Sohn der Stadt. In den Palästen flackerten die Kerzen, man veranstaltete dort Konzerte für die Fremden, aber du wolltest nicht eintreten, nur an jedem Abend zwi-

schen Oper und Schottentor spazierengehen, wie eine Schild-
wache hin und her. Denn das Verhängnis war über uns, ein
ganz persönliches und unabwendbares, und wenn ich mir von
Jugend an gewünscht hatte, einmal durch einen Zauber in
dich einzugehen und die Welt mit deinen Augen zu sehen,
jetzt gelang es mir, da sie zerstört war und Rathausturm und
eiserner Rittersmann, von schwarzen bedrohlichen Wolken
umflogen, sich auflösten vor deinem Blick. Jetzt war ich du
und beantwortete meine eignen Fragen und sah aus deinen
Augen mich selber, eine hilflos Liebende, und hinter mir den
nächtlichen Fackelzug, der von der Burg aufbrach und sich,
Totenlitaneien murmelnd, auf uns zubewegte, Gebete für die
schon lange gestorbenen Habsburger, Gebete für uns selber,
die wolltest du nicht hören und flohst entsetzt mit großen,
unsicheren Schritten der inneren Stadt, den engen schützen-
den Straßen zu. Danach war alles anders, ein Weg ins Dunkle,
und wir hatten keine Zukunft mehr.

Jetzt gehen wir wieder in der unwirklichen Landschaft, auf
dem schmalen Streifen, hingelegt zwischen Wasser und Wasser, Sand unter den Sohlen, weißen Dünensand, der wandert
und fliegt. Die Kiefern ducken sich unter dem Fegen des Win-
des, und über die Schneise ziehen Fabeltiere mit schweren
Gehörnen leichtfüßig hin. In einem der von der wandernden
Düne zurückgelassenen Hausgerippe sitzen wir, legen Muster aus blauen Muscheln, Kreuz und Stern. Der Sand ist wie
die Zeit, auch sie wandert durch uns hindurch und läßt uns
am Ende als reinliches Knochenwerk zurück. Aber das bedenken wir nicht. Wir sind tot, und die Zugvögel über unseren Köpfen schreien.

Es gibt uns, die wir leben.

Es gibt uns, die wir tot sind und auch leben, aber auf eine andere Weise, wie Pflanzen vielleicht oder wie Muscheln, die sich ein wenig öffnen und das Meerwasser in sich hineinlassen, oder wie die bunte Alge in der winzigen Lagune im Fels.

Erinnerst Du Dich?

Am Abend gegen 7 Uhr hatte der junge Herr Giorgio den Vertrag gebracht. Der Vertrag war auf Stempelpapier geschrieben, das man in den Tabakläden kaufen kann und das durchtränkt ist mit dem Geruch des Espressos, der kalten Asche und der Unzufriedenheit der jungen Männer, die von den Fremden verdorben werden.

Wir gingen mit dem jungen Herrn Giorgio durch die Halle des Hotels, in dem wir wohnten und setzten uns an einen der kleinen Tische, die dort an den offenen Fenstern stehen. Der junge Herr Giorgio nahm mit einer anmutigen Gebärde seine Füllfeder aus der Westentasche, öffnete sie und streckte sie Dir hin. Draußen auf der Terrasse klapperte das Gestänge der Markisen im warmen Wind. Es hatte den ganzen Tag geregnet, auf den Blechtischen standen die Lachen und zu Füßen des steilen Macchiagartens lag, wie eine Schüssel, die zum Überlaufen voll ist, das kobaltblaue abendliche Meer.

»Es ist alles bereit«, sagte der junge Herr Giorgio. »Sie können morgen früh einziehen. Ich werde Giuseppina hinüberschicken, um neun Uhr, um zehn Uhr, wann Sie wollen.«

»Um neun Uhr«, sagte ich schnell.

Und dann blickten wir hinunter auf den großen weißen Bogen, auf dem alles aufgezeichnet stand, die Miete für das neue Haus und die Pacht für den Turm, der eigentlich nur eine Ruine war, und den man für 99 Jahre zu übernehmen hatte, nicht kürzer und nicht länger; aber das war nur eine Formsache, und die Miete war lächerlich gering. Das Haus kostete auch so gut wie nichts, weil es so weit draußen lag, und eigentlich war es ganz überflüssig, daß wir den Vertrag noch einmal lasen, weil wir ihn selbst aufgesetzt hatten und es gar nichts mehr zu bedenken gab.

Ja, Du hättest die Feder nehmen und unterschreiben können. Aber das tatest Du nicht. Warum eigentlich nicht, da wir uns doch auf diesen Augenblick schon so lange gefreut hatten, warum eigentlich nicht? Weil jetzt da unten auf der schwappenden Schüssel die »Regina Elena« ihren kläglichen kleinen Sirenenlaut von sich gab und weil wir alle drei zusehen mußten, wie sie sich bemühte zu landen, aber sie kam nicht in den Hafen hinein, so stark war die Dünung; sie mußte weiterfahren mit ihren Passagieren und ihrer Post, durch Ströme von Tintenblau und Spiegelbilder der Wolken, die rosig, wie Fangarme des Oktopus, nach ihr griffen ... »Sie werden nicht Hunger leiden morgen«, sagte der junge Herr Giorgio schnell. »Meine Mutter wird einen Fisch schicken, Cefalù, und Essig und Öl.« Seine Blicke hatten etwas Beschwörendes, aber er behielt die Würde, mit der man im Süden Geschäfte macht, – bitte, nach Ihrem Gefallen, Sie mieten, Sie mieten nicht, wir bekommen das Geld, wir bekommen es nicht. Das Weiße in seinen schönen Tieraugen glänzte im Lampenlicht, aber Du schraubtest die Feder zu und reichtest sie ihm herüber und sagtest: »Wir kommen in einer halben Stunde, nach dem Abendessen, und bringen die Unterschrift und das Geld.« Die »Regina Elena« stieß noch einmal ihren klagenden Ruf aus und verschwand hinter dem Felsenvorsprung; in der Halle schlug der Kellner auf den Gong, einmal, zweimal, und Giorgio ging mit seinen wiegenden Schritten zur Tür hinaus.

Und dann saßen wir beim Abendessen an einem kleinen Tisch, der zwischen lauter anderen kleinen Tischen stand. Fast alle Gäste waren Ausländer, Vergnügungsreisende, Zugvögel, deren Schwingen nicht aufhören zu zittern und fortzubegehren, weiter oder nach Hause. »Ich fahre morgen«, rief der Schwede vom Nachbartisch herüber, »ja, ich muß heim. Ich kann Sie mitnehmen, wenn Sie wollen, ich habe Platz im Wagen, um 10 Uhr fahre ich ab.« Und jetzt hättest Du sagen sollen: »Nein, danke, wir reisen nicht, wir bleiben, wir haben ein Haus gemietet, wir bleiben ein Jahr oder länger, vielleicht unser Leben lang.« Aber Du nicktest nur und lächeltest und sagtest nichts. Du sprachst nicht von dem Haus und nicht von dem Turm und den 99 Jahren, dieser magischen Zahl, die uns entzückt und mit einem seltsamen Schauder erfüllt hatte, und nicht von den Feuerzeichen, die zur Zeit der Sarazenen von Turm zu Turm gegeben worden waren, die ganze Küste entlang. Du tatest gerade, als gehörten wir noch zu ihnen, den Flüchtigen, die ihre Fahrkarten schon in der Tasche haben. Und dabei war doch alles schon verändert, mit dem Stempelbogen in Deiner Hand; der schwere, süße Frühlingsgeruch in der herbstlichen Luft und der donnernde Hall der Wagenräder unter der Felswand, und das alles gehörte uns und wir gehörten ihm, es war wie eine schwere Hand, die sich auf uns legte, die uns zurechtlegte nebeneinander, schön dicht in die blühende Macchia hinein.

Natürlich gab es Wein zu diesem Abendessen, er gehörte ja zum Gedeck. Es war der rote Wein der Abhänge draußen, und wir tranken ihn nicht, ohne daß sich unsere Blicke einmal suchten, und wir gingen nicht auf die nächtliche Straße hinaus, ohne daß Du Deinen Arm um mich legtest. Und das alles wäre heute nicht anders, und es wäre doch anders, weil die Zukunft leichter wiegt als die Vergangenheit und die Träume leichter als die Erfahrung, weil das ungelebte Leben leicht ist – so leicht.

Wir gingen auf der Felsenstraße wie jeden Abend, und das ungelebte Leben erfüllte uns wie der rote kräftige Wein. Wir sprachen davon, was alles nötig wäre, um die Wohnung einzurichten und was das Allerdringendste wäre, Pfannen und Schüssel und Kochlöffel und eine Schaufel, damit wir die Beete unter den Citronenlauben umgraben und zu Weihnachten Salat haben konnten, festen, grünen Salat. Und ein Tisch sollte bestellt werden für Dich zum Schreiben, mit einer großen, festen Platte aus Olivenholz, und als wir darüber sprachen, hörten wir schon die Säge kreischen und durch das Holz ziehen und rochen schon den feuchten, harten Salat. Wie wir so auf der Straße dahingingen, traten wir zu jedem Ding in eine neue Beziehung, und ich erinnere mich, daß wir zum erstenmal versuchten, die Sternbilder zu erkennen, die über dem Meere und dem Scheitel des Gebirges standen. Wir kamen dann an die Stelle, wo vor vielen Jahren der Bergrutsch niedergegangen war und – wie jedesmal an diesem Ort – sprachen wir davon, wie seltsam es sei, daß gerade die Kirche verschüttet worden war und genau in dem Augenblick, in dem das Tedeum gesungen und die Schellen gerührt worden waren, und wie die Gläubigen in aller Seligkeit dahingefahren sein mußten, hinab in das Meer, in den Tod. Und schon waren wir dort vorbei und bei den großen Margheritenbüschen, die auf der Mauer blühen, und da fanden wir, daß wir auch solche Margheriten haben müßten, rosarote und weiße, die wie Sterne leuchten in der Nacht.

Wir gingen auf den Ort zu und durch den ersten langen Tunnel, und als wir herauskamen aus dem staubigen Zugwind, regnete es wieder, und das Meer unter der Maccaronifabrik rauschte wie toll. Wir gingen am Hafen vorbei, es war niemand auf der Mole, aber drin auf dem Markt wurde die Straße zum Sonntag gefegt, und vor der Bar standen die jungen Leute, den Hut im Genick und die Hände in den Taschen, und auch Giorgio stand dort, und wir hätten uns zu ihm an den Tisch setzen und den Vertrag unterschreiben und ihm das Geld geben können, aber wir taten es nicht. Wir gingen weiter auf der Uferstraße, an dem runden Turm vorbei und um die Felsenecke und durch den Nachbarort Atrani, diese weiße Burg im schwarzen Stein. Und dann um den nächsten Felsvorsprung und an vielen Häusern vorbei und an dem kleinen Hafen, wo die Netze zum Trocknen hängen, und daneben hängen die feinen Nudeln, auch zum Trocknen, und leuchten schön golden im Lampenlicht. Und dann stieg die Straße wieder an, und die Ölbäume am Abhang knarrten im Westwind, das Gebirge hing drohend über uns, die weißen Schaumkronen sprangen, die Sterne glitzerten wäßrig, und der falsche Frühlingsgeruch drang immer reiner und stärker zu uns her.

Obwohl der Mond nicht zu sehen war, war es doch nicht dunkel, und wir erkannten schon von weitem die Mauer und das Gittertor, das zu unserem Hause gehörte, aber das Haus selber konnten wir nicht sehen, es lag weit unten am Abhang in den Citronengärten, von den Kronen der Nespoli versteckt. Wir standen eine Weile oben an der Mauer und schauten in die üppige Wildnis hinab und zu dem Turm hinüber, der schwarz über den glitzernden Wellen hing. Wir konnten es nicht lassen, über die Mauer zu klettern und auf der kleinen, verfallenen Treppe hinabzusteigen und die Hände nach den Citronen auszustrecken, die noch unreif waren, aber doch schon ein wenig dufteten, rein und bitterlich süß. Und dann kamen wir zu dem Haus und natürlich war einer der Fensterläden offen, so daß wir ganz gemütlich hineingehen konnten. Wir fanden auch eine Kerze, die wir anzündeten, und der runde Schein der Flamme fiel an die gemalte Decke, und weil meine Hand, die die Kerze zielt, ein wenig zitterte, sah es so aus, als begännen die kleinen, rosa Wolken da oben dahinzusegeln und als träten die lustigen, dickbauchigen Schiffe ihre Reise an. Und dann steckte ich die Kerze in ein Glas, und wir machten die Fenstertüren auf und standen auf der Schwelle, und unsere Schatten lagen auf den Fliesen der Terrasse riesengroß, Mann und Frau.

Später setzten wir uns auf das Bett und sprachen davon, was wir morgen einkaufen wollten und was wir essen würden und was wir am nächsten Tag tun würden und am übernächsten Tag. Wir sprachen auch von den Gängen, die wir zu machen hätten, immer wieder, zum Dampfer und auf die Post, und von der Gartenarbeit und davon, daß wir ein Boot bauen lassen wollten, um zum Fischen hinauszufahren, und wie dann die Acetylenlampe unseres Bootes eines der Lichter sein würde, die des Nachts in der Bucht von Paestum stehen wie ein goldener Kranz. Wie lange Zeit über solchen Gesprächen hinging, weiß ich nicht, ich weiß nur, daß jede Minute aufstieg und sich neigte wie ein voller schwerer Tag. Und die ganze Zeit war ein Rauschen in unseren Ohren vom Meer und von den Bäumen und von den vielen kleinen Rinnsalen, die den Abhang hinunterflossen, aber es regnete nicht. Vielleicht war gerade heute die Zeit der Äquinoktialstürme vorbei, und es würde morgen die Sonne scheinen, und wir würden in der Sonne auf unserem Felsen liegen, drunten in der kleinen Bucht.

Dort hinab stiegen wir jetzt. Wir wollten eigentlich zum Turm hinüber, aber der Weg dorthin war zu dunkel und zu schlüpfrig, wir fanden ihn nicht. Auch die Treppe war glatt und feucht. Du gabst mir die Hand und wir ertasteten Stufe um Stufe, und die Büsche schlossen sich hinter uns, und obwohl oben auf der Straße die Scheinwerfer der großen Autobusse und draußen auf dem Meere die Lichter der Afrikadampfer hinglitten, waren wir doch mit jedem Schritt mehr entrückt von allen nennbaren Orten und wie in einem furchtbar namenlosen Land. Denn dort drunten in der winzigen

Bucht war ja nichts mehr als der Salzgeruch und der fliegende Schaum und das Tosen, ein Hexenkessel voll brodelnder Gischt. Und natürlich schrien wir uns zu, wie schön das sei und sahen uns lachend an, aber war nicht trotzdem etwas wie eine Angst in uns, eine Ahnung des Unheils? Aber das ist leicht zu sagen, später, wenn alles vorbei ist und man alles weiß.

Wir stiegen dann die Stufen wieder hinauf, die 205 Stufen vom Meeresspiegel bis auf die Straße, und als wir an dem Haus vorbeikamen, tratest Du noch auf die Terrasse und machtest von außen den Laden wieder zu. Da war es mir, als lägen wir dort drin auf dem Bett und Du schlössest die Türe über uns wie ein Grab, und ich sagte: »Ach nein, tu das nicht.« Aber der Wind war so stark, ich sprach und konnte mich selbst nicht verstehen. Und dann kamen wir auf die Straße, und es fiel uns zum ersten Mal auf, wie steil gerade dort der Felsen überhing. Es war alles voll seltsamer Geräusche, von den Kieseln, die am Strande zurückgerissen wurden, von den Ölbaumzweigen, die im Winde seufzten, von den Wagenrädern, deren Rollen im Schatten der Felswände wie Donner klang. Und als wir durch den Ort gingen und an die Stelle kamen, wo wir zu Giorgios Haus einbiegen mußten, verhieltst Du ein wenig den Schritt, nur gerade soviel, daß es an mir gewesen wäre, die Wendung zu machen, und ich weiß nicht, warum ich es nicht tat. Ich ging weiter geradeaus und erst nach einer kleinen Weile fragte ich, ob wir nicht schon vorüber seien und Du sagtest: »Es ist vielleicht schon zu spät, sie schlafen schon.« Und ich dachte: »Er hat Angst vor der Entscheidung«, und Du dachtest dasselbe von mir. Aber es war etwas ganz anderes, eine Bestimmung, die außerhalb unseres Willens lag. Denn als wir dann ins Hotel zurückkamen, sagte der Portier: »Che cattivo tempo!« und dann gab er Dir das Telegramm. Ach, um nichts Besonderes handelte es sich, nur um etwas, das Du in Rom zu erledigen hattest. Und Du fandest, ich könnte mitfahren, und wir könnten das Anerbieten des schwedischen Herrn annehmen, und in ein paar Tagen wären wir wieder zurück. Wir gingen ganz vergnügt in unser Zimmer hinauf, wo die Koffer schon gepackt standen, nur daß wir an diesem Abend nicht mehr über das Haus sprachen, nicht ein einziges Wort. Am nächsten Morgen regnete es nicht mehr. Wir fuhren sehr schnell auf der Straße, die wir immer nur zu Fuß begangen hatten, und es war die andere Richtung, an dem Haus kamen wir nicht vorbei. Es kam mir aber doch alles sehr seltsam vor und fast wie eine Flucht, und um Mittag empfand ich geradezu etwas wie einen Riß, ein Fortgerissenwerden, und ich dachte, daß wir vielleicht doppelt da seien, hier im Auto und dort hinter den Bergen in dem paradiesischen, wilden Garten und dem verlassenen Haus. Und Giorgios Mutter sah ich jetzt dort hinabkommen mit Essig und Öl und Fischen, und obwohl sie eine alte Frau war, sprang sie doch mit dem leichten Schritt der Mädchen über die Stufen und machte die Türe auf und stand vor uns in dem schimmernden grüngoldenen Licht. Aber das war natürlich gar nicht wahr. Giorgios Mutter ist in Wirklichkeit niemals die Treppe hinuntergegangen, um uns den Fisch zu bringen. Denn um diese Zeit war alles schon geschehen.

Ja, gegen Mittag ist es geschehen, gerade als in der Nähe von Caserta der schwedische Herr seinen Wagen an den Straßenrand lenkte und anhielt, und wir unsere Frühstückspakete untersuchten. Um diese Zeit hat sich dort hinten im Rücken der Monti Latteri unter der Einwirkung der Sonnenstrahlen und nach geheimnisvollen physikalischen Gesetzen wieder ein Stückchen des Gebirges gelöst und ist ins Rutschen gekommen, und auf seinem Wege hat es alles mitgerissen, was da war, Nespoli und Pinien und Citronenlauben und das Haus mit der gemalten Decke und den Herd und den Hahnenfederfächer und hat das alles mit einem ungeheuren Getöse hinabgetragen ins Meer. Und es war dann nichts mehr zu sehen als eine furchtbare Wunde in dem blühenden Leib der Erde, eine breite Bahn der Vernichtung, die oberhalb der Straße anfing und sich hinunterzog bis zur Bucht. Und am Abend sind gewiß alle herbeigewandert und haben die Wunde angesehen, und der junge Herr Giorgio hat unter ihnen gestanden und seine Hände anmutig bewegt und von den Fremden erzählt, die so klug sind und alles vorauswissen; aber was nützt das ihm und der Mutter, ihnen geht es jetzt noch schlechter als zuvor. Und zur selben Zeit saßen die beiden Fremden im Caféhaus in Rom und starrten auf die fetten Schlagzeilen im Messagero und sahen sich in die Augen, Du und ich, und in unseren Augen stand die Frage: »Gerettet –

wofür?« Und dann haben wir getrunken und gelacht, und an die Küste zurückgekehrt sind wir nicht mehr, aber aus keinem besonderen Grunde, nur weil das Leben es anders mit uns vorhatte und uns umhertreiben wollte, noch lange Zeit.

Ja, eine lange Zeit ist seitdem vergangen, aber es steht das alles deutlich vor mir und wird deutlicher mit jedem Tag. Und ich weiß: es gibt uns, die wir leben, die wir viele Orte gesehen haben, gute und böse und viele Menschen gekannt haben, gute und böse und viele Worte gewechselt haben, gute und böse, und wie es endet, wissen wir nicht.

Und es gibt uns, die wir an einem Mittag im Oktober vor vielen Jahren hinabgefahren sind in der Seligkeit und die dennoch an manchen Abenden, wenn die Spiegelbilder der schmalen Wolken wie Arme des Oktopus auf der tintenblauen Flut liegen, vor der Feuerstelle des alten Hauses sitzen und den Hahnenfederfächer bewegen.

Die des Abends herausfahren aus der kleinen Bucht und mit der grellen Lampe ihres Bootes die Fische locken.

Die auf der Felsenstraße dahingehen unter den feuchten Sternen, groß und flüchtig und ewig, weil das ungelebte Leben leicht wiegt, so leicht. –

Die Wohnung lag im zweiten Stockwerk eines großen, hellen Mietshauses, auch die Zimmer waren hell und freundlich, blauer Linoleumbelag mit weißen Spritzern, Nußbaumschrank mit Vitrine, Sessel mit Schaumgummipolster, tomatenroter Bezug. Die Kücheneinrichtung noch altmodisch, aber frisch gestrichen, schneeweiß und gemütlich, mit Sitzbank und großem Tisch. Draußen war Tauwetter, der Schnee schmolz, tropfte von der Dachrinne, rutschte in dicken Paketen von der Schräge und stäubte am Fenster vorbei. In der Küche stand die Frau, als der Mann von der Arbeit heimkehrte. Es dämmerte schon, es war beinahe sechs Uhr. Sie hörte, wie er die Wohnungstür von außen mit seinem Schlüssel öffnete und sie dann von innen wieder abschloß, auf die Toilette ging, zurückkam, die Tür hinter ihrem Rücken öffnete und guten Abend sagte. Da erst nahm sie die Hände aus der Seifenbrühe, in der lange Strümpfe sich wie Aale wanden, spritzte die Tropfen von den Fingern, drehte sich um und nickte ihm zu.

Hast du die Tür abgeschlossen? fragte sie.

Ja, sagte der Mann.

Zweimal? fragte die Frau.

Ja, sagte der Mann.

Die Frau ging zum Fenster und ließ den Laden herunter.

Mach noch kein Licht, sagte sie, es ist ein Spalt im Laden, wenn du ein Stück Pappe davornageln könntest, wäre es gut.

Du bist zu ängstlich, sagte der Mann.

Er ging hinaus und kam mit Handwerkszeug und einem Stück grober Pappe zurück. Auf die eine Seite der Pappe war ein Bild geklebt, ein Neger mit einem roten Halstuch und blitzenden Zähnen, und der Mann nagelte die Pappe so an, daß man den Neger von innen sah. Er verrichtete seine Arbeit in dem bißchen Licht, das vom Korridor in die Küche fiel, und kaum daß er fertig war, ging die Frau hinaus, drehte draußen das Licht aus und schloß die Tür. In der Neonröhre über dem Herd zuckte und flimmerte es, plötzlich war der

Raum strahlend hell, und der Mann ging an den Ausguß, wusch sich die Hände unter dem Wasserhahn und setzte sich an den Tisch.

Jetzt will ich essen, sagte er.

Ja, sagte die Frau.

Sie nahm aus dem Kühlschrank eine Platte mit Wurst, Schinken und Salzgurken und stellte eine Schüssel voll Kartoffelsalat dazu. Das Brot stand in einem hübschen geflochtenen Körbchen schon auf dem Tisch, auf einer Wachstuchdecke, die wie Leinen aussah und die ein Muster von kleinen, lustig bewimpelten Schiffen zeigte.

Hast du eine Zeitung? fragte die Frau.

Ja, sagte der Mann. Er ging wieder in den Flur hinaus, kam zurück und legte die Zeitung auf den Tisch.

Du mußt die Tür zumachen, sagte die Frau. Das Licht fällt durch die Glastür auf die Treppe, jeder kann sehen, daß wir zu Hause sind. Was steht in der Zeitung? fragte sie.

Es steht etwas darin von der Rückseite des Mondes, sagte der Mann, der die Tür zugemacht und sich wieder hingesetzt hatte und der nun anfing, Kartoffelsalat und Wurst zu essen. Auch über China etwas und über Algier.

Das will ich nicht wissen, sagte die Frau. Ich will wissen, ob die Polizei etwas tut.

Ja, sagte der Mann. Sie haben eine Liste angelegt. Eine Liste, sagte die Frau höhnisch. Hast du Polizisten auf der Straße gesehen?

Nein, sagte der Mann.

Auch nicht vor dem Roten Bock an der Ecke?

Nein, sagte der Mann.

Die Frau hatte sich an den Tisch gesetzt, sie aß jetzt auch, aber wenig, und die ganze Zeit über horchte sie angestrengt auf jedes Geräusch, das von der Straße herdrang.

Ich begreife dich nicht, sagte der Mann, ich wüßte nicht, wer uns etwas tun sollte, und warum.

Ich weiß schon, wer, sagte die Frau.

Außer *ihm* wüßte ich niemanden, sagte der Mann, und *er* ist tot.

Ich bin ganz sicher, sagte die Frau.

Sie stand auf und räumte das Geschirr zusammen und fing auch gleich an, es abzuwaschen, wobei sie sich bemühte, sowenig Lärm wie möglich zu machen. Der Mann steckte sich eine Zigarette an und starrte auf die erste Seite der Zeitung, aber man konnte ihm anmerken, daß er nicht richtig las.

Wir haben ihm nur Gutes getan, sagte er.

Das will nichts heißen, sagte die Frau.

Sie nahm die Strümpfe aus der Schüssel, spülte sie aus und hing sie an hübschen blauen Plastikklammern über der Heizung auf.

Weißt du, wie sie es machen? fragte sie.

Der Mann sagte, nein, ich will's auch nicht wissen, ich fürchte mich nicht vor diesen Rotzkerlen. Ich will die Nachrichten hören.

Sie klingeln, sagte die Frau, aber nur wenn sie wissen, daß jemand zu Hause ist. Wenn niemand aufmacht, drücken sie die Glastüre ein, sie kommen ins Zimmer, mit dem Revolver in der Hand. Hör auf, sagte der Mann. Hellmuth ist tot.

Die Frau nahm das Handtuch von einem Plastikhaken an der Wand und trocknete sich die Hände ab.

Ich muß dir etwas erzählen, sagte sie, ich habe es bisher nicht tun wollen, aber jetzt muß ich es tun. Damals, als ich von der Polizei abgeholt wurde ...

Der Mann legte die Zeitung auf den Tisch und sah seine Frau erschrocken an. Ja? fragte er.

Sie haben mich in die Totenkammer geführt, sagte die Frau, und der Polizist hat angefangen, einen abzudecken, aber langsam, von den Füßen an.

Sind das die Schuhe Ihres Sohnes? hat er gefragt, und ich habe gesagt, ja, es sind seine Schuhe.

Ist es auch sein Anzug? hat der Polizist weiter gefragt, und ich habe gesagt, ja, es ist sein Anzug.

Ich weiß, sagte der Mann.

Ist es auch sein Gesicht? hat der Polizist am Ende gefragt und hat das Leinentuch ganz zurückgeschlagen, aber nur einen Augenblick, weil das Gesicht ganz zerstört war und weil er dachte, ich würde in Ohnmacht fallen oder schreien.

Ja, habe ich gesagt, es ist auch sein Gesicht.

Ich weiß, sagte der Mann.

Die Frau kam zum Tisch, setzte sich ihrem Mann gegenüber und stützte den Kopf auf die Hand.

Ich habe ihn nicht erkannt, sagte sie.

Er kann es aber gewesen sein, sagte der Mann.

Er muß es nicht gewesen sein, sagte die Frau. Ich bin nach Hause gegangen und habe dir gesagt, er war es, und du warst froh.

Wir waren beide froh, sagte der Mann.

Weil er nicht unser Sohn war, sagte die Frau.

Weil er war, wie er war, sagte der Mann.

Er starrte seiner Frau ins Gesicht, ein ewig junges, rundes, von Kräuselhaaren umgebenes, das sich urplötzlich verwandeln konnte in das einer ganz alten Frau.

Du siehst müde aus, sagte er, du bist nervös, wir sollten schlafen gehen.

Es hat keinen Zweck, sagte die Frau, wir können schon lange nicht mehr schlafen, wir tun nur so und machen ganz leise die Augen auf, und dann kommt der Morgen, und unsere leisen Augen sehen sich an.

Wahrscheinlich, sagte der Mann, sollte niemand ein Kind annehmen. Wir haben einen Fehler gemacht, aber jetzt ist es gut.

Ich habe den Toten nicht erkannt, sagte die Frau.

Er kann trotzdem tot sein, sagte der Mann, oder außer Landes, in Amerika, in Australien, weit weg.

In diesem Augenblick rutschte wieder ein großes Stück Schnee vom Dach und fiel auf das Straßenpflaster mit einem weichen, dumpfen Laut.

Erinnerst du dich an das Weihnachten mit dem vielen Schnee, sagte die Frau.

Ja, antwortete der Mann. Hellmuth war damals sieben Jahre alt. Wir haben ihm einen Rodelschlitten gekauft. Er hat noch viele andere Geschenke bekommen.

Aber nicht, was er wollte, sagte die Frau. Er hat alle Geschenke durcheinandergeworfen und gesucht und gesucht.

Schließlich hat er sich beruhigt und mit dem Baukasten gespielt. Er hat ein Haus gebaut, das weder Fenster noch Türen hatte, und eine hohe Mauer darum.

Im Frühjahr darauf hat er das Kaninchen erwürgt, sagte die Frau.

Sprechen wir von etwas anderem, sagte der Mann. Gib mir den Besen, damit ich den Stiel festmache.

Das macht zuviel Lärm, sagte die Frau. Weißt du, wie sie sich nennen?

Nein, sagte der Mann. Ich will es auch nicht wissen, ich will ins Bett gehen oder etwas tun.

Sie nennen sich die Richter, sagte die Frau.

Sie erstarrte und horchte, jemand kam die Treppe herauf, blieb einen Augenblick stehen und ging weiter, langsam, alle Stufen, bis zum obersten Stock.

Du machst mich verrückt, sagte der Mann.

Als er neun Jahre alt war, sagte die Frau, hat er mich zum erstenmal geschlagen. Erinnerst du dich?

Ich erinnere mich, sagte der Mann. Sie hatten ihn von der Schule gejagt, und du hast ihm Vorwürfe gemacht. Damals kam er in die Erziehungsanstalt.

In den Ferien war er bei uns, sagte die Frau.

In den Ferien war er bei uns, wiederholte der Mann. Ich ging einmal am Sonntag mit ihm zu den Teichen im Wald. Wir sahen einen Feuersalamander. Auf dem Heimweg schob er seine Hand in meine Hand.

Am Tag darauf, sagte die Frau, schlug er dem Sohn des Bürgermeisters ein Auge aus.

Er wußte nicht, daß es der Sohn des Bürgermeisters war, sagte der Mann.

Es war sehr unangenehm, sagte die Frau. Du hättest um ein Haar deine Stellung verloren.

Wir waren froh, als die Ferien vorbei waren, sagte der Mann. Er stand auf, holte eine Flasche Bier aus dem Kühlschrank und stellte ein Glas auf den Tisch. Willst du auch? fragte er.

Nein, danke, sagte die Frau. Er hat uns nicht liebgehabt.

Er hat niemanden liebgehabt, sagte der Mann, aber er hat einmal Schutz bei uns gesucht.

Er war aus der Anstalt ausgerückt, sagte die Frau. Er wußte nicht, wohin.

Der Direktor hat uns angerufen, sagte der Mann. Der Direktor war ein freundlicher, lustiger Herr. Wenn der Hellmuth zu Ihnen kommt, hat er gesagt, dann machen Sie ihm nicht auf. Er hat kein Geld und kann sich nichts zu essen kaufen. Wenn der Vogel Hunger hat, kommt er in den Käfig zurück.

Hat er das gesagt? fragte die Frau.

Ja, sagte der Mann. Er hat auch wissen wollen, ob der Hellmuth Freunde hat in der Stadt.

Er hatte aber keine, sagte die Frau.

Das war zur Zeit der Schneeschmelze, sagte der Mann. Der Schnee rutschte vom Dach und fiel in Klumpen auf den Balkon.

Wie heute, sagte die Frau.

Alles wie heute, sagte der Mann.

Alles wie heute, wiederholte die Frau, das Fenster verdunkelt, leise gesprochen, nicht zu Hause gespielt. Das Kind ist die Treppe heraufgekommen und hat geklingelt und geklopft.

Ein Kind war der Hellmuth nicht mehr, sagte der Mann. Er war fünfzehn Jahre alt, und wir mußten tun, was der Direktor sagte.

Wir hatten Angst, sagte die Frau.

Der Mann schenkte sich das zweite Glas Bier ein. Die Straßengeräusche waren beinahe verstummt, man hörte den Föhn, der in mächtigen Stößen aus dem Gebirge kam. Er hat es gemerkt, sagte die Frau. Er war schon fünfzehn Jahre alt, aber er hat auf der Treppe geweint.

Das ist jetzt alles vorbei, sagte der Mann und fuhr mit der Spitze seines Mittelfingers auf dem Wachstuch herum, immer zwischen den kleinen Schiffen, ohne eines zu berühren.

Auf der Polizei, sagte die Frau, war eine Zigeunerin, deren Kind da lag, überfahren, tot. Die Zigeunerin hat gebrüllt wie ein Tier.

Die Stimme des Blutes, sagte der Mann spöttisch und machte ein unglückliches Gesicht.

Er hat doch einmal einen Freund gehabt, sagte die Frau. Es war ein kleiner schwacher Junge. Es war der, den sie auf dem Schulhof an einen Pfahl gebunden haben. Sie haben das Gras um seine Füße angezündet, und weil es sehr heiß war, hat das Gras gebrannt.

Da siehst du es wieder, sagte der Mann.

Nein, sagte die Frau, Hellmuth war es nicht, und er war auch nicht dabei. Das Kind hat sich losreißen können, aber es ist später gestorben. Alle Jungen sind zu seiner Beerdigung gegangen und haben Blumen gestreut.

Der Hellmuth auch? fragte der Mann.

Der Hellmuth nicht, antwortete die Frau.

Er hatte kein Herz, sagte der Mann und fing an, sein leeres Bierglas zwischen den Händen zu rollen.

Vielleicht doch, sagte die Frau.

Es ist so hell hier, sagte der Mann plötzlich. Er starrte auf die Neonröhre über dem Herd, und dann legte er seine Hand über die Augen und rieb mit den Fingern auf den geschlossenen Lidern herum.

Wo ist das Bild? fragte er.

Ich habe es in den Schrank gelegt, sagte die Frau.

Wann? fragte der Mann.

Schon lange, antwortete die Frau.

Wann genau? fragte der Mann wieder.

Gestern, antwortete die Frau.

Also hast du ihn gestern gesehen? sagte der Mann.

Ja, sagte die Frau rasch, wie erlöst. Er stand an der Ecke, beim Roten Bock.

Allein? fragte der Mann.

Nein, sagte die Frau, mit ein paar Burschen, die ich nicht kannte. Sie standen zusammen, die Hände in den Hosentaschen und sprachen nichts.

Dann hörten sie etwas, was ich auch hörte, einen langen, scharfen Pfiff, und plötzlich waren sie alle verschwunden, wie vom Erdboden verschluckt.

Hat er dich gesehen? fragte der Mann.

Nein, antwortete die Frau. Ich stieg aus der Elektrischen, und er drehte mir den Rücken zu.

Vielleicht war er es nicht, sagte der Mann.

Ich bin nicht ganz sicher, sagte die Frau.

Der Mann stand auf, reckte sich, gähnte und stieß ein paarmal mit dem Fuß gegen das Stuhlbein.

Das ist es, warum man keine Kinder annehmen soll. Man weiß nicht, was in ihnen steckt.

Man weiß von keinem Menschen, was in ihm steckt, sagte die Frau.

Sie zog die Tischschublade ein Stück heraus, fuhr mit der Hand darin herum und legte eine Rolle schwarzen Faden und eine Nähnadel auf den Tisch.

Zieh deine Jacke aus, sagte sie. Der obere Knopf ist lose.

Während der Mann seine Jacke auszog, beobachtete er, wie

sie versuchte, die Nadel einzufädeln. Es war sehr hell in der Küche, und die Nadel hatte ein großes Öhr. Aber ihre Hände zitterten, und es gelang ihr nicht. Er legte die Jacke auf den Tisch, und die Frau saß da und versuchte immer weiter, die Nadel einzufädeln, und es gelang ihr nicht.

Lies mir etwas vor, bat die Frau, als sie bemerkte, daß er sie nicht aus den Augen ließ.

Aus der Zeitung? fragte der Mann.

Nein, sagte die Frau. Aus einem Buch.

Der Mann ging in das Wohnzimmer hinüber und kam gleich mit einem Buch zurück. Während er es auf den Tisch legte und in seinen Taschen nach der Brille suchte, hörten sie beide vor dem Fenster die Katze schreien.

Da kommt sie endlich heim, die Herumtreiberin, sagte der Mann, stand auf und versuchte den Rolladen ein Stück heraufzuziehen, aber weil er die Pappe dagegengenagelt hatte, bewegte sich der Laden nicht.

Du mußt die Pappe wieder abmachen, sagte die Frau.

Der Mann holte eine Zange und zog die Nägel aus der Pappe. Er zog den Laden herauf, und die Katze sprang mit einem Satz vom Fensterbrett und huschte wie ein kohlschwarzer Schatten in der Küche umher.

Soll ich die Pappe wieder annageln? fragte der Mann, und die Frau schüttelte den Kopf. Lies jetzt bitte, sagte sie.

Der Mann nahm die Pappe mit dem Neger und stellte sie gegen den Kühlschrank, und der Neger grinste ihn von unten an. Dann setzte er sich hin und zog seine Brille aus dem Futteral.

Miez, sagte er, und die Katze sprang ihm auf den Schoß und schnurrte, und er fuhr ihr mit der Hand über den Rücken und sah plötzlich ganz zufrieden aus.

Lies bitte, sagte die Frau.

Von Anfang an? fragte der Mann.

Nein, sagte die Frau, irgendwo. Schlag das Buch in der Mitte auf und lies irgendwo.

Das hat doch keinen Sinn, sagte der Mann.

Das hat doch einen Sinn, sagte die Frau. Ich will wissen, ob wir schuldig sind.

Der Mann setzte die Brille auf und schlug viele Seiten des Buches um. Es war irgendeines, das er im Dunkeln gegriffen hatte, viele Bücher besaßen sie nicht. Ich aber, las er langsam und schwerfällig, erblickte ihn jetzt fast mit Entsetzen, denn seine regelmäßigen, aber starken Züge, die schwarzen, in die Stirne fallenden Locken, die großen Augen, die mit kalten Flammen leuchteten, alles sah ich später lange noch, einem gemalten Bilde gleich, vor mir. Er las noch ein paar Worte weiter, und dann ließ er das Buch auf den Tisch sinken und sagte, daraus erfahren wir nichts.

Nein, sagte die Frau und hielt wieder die Nadel mit der linken Hand gegen das Licht und fuhr mit dem schwarzen Fadenende in ihrer Rechten an dem Nadelöhr vorbei.

Warum willst du es durchaus wissen? fragte der Mann, jeder Mensch ist schuldig und nicht schuldig, darüber nachzudenken hat keinen Zweck.

Wenn wir schuldig sind, sagte die Frau, müssen wir jetzt den Laden aufziehen, damit jeder von weitem sieht, daß wir zu Hause sind. Wir müssen auch das Licht im Vorplatz brennen lassen und die Wohnungstür aufmachen, damit jeder ungehindert eintreten kann.

Der Mann machte eine Bewegung des Unmuts, und die Katze sprang von seinem Schoß und glitt in die Ecke neben den Mülleimer, wo ein Schüsselchen mit Milch für sie stand. Die Frau versuchte nicht mehr zu fädeln, sie hatte den Kopf auf den Tisch, auf die Jacke ihres Mannes gelegt, und es war jetzt so still, daß die beiden hören konnten, wie die Katze in ihrer Ecke leckte und trank.

Möchtest du das? fragte der Mann.

Ja, sagte die Frau.

Auch die Wohnungstür? fragte der Mann.

Ja, bitte, sagte die Frau.

Du bist doch gar nicht sicher, daß er es war, an der Ecke beim Roten Bock, wandte der Mann noch ein. Aber er stand dabei schon auf und zog den Rolladen hoch, ganz bis oben hin, und dabei bemerkte er, daß alle anderen Läden heruntergelassen waren und daß nun der Schein des Neonlichtes wie das weiße Feuer eines Leuchtturms hinausstrahlte in die Nacht.

Es ist doch möglich, sagte er, daß es der Hellmuth war, der damals bei der Messerstecherei umgekommen ist und dem man das Gesicht zertreten hat.

Ja, das ist möglich, sagte die Frau.

Ja, und? fragte der Mann

Das tut nichts zur Sache, sagte die Frau.

Der Mann ging auf den Vorplatz und drehte dort das Licht an, und dann schloß er die Wohnungstür auf. Als er zurückkam, hob die Frau ihr Gesicht aus dem kratzigen Jackenstoff, sie hatte das Fischgrätenmuster auf der Backe und lächelte ihn an.

Jetzt kann jeder herein, sagte er unzufrieden.

Ja, sagte die Frau und lächelte noch liebevoller.

Jetzt, sagte der Mann, braucht sich niemand mehr die Mühe zu machen, die Glastür einzuschlagen. Jetzt können sie plötzlich in der Küche stehen, mit dem Revolver in der Hand.

Ja, sagte die Frau.

Und was tun *wir* jetzt? fragte der Mann.

Wir warten, sagte die Frau.

Sie streckte die Hand aus und zog den Mann neben sich auf die Bank. Der Mann setzte sich und zog seinen Rock an, und die Katze sprang ihm auf den Schoß.

Jetzt kannst du auch das Radio andrehen, sagte die Frau. Der Mann hob die Hand zum Büfett und drückte eine Taste herunter, und an dem Apparat leuchtete das grüne Auge, und die Ortsnamen wurden hell. Es kam eine Musik, die sehr fremdartig und eigentlich gar nicht wie Musik klang, und an jedem andern Abend hätte der Mann jetzt sofort den Knopf nach rechts oder nach links gedreht, aber heute war es ihm gleichgültig, er rührte sich nicht. Auch die Frau rührte sich nicht, sie hatte ihren Kopf an des Mannes Schulter gelegt und machte die Augen zu. Auch der Mann machte die Augen zu, weil ihn das Licht blendete und weil er sehr müde war. Verrückt, dachte er, da sitzen wir im Leuchtturm und warten auf die Totschläger, und dabei war es vielleicht gar nicht der Junge, vielleicht ist der Junge tot. Er merkte schon, daß seine Frau am Einschlafen war und nahm sich vor, sobald sie schlief, aufzustehen und den Laden herunterzulassen und die Tür zu verschließen. Sie hatte aber schon lange, viele Jahre nicht, so an seiner Schulter geschlafen, sie tat es auf dieselbe Art und Weise wie früher und war überhaupt dieselbe wie früher, nur das Gesicht ein bißchen zerknittert, aber das Gesicht und den weißen Haaransatz sah er jetzt nicht, und weil alles so war wie früher, tat es ihm leid, seine Schulter wegzuziehen, es war auch möglich, daß sie dabei aufwachte und alles von neuem begann. Von neuem, dachte er, von vorne, wir wollten doch ein Kind haben, immer habe ich mir ein Kind gewünscht, und wir bekommen keines, da, Schwester, das Lockenköpfchen in der dritten Reihe, und kommt nicht jemand die Treppe herauf, ein Junge? Nicht aufmachen, sagt der Direktor, also still, ganz still. Still, ganz still, wir haben ihn nicht liebgehabt, aus dem Lockenköpfchen ist ein wildes Tier geworden, hereinspaziert, meine Herren, alle Türen sind offen, schießen Sie, meine Frau will es nicht anders, und es tut nicht weh.

Es tut nicht weh, sagte er, halb im Schlaf schon, unwillkürlich laut, und die Frau schlug die Augen auf und lächelte, und dann schliefen sie beide und merkten nicht, wie später die Katze von seinem Schoße sprang und durch das angelehnte Fenster hinausschlüpfte, wie der Schnee vom Dach rutschte und der warme Wind das Fenster bewegte und wie endlich die Morgendämmerung kam. Sie schliefen, gegeneinandergelehnt, tief und ruhig, und niemand kam, sie zu töten, es kam überhaupt niemand, die ganze Nacht.

DAS FREMDE LAND

Es ist jetzt so viel von der Angst die Rede, von jenem seltsamen Unbehagen, das keine plötzliche Empfindung ist, sondern ein Zustand, nicht wahr? Ein Dasitzen im Dunkeln gewissermaßen, mit gesträubten Haaren, und dabei ist gar nichts Besonderes da, es ist nur vielleicht überhaupt nichts mehr da, kein Fußboden mehr, keine Wand mehr, nur du, der du auf deinem Stuhle sitzt, mit verkrampften Fingern und gesträubtem Haar ...

Es ist natürlich nicht so, daß die Gegenstände wirklich verschwinden. Sie werden nur fremd, und in dem Maße, in dem sie ihren Sinn verlieren, verzerrt sich ihre Gestalt. Mitten in unseren eignen vier Wänden sind wir von Schemen umgeben, von einem Nebel, einem Nichts. Und ehe wir uns versehen, gleichen wir einem, der sich in einem Lande befindet, dessen Sprache er nicht versteht, in einem unheimlichen, überaus fremden Land.

Ich hätte vielleicht nie erfahren, was das bedeutet, wenn ich nicht die Geschichte mit den beiden Fliegern erlebt hätte. Wir sind doch alle ziemlich abgehärtete Menschen, sollte man meinen. Wir haben, wie man zu sagen pflegt, dem Tod ins Auge geschaut, wenn wir es nicht vorgezogen haben, uns zu ducken oder in einen Graben zu werfen. Auf jeden Fall sind wir dann gleich wieder aufgestanden und haben unseren Weg fortgesetzt.

Die beiden Männer, von denen ich erzählen will, haben sicherlich noch viel größere Gefahren bestanden als einer von uns. Sie haben beim Fliegen gewiß viele Male ihre Richtung verloren und sind in Gewitter- oder Eiswolken geraten oder in ein Abwehrfeuer, das die Tragflächen ihrer Maschine zerfetzte. Und doch haben diese beiden tapferen Männer an einem Herbstabend nach dem Kriegsende neben mir gesessen, außer sich vor Furcht. Und ich habe sie immer wieder angesehen und endlich begriffen, was das heißt, die Fremde, das fremde Land.

Man muß sie kennen, diese Spätherbstabende bei uns. Man

muß erfahren haben, wie die Wälder, die am Tage so schön bunt sind, rot und golden, mit einem Schlage schwarz werden und fremd. Eben noch haben sie zu den Wiesen gehört, diesen goldenen Fjorden, die sich ins Gebirge hinaufstrecken, und zu den Rebhängen des Urstroms, die jetzt voll von Trauben sind. Aber dann, wenn die Nacht hereinbricht, sind sie nur noch ein Teil des riesigen Waldes, der das Gebirge bedeckt. Der Wind, der sie durchstreicht, kommt aus tiefen, unbekannten Tälern, und die Geräusche, die im Dickicht erwachen, haben mit den friedlichen Geräuschen der abendlichen Dörfer nicht das geringste zu tun.

Wer ihre verschlungenen Wege am Tage unzählige Male begangen hat, findet sich natürlich auch in der Nacht noch einigermaßen zurecht. Wie aber sollte das zwei Männern möglich sein, die zum erstenmal in diese Gegend kommen? Zwei Männern, die aus reiner Langeweile mit ihrem Auto losgefahren sind, fort aus der Stadt, wo sie in einem Büro hocken, Scheine ausstellen und sich krank sehnen nach ihren Maschinen, nach dem wunderlich heftigen Leben des Kriegs. Zuerst ging gewiß alles recht gut. Es war noch hell, selbst im Wald drinnen war noch jedes Blättchen deutlich zu erkennen. Oben beim Wasserhäuschen, wo man über das ganze Stromtal zu dem Schwestergebirge hinüberblickt, bogen sie von der Straße ab und fuhren den Holzweg hinauf, eine Kehre, noch eine Kehre, gar nicht sehr weit. Sie hatten ein Gewehr mitgenommen, und nun stiegen sie aus; der Leutnant steckte die Schlüssel in die Tasche und warf die Türen zu, der Sergeant trug ihm das Gewehr. Sie gingen eine kleine Schlucht hinauf und setzten sich irgendwohin auf den Anstad, allerdings nicht an eine Lichtung, weil es keine Lichtungen in diesem Walde gibt. Übrigens gibt es auch schon lange kein Wild mehr. Aber das konnten die Fremden nicht wissen. Also saßen sie da und horchten und warteten, und es wurde sehr rasch dunkel, viel eher, als sie gedacht hatten. Der Leutnant zündete sich eine Zigarette an und der Sergeant ebenfalls, sie waren alte Kriegskameraden, und eine Weile lang saßen sie so nebeneinander auf dem Baumstamm und fühlten sich ganz wohl, weil es nicht war wie in der Stadt, sondern fast wie auf einem Flugplatz, wenn man dasaß und auf den Befehl zum Abflug wartete. Nur daß dort immer Stimmen waren und

Motorlärm und grüne und rote Lichter, aber hier war es furchtbar dunkel und still. Drum stand auch der Leutnant plötzlich auf und warf seine Zigarette fort, und dann gingen sie los, nicht ganz in der richtigen Richtung, ein Stück Jungwald lag jetzt vor ihnen, eine Tannenschonung, durch die sie schwer durchkamen, und ein Hang mit Brombeeren, deren Dornen ihnen die Hände zerkratzten. Es dauerte sicher eine Viertelstunde, bis sie die Straße wieder erreichten, und während dieser Zeit wurden sie ziemlich wütend, verdammter Wald, verdammtes Land. Und dann standen sie plötzlich still, weil sie die Straße unter den Füßen spürten und nun auch mehr erkannten, die Haarnadelkurve und den Wagen, der da stand, eine schwarze, unförmige Masse auf dem grauen, gewundenen Band. In diesem Augenblick geschah es wohl, daß die Angst sie überfiel.

Ich kann natürlich nicht genau sagen, was sich da oben abgespielt hat. Ich weiß nur, wie es manchmal ist im Wald in der Nacht, wie da plötzlich ein Wind aufkommt, Gott weiß woher, und wie es dann raschelt, als zögen ganze Rudel gespenstischer Tiere durch das Unterholz hin. Wie alles Schatten und Schwärze wird, aber die Schatten sind nicht ruhig, sie zappeln und huschen umher wie jemand, der nichts Gutes im Schilde führt und der sich deswegen verbergen will. Es war gewiß so, daß die beiden Männer, die nur die Weite des Himmels kannten, dort, am Grunde des nächtlichen Waldes, plötzlich anfingen, Gespenster zu sehen. Ein Windstoß kam, das Laub raschelte, Schatten bewegten sich um das Auto herum. Man kann sich manches dabei einbilden, und wahrscheinlich bildeten sich die beiden Männer alles mögliche ein. Sonst hätten sie gewiß nicht ihr Auto im Wald stehenlassen und wären bergab gelaufen, Hals über Kopf die Waldstraße hinunter, bis zu dem Wasserhäuschen und dann auf der großen Straße bergab bis in unser Dorf hinein. Sie wären nicht zum Bürgermeister gegangen und hätten ihn aufgefordert, auf den Berg zu steigen und den Wagen für sie zu holen. Der Bürgermeister hätte nicht nach uns geschickt, zur besseren Verständigung, wie er sagen ließ, aber in Wirklichkeit, weil er sich fürchtete, seine Frau allein zu lassen. Und wir hätten nicht mit den Fremden zusammen in seiner Küche gesessen, über eine Stunde lang und den größten Teil dieser Zeit völlig stumm.

Im Anfang haben wir natürlich einige Worte gewechselt.

Die Fremden standen mitten im Zimmer, kleine Männer in schäbigen Uniformen, finster, keineswegs freundlich gestimmt. Wir erklärten, warum wir gekommen seien, und der Leutnant erzählte seine Geschichte. Es war dort jemand im Wald, sagte er, es war jemand an meinem Wagen, ich habe es deutlich gesehen.

Wer sollte da gewesen sein? fragte ich überrascht.

Das werden Sie wohl besser wissen als ich, sagte der Leutnant und sah mich böse an. Und dann übersetzten wir, was er gesagt hatte, und er übergab dem Bürgermeister seine Schlüssel, und der Bürgermeister ging rasch vor die Tür hinaus. Er war ein beherzter Mann und nur besorgt um seine Frau, die im Schlafzimmer saß und sich mäuschenstill verhielt. Und er konnte nicht wissen, daß die Fremden die ganze Zeit über nicht einen Augenblick an sie dachten, an keine Frau der Welt.

Wollen Sie sich nicht setzen? fragte ich nach einer Weile.

Die beiden Männer wechselten rasche Blicke, und dann setzten sie sich nebeneinander auf die eine Seite der Bank, die über Eck stand, und Carl und ich setzten uns auf die andere Seite und legten die Hände auf den leeren Tisch. Ich sah, daß der Leutnant schon ein paar graue Haare hatte und daß dem Sergeanten ein Finger der rechten Hand fehlte. Ich sah auch, daß Carl ein höfliches Gesicht machte, daß er aber darunter litt, hier zu sitzen wie ein Angeklagter oder ein Geisel, wir waren zu Besuch im Dorf, was ging uns schließlich die ganze Geschichte an. Und ich begann verzweifelt darüber nachzudenken, wie ich die drei Männer zum Reden bringen könnte. Denn es ist auf die Dauer nicht angenehm, dazuhocken und sich anzustarren und keine Miene zu verziehen. Wir sind doch alle Menschen, nicht wahr? Wir könnten vom Essen sprechen oder vom Wetter, und es würde sich dabei herausstellen, daß wir eine unsterbliche Seele besitzen. Aber wenn wir so still bleiben, hat die Angst ein leichtes Spiel. Sie geht von einem aus oder von zweien, sie scheint ganz bestimmte Züge zu haben, aber in Wirklichkeit ist es nur die Fremdheit, die um sich greift und alles verzerrt. Man faßt etwas ins Auge, ein Menschenangesicht, und schon löst es sich auf, ein Auge schwebt an der Decke, das andere ist erloschen, die Nase ist zweimal, dreimal da, das Kinn steckt wie ein spitzer Stein in der Brust. Man schaut aus dem Fenster, da sinken die Häuser in sich zusammen, breiten sich aus wie schwarze Fladen, unter denen Gewürm sich regt. Man horcht auf das Ticken der Küchenuhr, jeder der zarten Pendeltöne wird ein furchtbarer Schlag, wie von einer Weltuhr, die niemals zum Schweigen kommt.

Ich war schon nahe daran, mich von der seltsamen Stimmung überwältigen zu lassen, die sich zwischen uns auszubreiten begann. Aber dann gewahrte ich an der Uniform des Leutnants etwas, das einem Fliegerabzeichen glich. Diese Entdeckung machte mir den Mann nicht sympathischer, aber sie führte mich in die Welt der wirklichen Dinge zurück. Ein Flieger also, dachte ich. Einer, der aufsteigt, Bomben abwirft, umkehrt, landet, säuft und in die Spiegel schießt, gute Nacht. Aber dann schlugen meine Gedanken eine andere Richtung ein. Und ohne es zu wollen, sprach ich einen Namen aus, der mir auf die Lippen kam.

Ich kann nicht annehmen, daß jeder diesen Namen kennt. Er hat einem Manne gehört, der schon geflogen ist, als die Maschinen noch kleine wacklige Kisten und die Funkverbindungen im höchsten Grade unzureichend waren, und der von seinen Erlebnissen erzählt hat auf eine wunderbar einfache und menschliche Art. Auf diese Weise ist er zur Stimme aller derer geworden, die einmal die Sonne mitten aus dem Meere haben auftauchen und den Regenbogen über die Steppe haben hineilen sehen, und die geglaubt haben, daß solche Gesichte den Menschen besser machen würden, freier und liebreicher zugleich. Und auch die Stimme aller derer, deren Kehlen vom Trinken heiser geworden sind, weil sie nicht anders die furchtbare Kluft zwischen Himmel und Erde zu überbrücken vermochten. St. Exupéry, sagte ich in die Stille hinein.

Als die fremden Männer diesen Namen hörten, kehrte etwas Leben in ihre erstarrten Gesichter zurück.

Haben Sie ihn gekannt? fragte der Leutnant mißtrauisch.

Ich habe seine Bücher gelesen, sagte ich.

Ich habe seine Bücher nicht gelesen, sagte der Leutnant. Aber ich war in seiner Staffel.

Wirklich? fragte ich überrascht.

Ja, sagte der Leutnant streng.

Ist es wahr, daß er tot ist? fragte ich.

Er war auch in seiner Staffel, sagte der Leutnant und sah den Sergeanten an.

Er ist nicht zurückgekommen, sagte der Sergeant. Er ist eines Tages aufgestiegen und nicht mehr zurückgekommen.

Hat man ihn denn nicht gefunden? fragte Carl.

Nein, sagte der Leutnant.

Bis jetzt noch nicht, sagte der Sergeant.

Und dann waren wir wieder eine Weile still, aber es war eine andere Art von Schweigen als vorher. Ich dachte an die Bücher, die ich gelesen hatte, und versuchte, mich an verschiedene Einzelheiten zu erinnern, an den Tanz um das Salamancahorn, an das schwarze Diadem der Abwehrgeschosse über dem brennenden Arras. Aber alle diese Dinge waren mir nicht so gegenwärtig wie die zarte Knabengestalt aus dem letzten märchenhaften Buche, dieses Kind, das die schmerzliche Liebe erfährt und die tröstliche Freundschaft sucht. Es war ganz zuletzt noch, sagte der Leutnant und fing an, von dieser allerletzten Zeit des Krieges zu erzählen. Und immer, wenn er eine Pause machte, hörte ich den kleinen Planetenwanderer sprechen, der auf der Erde einen Fuchs zum Freunde gewinnt. J'en ai fait mon ami et il est maintenant unique au monde, sagte der kleine Prinz.

Vielleicht hat er Materialschaden gehabt, sagte Carl.

On ne voit bien qu'avec le cœur, sagte der kleine Prinz.

Man hätte ihn doch finden müssen, sagte der Leutnant und stützte den Kopf auf die Hand.

Ich beteiligte mich nicht mehr an der Unterhaltung, aber das war jetzt gleichgültig, die Männer hatten miteinander zu reden begonnen, sie sahen sich nicht mehr auf die Brust oder auf die Hände, sondern in die Augen, und mitten im Zimmer stand der tote Flieger wie eine Flamme, die ihren schönen Schein über unsere Gesichter warf. Aber dann geschah etwas, das diesen zarten Schein der Menschlichkeit auf die beschämendste Weise auslöschte und vertrieb.

Ich erinnerte mich nämlich plötzlich daran, daß ich noch etwas zu besorgen hatte. Wir waren ja wieder Menschen geworden, Menschen, die etwas vorhatten und etwas tun mußten. Ich hatte eine kleine Schuld im Nachbarhaus zu bezahlen, ich konnte das schnell erledigen, jetzt, da wir so gute

148

Freunde waren, durfte ich wohl gehen und kommen, wie es mir gefiel.

Ich flüsterte Carl zu, was ich vorhatte, und streckte meine Hand über den Tisch und bat ihn, mir Geld zu geben. Carl griff in seine Jackentasche, er trug die Scheine und Münzen lose darin herum, aber um sie greifen zu können, mußte er erst einen Gegenstand herausholen und vor sich hinlegen. Dieser Gegenstand war eine elektrische Taschenlampe, ein unförmiges, feldgraues Ding, das ziemlich schwer auf die Tischplatte fiel und dabei einen schnarrenden Laut von sich gab. Auf dieses Geräusch hin gab es eine kurze heftige Bewegung. Die beiden Männer sprangen mit einem Ruck auf, es klang, als seien sie ganz und gar gepanzert, aber sie hielten nur plötzlich ihre Revolver in der Hand. Natürlich sprangen wir auch auf, wir standen uns alle vier ganz nahe gegenüber, rasch atmend und stumm. Dann streifte der Blick des Leutnants die Taschenlampe auf dem Tisch, und er ließ die Hand sinken und sagte: Setzen Sie sich. Aber wir blieben trotzdem alle unbeweglich stehen und starrten uns an.

In diesem Augenblick ließ sich draußen das Summen des Wagens vernehmen, den der Bürgermeister geholt und hergefahren hatte. Sein Haus lag auf einer Anhöhe, und wir konnten deutlich hören, wie er einen kleineren Gang einschaltete, um auf den Hof zu kommen. Als er dann ins Zimmer trat, waren wir alle längst wieder zurückgekehrt aus jenen Gefilden, wo die Dinge sich auflösen, wo die Weltuhr ihren schauerlichen Gang geht und wo einer den andern erschlägt, und er weiß nicht warum. Wir hätten uns wohl zum Abschied die Hände geben und uns eine gute Nacht wünschen können. Aber wir gingen sehr schnell auseinander, ohne uns anzusehen, und stumm.

Im Mai des vergangenen Jahres breitete sich in unserer Stadt eine geheimnisvolle Krankheit aus, die in den folgenden Monaten den größten Teil der Bevölkerung erfaßte. Die Ärzte wußten über die Ursache und das Wesen dieser Krankheit nichts. Sie behandelten ihre Erscheinungen, den Kräfteverfall und die außerordentliche Unruhe der Patienten, mit den üblichen stärkenden und dämpfenden Mitteln und warteten, so hieß es, auf den ersten Toten, den sie sezieren wollten, um auf Grund der Ergebnisse ihre Forschungen weiterzutreiben. Inzwischen versuchten sie, selbst schon krank, ihre Patienten zu beruhigen, die ja nicht bettlägerig waren, und von denen die meisten, aus Angst, ein neues Heilmittel oder eine neue Nachricht zu versäumen, nahezu täglich in ihren Sprechzimmern erschienen. Sie versicherten den Kranken, daß trotz ihrer großen Schwäche und ihres nervösen Zitterns ihre Organe gesund seien und daß es keinen Grund zur Beunruhigung gäbe. Solange die Ärzte mit ihnen sprachen, waren alle Kranken davon auch vollkommen überzeugt. Ihre Laune hob sich, und sie waren sogar imstande, Scherze zu machen. Aber diese Heiterkeit hielt nicht an. Sobald sie auf die Straße hinaustraten und dort all die angstvollen, vor Erregung zuckenden Gesichter sahen, verfielen sie wieder in die alte Schwermut und Angst.

Im Spätsommer war die Stimmung in unserer Stadt bereits ausnehmend schlecht. Wegen der immerhin möglichen Ansteckungsgefahr hatte während der Sommermonate niemand die Stadt verlassen dürfen, und diese Maßnahme hatte uns alle in große Niedergeschlagenheit versetzt. Viele von uns bildeten sich ein, sie hätten nur zu verreisen brauchen, um gesund zu werden – wie ja auch ein Schwerkranker sein Bett durchaus verlassen will, weil er glaubt, daß er dort, und nur dort, gemartert wird. Der Todesfall, in dem man allgemein die letzte Rettung sah, war noch immer nicht eingetreten, und wir hatten begonnen, einander zu beobachten und in den Gesichtern unserer liebsten Freunde nach den Schatten des Todes zu spähen.

Die seltsamen Vorfälle, von denen ich erzählen will, ereigneten sich an drei Tagen des Monats Oktober, im Wartezimmer meines Arztes, der wegen seiner großen Geduld von vielen Patienten immer wieder aufgesucht wurde. Am ersten Tage waren um neun Uhr morgens bereits alle Stühle besetzt, und viele Leute standen zwischen den Stühlen. Es war kalt und feucht draußen, in der großen Vorhalle, die als Wartezimmer diente, brannte das Licht, an den Kleiderhaken umarmten sich die Wintermäntel, während ihre Besitzer in verbissenem Schweigen nebeneinander hockten. Plötzlich begann ein Mann, der, seinem Tonfall nach, nicht aus der Stadt stammte, eine Geschichte zu erzählen. Niemand wollte ihm zuhören, schließlich waren wir ja nicht im Orient, und was gingen Menschen in unserer Lage überhaupt noch Geschichten an. Der Mann, der ganz hinten an der Wand lehnte, ließ sich durch unser zorniges Räuspern nicht abhalten, seine Stimme, die am Anfang ebenso matt und erloschen geklungen hatte wie unsere Stimmen, wurde beim Sprechen zunehmend kräftiger, was Erstaunen und Ärger erregte. Ich sah mich nach ihm um, er war bleich wie wir alle, dabei mittelgroß, mittelalt, schäbig angezogen und hatte helle, neugierige Augen wie ein Kind. Was er erzählte, war widerlich, die Geschichte eines Mannes, der im Gefängnis von Ratten aufgefressen wird und dabei allerhand andere, nicht weniger unerfreuliche Erlebnisse bedenkt. Aber der trotzige Mut, mit dem der Erzähler diese Scheußlichkeiten hervorbrachte, bewirkte, daß wir ihm am Ende alle zuhörten, aufmerksam, ja gespannt.

Weil an diesem Tage die Sprechstunde vorzeitig geschlossen wurde, befanden sich am folgenden im Wartezimmer um dieselbe Zeit ungefähr dieselben Leute. Auch der Fremde war wieder da und lehnte an derselben Stelle wie gestern an der getäfelten Wand. Als er Miene machte, wieder etwas zum besten zu geben, hatte er sogleich ein aufmerksames Publikum, das jeden neu Eintretenden ärgerlich zischend, wie im Theater oder im Konzert, empfing. Es erwies sich aber bald, daß der Fremde, sei es aus Schwäche, sei es aus Unlust, diesmal gar nicht daran gedacht hatte, eine Geschichte zu erzählen. Er sagte ein Wort, machte eine lange Pause, sagte wieder ein Wort, machte wieder eine Pause und so fort. Besonders unterhaltend war das nicht, da diese Worte überhaupt nicht zusammenhingen und auch gar keine besonderen waren, Kraut und Rüben sozusagen, und es ist kaum zu verstehen, warum wir ihm so aufmerksam zuhörten und warum jeder, der zum Arzt hereingerufen wurde, sich nur zögernd, beinahe unwillig erhob. Wahrscheinlich kam es daher, daß jedes einzeln ausgesprochene Wort in uns gewisse Erinnerungen wachruft oder Hoffnungen und daß es gewissermaßen im Leeren steht und dabei ganz groß wird oder ganz schwer.

Am nächsten Tag war die Stimmung im Wartezimmer aufgeräumt, ja fast vergnügt. Der Fremde hatte sich ausgedacht, ein Spiel mit uns zu spielen, und schon begonnen, seine Anweisungen zu geben. Zu dem Spiel gehörten viele Stühle, die zum Teil aus dem Eßzimmer des Doktors herbeigeschafft werden mußten. Ich erinnerte mich plötzlich, sollte nicht ein Klavier dabeisein, auf dem jemand spielt, ich reise nach Jerusalem, und mit einemmal abbricht, und nun muß sich jeder einen Platz suchen, aber es ist nicht Platz für alle, es ist ein Stuhl zu wenig da. Verrückt, dachte ich, so etwas in einem Wartezimmer, sind wir denn kleine Kinder? Aber ich sagte nichts. Ich stellte mich auf und begann mit den andern um die Stuhlreihe herumzuziehen, ein Klavier war nicht da. Der Fremde trommelte mit den Fingern auf einem Gong, der wahrscheinlich auch zur Eßzimmereinrichtung des Arztes gehörte, einen berückenden und beängstigenden Rhythmus. Wir bewegten uns vorwärts, kichernd, flüsternd und dann schweigend, schneller, immer schneller, trippelnd, scharrend, immer in der Erwartung, daß das Trommeln ein Ende nähme. Als es dann soweit war, stürzten wir uns auf die Stühle, nun gar nicht mehr lustig, sondern angstvoll und böse, als sei es von höchster, von lebensentscheidender Bedeutung, einen Platz zu bekommen. Und dann saßen plötzlich alle, niemand stand, es war gar kein Stuhl zuwenig – wieso eigentlich nicht? –, weil der Fremde umgefallen war, weil er der Länge lang auf dem Fußboden neben der Tür lag, tot.

Seit dem Tag, an dem wir in dem Wartezimmer des Arztes das kindische Spiel spielten, ist fast ein Jahr vergangen. Die Krankheit ist so gut wie überwunden, selbst die hartnäckigsten Fälle bessern sich. Es ist möglich, aber nicht ganz sicher, daß unsere Stadt ihre Rettung dem ersten Toten, eben jenem

Geschichtenerzähler und Wortesager, verdankt. Es kann auch sein, daß gerade zu dieser Zeit ganz woanders, in Amerika oder in Australien, ein Mittel gegen die unheimliche Krankheit gefunden worden ist, lange genug hat man ja danach geforscht. Aber auch wenn es sich so verhalten sollte, werde ich noch oft an den sonderbaren Fremden denken. Ich werde versuchen, mich an seine unerfreuliche Geschichte zu erinnern, und mich dabei ertappen, daß ich, mit den Fingern auf den Tisch klopfend, den faszinierenden Rhythmus seines Trommelns wiederhole. Ich werde mich bemühen, die Worte aufzuschreiben, die er, zwischen langen Pausen, gesagt hat. Brombeerhecke – Regen – Eisblume – Mitternacht ... ist es denn möglich, daß es nichts anderes war?

bramble/
blackberry hedge – rain – frost pattern – midnight

Straßen gibt es, die schreien einem, ob man will oder nicht, ihre Geschichten ins Ohr. Jeder Torweg eine Geschichte, jedes Fenster eine Geschichte, jeder Mensch, der einem entgegenkommt, eine Geschichte. Und hat man es nicht einmal satt, möchte man nicht einmal richtig spazierengehen, Nachmittag ist's, beinahe schon Abend, Wolken ziehen über den Hügel, nach Frühling riecht es. Eine Tarnkappe möchte man haben, eine Nonnenhaube mit weißen Flügeln, bitte, sprecht mich nicht an, ich bin gar kein Mensch mit Menschenohren, ich bin eine Kröte, die da hinaufhüpft, am Brunnen von Sant' Onofrio zu trinken, ich bin ein kleiner räudiger Hund. Seinen Frieden möchte man haben – von all dem Menschenelend, und allein sein und ganz langsam da hinaufsteigen und vom Gianicolo hinter den Pinien der Villa Doria die Sonne untergehen sehen.

Eine Straße aber, in der man seinen Frieden haben kann, ist die Salita die Sant' Onofrio nicht. Ich mag meinen Mund noch so fest zukneifen und meine Blicke noch so starr geradeaus auf die schwarzen Steineichen vor der Klosterkirche richten, es redet mich doch jemand an; eine Frau ist es, und jetzt packt sie gar meine Hand und will mich hindern, weiterzugehen.

Kommen Sie mit, sagt sie, bitte, nur einen Augenblick. Nur die Treppe hinauf, hinein kann man sowieso nicht, es ist kein Raum im Vorplätzchen, und die Haushälterin erlaubt es auch nicht. Herauskommen muß Hochwürden und auf der Treppe sprechen. Aber ich will nicht allein sein dort oben, verstehen Sie das nicht?

Warum wollen Sie nicht allein sein, frage ich. Jeder Mensch ist allein, und was haben Sie von mir, ich gehe spazieren, ich bin eine Unke, ich bin ein kleiner räudiger Hund.

Aber die Frau, die mich angesprochen hat, will davon nichts wissen. Meine Hand läßt sie nicht los und zerrt mich ins Haus, das letzte Haus rechts an der Straße, beinahe wäre ich schon bei der Kirche angelangt gewesen, beinahe wäre ich entkommen. Ich versuche auch jetzt noch meine Hand frei zu machen, aber die Frau ist stark, sie ist auch noch jung, ein Gesicht hat sie wie die Medusa Rondanini, aber nicht, daß Sie sich jetzt ein Schreckgespenst vorstellen, die echten Medusen waren immer schön und schrecklich zugleich.

Was wollen Sie denn da oben, frage ich, was ist das für ein Hochwürden, und warum gehen Sie nicht in die Kirche, wenn Sie beichten wollen?

Ich will nicht beichten, sagt die Frau, ich will wissen. Und hier bekommt man keine Vergebung der Sünden, sondern man bekommt zu wissen, und damit geht sie mir voran auf den Marmorfliesen, auch die Treppenwände sind aus Marmor, nur daß das bei uns in Rom gar nichts Besonderes vorstellt, und nach Katzen stinkt es, daß einem übel werden kann.

Wie lange dauert es, frage ich streng, und die Frau sagt, es kann sehr lange dauern, stundenlang, bis wir drankommen, aber was soll das heißen, wir, ich will ja gar nichts, nur die Sonne, die schon ziemlich tief steht, wollte ich hinter den Pinien der Villa Doria untergehen sehen. Aber ich merke schon, daß die Frau recht hat, zum fünften Stockwerk sollen wir hinauf, aber beim dritten fängt es schon an, da sitzen sie auf den Treppenstufen, einzeln und in Gruppen und in ganzen Familien, und schwatzen und seufzen, und manchmal hängt da ein Gesicht im Kopftuch wie eine Taube im Käfig, ganz weiß und still. Die Frau Medusa macht einen kleinen Versuch, sich mit mir an den zuunterst Sitzenden vorbeizudrücken, aber sie wird gleich niedergezischt wie von lauter Nattern und entschuldigt sich und bleibt stehen. Also setzen wir uns auch auf den kalten, schmutzigen Marmor, und ich bin froh, weil da ein Fenster ist und eine Zypresse davor, und ich kann den Stamm ansehen und daran denken, wie einmal einer namens Linné dieses ganze wilde Wachsen dort draußen untersucht und in eine Ordnung gebracht hat, eine ganz und gar widernatürliche und großartige Ordnung, und mit den Menschen kann man das nicht.

Denn zum Beispiel diese Frau Medusa, was will sie eigentlich hier, und was redet sie auf mich ein, ganz wirr und prachtvoll glühend, und nur so viel verstehe ich, daß sie von ihrem Mann spricht und daß dieser Mann aus dem Kriege nicht nach Hause gekommen ist, aber tot ist er nicht.

Da, sehen Sie, sagt die Frau Medusa, und zieht ein Bildchen aus ihrer Tasche und bläst den Puder herunter, billigen rosa Puder, stark parfümiert. Auf dem Bildchen ist ein schöner junger Mann, nicht in Uniform, sondern in einem dunklen Anzug, groß, schlank, gute Figur, aber nicht die Figur ist das Wesentliche, das Wesentliche ist das Gesicht. Und zuerst will ich gar nicht recht hinsehen, was geht mich die Frau Medusa an, was geht mich der Mann an, warum sitze ich hier, warum strecke ich die Hand nach einer fremden Photographie aus und halte sie ans Licht – ja, so viel Zeit ist nun schon vergangen, daß man sich zum Fenster wenden muß, um richtig zu sehen. Aber schon reißt mir die Frau Medusa das Bild weg und küßt es und steckt es in die Tasche zurück. So schöne Menschengesichter kann Gott machen, so männliche, nichts von Schaufenster-puppe, mit allem darin, was einen Menschen ausmacht, Ge-danken und Gefühle und Sinnlichkeit und Freuden und Schmerzen. Und das alles in eine Form gegossen, die sich sehen lassen kann: hohe Stirn, klare Schläfen, kräftige Nase, schön-gebildetes Kinn. Viel zu gut für Frau Medusa, denke ich, nein, doch nicht zu gut, auch die Frau Medusa ist etwas Besonderes in ihrer irdischen Liebeskraft, ihrem schwarzen Lockenge-wirr, mit ihrem übergroßen sinnlichen Mund.

Jetzt springt sie auf und zerrt mich von den Stufen, drei Leute bahnen sich den Weg die Treppe herunter, da ist ganz oben Platz frei geworden, und man kann nachrücken, ein paar Meter weiter, dem obersten Stockwerk zu. Hochwürden sieht alles, sagt die Frau Medusa, als sie sich wieder hinsetzt und sich den Rock über die Knie zieht. Er weiß, wo mein Mann ist, und ob er im Bett liegt mit einer fremden Frau. Denn ein Rutengän-ger ist Hochwürden, der die Quellen findet, und wenn er über einer Photographie oder einem Brief das Pendel hängen läßt, fängt das Pendel gleich an sich zu bewegen, schwingt hin und her oder kreist. Hochwürden sieht das Pendel an, aber er hat dabei ganz bestimmte Dinge vor Augen, und das sind keine Teufelskünste, das ist eine Gabe vom lieben Gott. Hochwür-den weiß auch genau, wo sich das abspielt, was er da gerade sieht, so und so viele Kilometer nach Norden oder nach Süden oder nach Osten oder nach Westen, und man braucht nur daheim die Landkarte zu nehmen, und schon findet man das Dorf oder die Stadt.

Ob ich das nicht begreife, daß man so einen Mann wieder-haben will, schreit die Frau Medusa plötzlich ganz laut, und ich begreife es gut. Nur fort möchte ich, nicht dabeisein, wenn Hochwürden das Pendel schwingen läßt und wenn die Frau dann davonstürzt, und man weiß schon, was sie vorhat, und daß es Tote geben wird, zumindest eine Tote, eine furcht-bare Verstrickung und keineswegs ein Glück. Denn die Frau Medusa sieht nicht aus, als ob sie sich so etwas ausreden ließe, überhaupt hört sie gar nicht zu, wenn ich hin und wieder ein-mal ein Wort sage; warum sie mich mitgeschleppt hat, weiß ich nicht. Immer mehr Leute kommen, sie sitzen bis auf die Straße hinunter, und die Luft ist schlecht. Wir sind schon zwei- und dreimal nachgerückt, dicht unter mir ist ein dicker gestrickter Rücken, der zuckt, vom Schluchzen geschüttelt, und zwei kleine Mädchen sind da, die ihre Händchen in die rote Wolle krallen, und Máma, Máma schreien. Ich frage mich, was alle diese Leute wissen wollen, wahrscheinlich et-was, was ihnen besser verborgen bliebe, oder ist es nur, daß die »fede«, der Ehering, verlorengegangen ist, und Hoch-würden soll ihn liegen sehen, in der Ritze unterm Küchen-schrank, unter der zerbrochenen Tasse im Spind. Von mei-nem Baumstamm ist schon lange nichts mehr zu erblicken, so sehr beruhigend war er ja auch nicht, eine Zypresse von der Art, bei der sich das Holz zerrissen, zerfasert, spiralig auf-wärts windet, als sei das Wachsen eine furchtbare Anstren-gung, ein einziger Schmerz. Wenn ich den Kopf hebe, sehe ich jetzt die Eingangstür der Wohnung, die offensteht, und da tritt auch schon Hochwürden heraus, dick und klein, und spricht mit einem blassen jungen Menschen und macht über ihm das Kreuzzeichen und drückt ihm etwas Geschriebenes in die Hand.

Die Frau Medusa hat mich angestoßen, verzückt schaut sie hinauf und zählt dann rasch die Leute, die noch vor uns dran-kommen, es sind neun oder zehn. Unsere Hochzeitsreise ha-ben wir nach Assisi gemacht, sagt sie, in der Unterkirche wa-ren wir am Sonntag, da haben sich alle nach meinem Mann umgesehen, und ein Engländer hat ihn photographiert. Ein Glück ist das, einen so schönen Mann zu haben, auf der Straße gehe ich und sehe ich ihn von weitem, so schön und so stolz, und Herzklopfen bekomme ich vor Freude, weil ich weiß, er gehört mir. Sie sehen ihn, frage ich erstaunt, und die Frau Medusa antwortet, ich sehe ihn nicht, ich suche ihn, er ist irgendwo, er ist nicht tot. Woher sie das so genau wisse, frage ich, nicht aus Grausamkeit, sondern um sie ein bißchen vorzubereiten, denn jetzt gehen schon wieder drei Leute die Treppe herunter, die Hände fromm gefaltet wie bei der Rückkehr vom heiligen Abendmahl, den Blick zu Boden gesenkt. Ich weiß es, sagt die Frau Medusa und spielt mit einer goldenen Münze, die ihr an einem Kettchen im Ausschnitt hängt. Ein Kamerad ist heimgekommen, der hat es mir geschworen beim Seelenfrieden seiner verstorbenen Mutter, aber weiter hat er nichts sagen wollen, und ich weiß schon, es steckt jemand dahinter, eine Frau. Das gibt es, Soldaten, die sind irgendwo hängengeblieben und haben sich neue Papiere verschafft und haben geheiratet und Kinder bekommen, und Frauen gibt es, richtige Hyänen, die halten die Männer fest und fressen ihnen das Fleisch von den Knochen. Über diese Hyänen möchte die Frau Medusa noch mehr sagen, aber es gibt jetzt eine Bewegung auf der Treppe, weil dort oben eine Alte steht, die faltet nicht fromm die Hände, sondern wirft sie über den Kopf, knochige, schreckliche Greisinnenhände, und schreit »Che mondo assassino«, was man übersetzen könnte: »Was das für eine mörderische Welt ist« oder noch besser »Was für ein Mörder ist diese Welt«, und da hat man dann die Welt vor Augen als einen riesigen bösen Mann, der die Menschen von der Straße abliest und sie in einen Sack steckt und den Sack ins Meer wirft, wie man Katzen ersäuft. Che mondo assassino, schreit die alte Frau und rennt mit erstaunlicher Behendigkeit die Treppe hinunter, auf der es jetzt schon dunkel ist, und wo sie vorbeikommt, springen die Wartenden auf und stoßen hysterische Schreie aus. Es gibt auch welche, die solche Angst bekommen, daß sie nichts mehr wissen wollen und nicht mehr dableiben wollen, und darum ist auf einmal gar niemand mehr vor uns, nur Hochwürden steht in der Tür mit einem traurigen ratlosen Gesicht.

Die Frau Medusa denkt nicht daran, das Weite zu suchen oder das Tiefe, den gemütlichen Alltag dort unten, in dem man mit seinesgleichen verkehrt. Sie läuft die paar Stufen hinauf, ganz oben steht sie nun an der Himmelsleiter, auf der es nach Abendessen, nach gefülltem Paprika riecht. Jetzt zieht sie ein Pappschildchen mit einer Nummer aus der Tasche und reicht es Hochwürden und macht einen Knicks. Hochwürden geht in die Wohnung, in seine Stube, und dann kommt er wieder heraus und ruft über die leere Treppe, Schluß für heute, und winkt uns, einzutreten, und weil die Frau Medusa mich am Arm gepackt hält, gehe ich mit. Aber kaum, daß wir drinnen sind auf dem engen Korridor, macht Hochwürden eine andere Tür auf und schiebt mich allein da hinein. Ein Eßzimmer ist das mit einem langen, schweren Tisch und vielen schwarzen geraden Stühlen, und ein Fenster ist da voll Himmel, mit Schwalben, die steigen und fallen, und Luft ist da, eine wahre Wohltat nach dem stinkigen, engen Schacht. Ich weiß nichts, ich gehöre nicht zu ihr, sage ich und versuche zu erklären, wie alles gekommen ist, aber Hochwürden hat schon die Tür hinter sich zugemacht, und wir sind allein. Hochwürden hört mir auch gar nicht zu, ich muß mich an den Eßtisch setzen, und er setzt sich neben mich, wie ein Tischherr bei einem feierlichen Pranzo, und die Speisekarte legt er vor mich hin. Nur daß es gar keine Speisekarte ist, dieser lange, weiße Bogen, es ist der Bescheid, den die Frau Medusa bekommen soll, soviel verstehe ich schon. Er hat also wirklich wieder geheiratet, er hat sie verlassen? frage ich, und Hochwürden starrt auf den langen, weißen Bogen und schüttelt den Kopf. Anstrengend muß das sein, dieses Pendeln und In-die-Ferne-Schauen, und was man da alles zu sehen bekommt, lauter Verstrickung und Schuld. Gesund kann das nicht sein, und gesund sieht Hochwürden auch nicht aus, obwohl seine Augen es mit den Schwalben halten und wahrscheinlich voller Fröhlichkeit sind, sonst immer, nur jetzt gerade nicht. Da, sagt er und deutet auf das Papier, da steht, was ich gesehen habe, und Sie sollen entscheiden, ob ich es ihr sagen kann oder nicht. Damit schiebt er mir das Papier herüber, und ich stammle, ich, wieso ich, und fange schon zu lesen an. Der zu ermittelnde F. C., lese ich, und habe die kleine Photographie vor Augen, diesen Kopf eines Erzengels, diese schlanke, kräftige Gestalt. Also noch einmal, der zu ermittelnde F. C., geboren in Gennazzano im Latium und seit dem Ende des Krieges verschollen, lebt. Er befindet sich in einem von hohen Mauern umschlossenen Anwesen, das wahrscheinlich in südlicher Richtung von hier und nicht wei-

ter als einhundertfünfzig Kilometer entfernt zu suchen ist.
Das Gebäude ist kein Gefängnis, kein Irrenhaus und auch
nicht eigentlich eine Pflegeanstalt. Es ist ein Versteck vor der
Welt. Ein Versteck vor der Welt, was soll das heißen, frage
ich, weil weiter nichts geschrieben steht, und sehe Hochwürden an und erschrecke, weil Hochwürden nicht zum Fenster
hinaussieht, und auch nicht auf mich, nirgendwohin. Wissen
Sie das nicht, sagt er. Eine Ladung Eisen, eine Stichflamme,
ein Guß Phosphor, und von einem Gesicht bleibt nichts übrig, nicht einmal so viel, wie der Tod ihm läßt. Und da soll
einer heimkommen, die Girlande hängt schon über der Tür,
herzlich willkommen, du tapferer Soldat. Und etwas ist vielleicht geschehen, eine künstliche Fratze hat man vielleicht
hergestellt aus Schaumgummi, rosarot, aber wer mag die küssen, und die Hand kann man auch nicht geben, die Hand ist
nicht mehr da. Das alles sagt Hochwürden ganz leise, aber es
klingt, als ob er schreie, und er sagt auch noch, daß niemand
nach Hause wolle, der so aussähe, denn alle kann man dann
ertragen, nur die man geliebt hat nicht. Und er sagt auch, daß
es vier oder fünf solche Verstecke für die Verstümmelten gibt,
und in einem ist der Mann von der Frau Medusa, man kann
ihn suchen, wenn man will. Wenn man will, denke ich, da
springt die Tür auf, gehört kann die Frau Medusa nichts haben, aber jetzt steht sie mitten im Zimmer und schlägt Hochwürden mit der Faust auf die Soutane, gerade dort, wo sein
Herz zu vermuten ist. Ich will nicht, schreit sie, ich will nicht
da draußen bleiben, *mein* Mann ist es, nicht *der* ihre, sagen Sie
mir die Wahrheit, er ist tot. Hochwürden weicht einen Schritt
zurück und sieht die Frau Medusa an, als habe er sie vorher
nie gesehen, und vielleicht hat er sie auch nie gesehen, ihr nur
im finsteren Treppenhaus, einem Schatten unter Schatten,
den Brief abgenommen. Aber jetzt sieht er sie, jetzt spiegelt
sich auf ihrem Gesicht der große rote Abendhimmel, und es
wird alles ganz deutlich, die schönen, festen Wangen, die glitzernden Augen und der gierige, fleischige Mund. Er ist tot,
sagt Hochwürden, und der Kopf sinkt ihm auf die Brust.
Schwören Sie, verlangt die Frau Medusa, beim Herzen der
heiligen Mutter Maria, aber das tut Hochwürden nicht. Er
fällt nur einfach auf die Knie zwischen dem Büfett und dem
Tisch und fängt an, die Totenlitanei herzusagen, und die Frau

Medusa stößt einen langen tiefen Klagelaut aus und wirft sich über den Tisch. Herr, gib ihnen die ewige Ruhe, murmelt Hochwürden, und das ewige Licht leuchte ihnen, und vor meinen Augen gehen und kriechen die Maskenmenschen durch einen Garten voll von wildgewundenen und zerrissenen Zypressen und machen einander seltsame Zeichen und Verbeugungen, und durch den Himmel schießen die Schwalben über ihren Köpfen hin.

Zur Tür schleiche ich und laufe die Treppe hinunter, da ist niemand mehr, und wie ich hinauskomme, kriecht schon die Dämmerung die steile Gasse hinauf, und ich gehe nicht mehr bergan, weil die Sonne ja doch schon lange untergegangen ist. Ich stehe nur vor dem Haus eine ganze Weile, bis die Frau Medusa die Treppe auch herunterkommt, aber nun kennt sie mich gar nicht mehr und geht gleich zur Kirche hinüber und weint vor sich hin, und hat ein Gesicht wie ein Mädchen, ganz ruhig und still.

Obwohl von kümmerlichem Wuchs und schwerfälligem Verstand, hatte Hellmuth Klein schon als Knabe den Wunsch, etwas Außerordentliches zu vollbringen, aber geheim, auf keinen Thron oder Ministersessel gehoben, aus dem Schatten heraus und am Ende nur wissend, dies und das habe ich bewirkt. Im Offenen und Öffentlichen zu wirken, hätte ihm wohl auch gefallen, hell, mutig, wie es seinem hierzulande fremdklingenden Vornamen angemessen gewesen wäre. Aber das schien ihm von Anfang an versagt. In der Schule erreichte er nur mit Mühe das Klassenziel, jede wichtigere Arbeit, jedes für das Zeugnis bedeutsame Abfragen erregten in ihm Übelkeit, Schweißausbrüche und Angst. Ein Heller, Mutiger, der aber Leidhold hieß, saß lange Zeit neben ihm, war nicht unbegabt, wenn auch faul und gleichgültig, jeder Kelch ging an ihm vorüber, und er nahm es wie selbstverständlich hin. Eines Tages, als der Lehrer, eine besonders gefürchtete Frage auf den Lippen, seine Blicke über die Reihen von Köpfen und Halbbleibern wandern ließ und jeder der Schüler seine eigene Abwehrtaktik, gleichgültiges Im-Heft-Blättern, Verstecken, freches Anstarren, verfolgte, bemerkte Hellmuth, wie Leidhold, der die rechte Hand flach aufs Pult gelegt hatte, mit dem Zeigefinger eine Bewegung von rechts nach links machte, wobei er den Lehrer nicht ansah, sondern träumerisch vor sich hin lächelte. Hellmuth sah den Blick des Lehrers auf Leidhold, der schon lange nicht aufgerufen worden war, dann aber, wie unwiderstehlich weitergelenkt, auf sich selbst gerichtet. Er wurde gefragt, stotterte, wußte nicht zu antworten, setzte sich wieder und sah, wie der Lehrer, blaß und angewidert, eine Zahl oder ein Zeichen in sein Notizbuch schrieb. Leidhold hatte die Hand zur Faust zusammengezogen, lächelte nicht mehr und sah Hellmuth beinahe strafend an. Was hast du da gemacht, fragte Hellmuth sofort, nachdem es geklingelt hatte, er wollte dich drannehmen, nicht mich, er hatte deinen Namen im Buch. Na und? fragte Leidhold kühl. Er konnte nicht, sagte Hellmuth erregt, du hast etwas mit den Fingern gemacht, er mußte weiter, an dir vorbei, und dabei machte er die Bewegung mit dem Zeigefinger, die er an seinem Nachbarn beobachtet hatte. Na hör mal, sagte Leidhold, das ist ein Witz, und sah ihm mit seinen hellen blauen Augen in die seinen, die ärgerlich zu tränen begannen. Aber dann sprang Leidhold plötzlich von dem Pult auf, auf das er sich elegant gesetzt hatte, und zog Hellmuth durch die aus dem Klassenzimmer flutende und brüllende Knabenschar in einen notdürftig zur Unfallstation hergerichteten Verschlag, in dem es den Schülern zuweilen gelang, den Augen der Aufsicht und damit der verhaßten frischen Luft zu entgehen. An einem mit einem roten Kreuz auf weißem Grunde als Arzneischrank gekennzeichneten Kasten lehnte Leidhold und fing an, auf Hellmuth einzureden, der sich das spöttische Aufblitzen der blauen Augen als jäh erwachtes Vertrauen deutete und so andächtig zuhörte, als solle er das Geheimnis seines Lebens erfahren.

Sieh her, sagte Leidhold und wiederholte seine Fingerbewegung, sieh her und paß auf, was ich sage, du bist schwer von Begriff. Du bewegst den Finger langsam von rechts nach links, damit ziehst du ihn weiter, jeden Pauker, überhaupt jeden Menschen, du mußt nur fest daran denken, vorbei, vorbei, vorbei. Hellmuth starrte ihn hilflos an und fragte: ohne hinzusehen? Und Leidhold antwortete kurz, ungeduldig: ohne hinzusehen, selbstverständlich, so etwas fällt doch auf. Übrigens, setzte er, gnädigeren Sinnes nun, hinzu, die Hauptsache ist, nur an das Zunächstliegende denken, also nicht etwa, der gerade zur Tür hereinkommt, soll das Fenster aufmachen, sondern rechtes Bein, Schritt, linkes Bein, Schritt und so weiter, rechte Hand heben, Fenstergriff fassen, du verstehst. Es hat geläutet, sagte er dann, spähte durch die Ritze des grauen Leinenvorhangs und stieß den vor Überraschung gelähmten Hellmuth in die Herde, die sich, vom Schulhof zurückkehrend, dort im Korridor puffte und stieß. Hellmuth, auf seinem Platz angelangt, schob dem Nachbarn seine echtlederne Federtasche hin, die ihm angesichts dessen, was er erfahren hatte, ein armseliges Geschenk dünkte, die aber das Kostbarste war, was er besaß. Leidhold nickte einen kurzen Dank, bückte sich, weil der Geographielehrer vorne schon Ruhe brüllte, noch einmal, als suche er etwas Heruntergefallenes, unter das Pult und zischte von dort: Vorsicht, die Sache ist gefährlich, strengt die Kopfnerven an, du verstehst. Dann begann die Geographiestunde, ein gemütliches Nichtstun vor der Filmleinwand mit ihren wechselnden Landschaften, die Hellmuth interesselos und zugleich tiefbewegt betrachtete und die ihn auf kühne Gedanken brachten, auf Gedanken, die über das Ablenken eines Lehrerblicks weit hinausgingen und vor denen Hellmuth am Ende zu schwindeln begann.

Daß danach nicht sofort alles in Fluß geriet, lag daran, daß Hellmuth ein Muttersöhnchen war, von Natur vorsichtig und von der verwitweten und in kleinbürgerlichen Verhältnissen lebenden Mutter in jeder Vorsicht unterstützt. Die Warnung, die Leidhold dem Novizen seiner Künste noch hatte zuteil werden lassen, gewann ihr volles Gewicht durch die Tatsache, daß der junge Einweiher am Tage nach dem Gespräch am Rotkreuzkasten in der Schule fehlte und daß er, obwohl angeblich nur erkältet, eine Woche darauf starb – die Klasse sang ihm, vom Lehrer unauffällig dirigiert, Wehmütiges über das offene Grab. Hellmuth war tief erschüttert, er glaubte, das letzte Geheimnis eines Sterbenden erfahren zu haben und deutete sich den merkwürdigen Ausdruck der seichten blauen Augen als Todesvoraussicht, war auch überzeugt davon, daß der junge Leidhold nicht an einer Erkältung, sondern an einer Überanstrengung der Kopfnerven gestorben war. So schwankte er zwischen dem Wunsch, sich des Vertrauens des Freundes würdig zu erweisen, und der Angst, sein Schicksal zu teilen, und es vergingen viele Wochen, es vergingen eine knappe Versetzung, das Osterfest und die Osterferien, ehe er zum erstenmal wagte, angesichts des im Notizbuch blätternden Lehrers träumerisch lächelnd seinen Zeigefinger zu bewegen.

In diesen Wochen war Hellmuth freilich nicht müßig gewesen. Er hatte sich sozusagen theoretisch mit der Sache, mit *seiner* Sache beschäftigt und herausgefunden, daß es bei der Ausübung einer solchen geheimen Macht keine Grenzen gab. Einen Schritt, noch einen Schritt, hinsetzen, mit der linken Hand das Papier halten, die Rechte nimmt den Federhalter in die Finger, unterschreiben, jetzt, und was da geschrieben steht, kann ein Schulzeugnis, aber auch ein Pakt mit dem Teufel sein. Von solchen Möglichkeiten des Drahtziehens träumte Hellmuth Phantastisches, die wenigen ihm aus dem Unterricht im Gedächtnis gebliebenen geschichtlichen Entscheidungen sah er jetzt in einem neuen Licht. Wer den Blick und die Absichten des Lehrers an sich vorbeilenken konnte, war auch zu Besserem imstande, zunächst etwa, die Hand zu regieren, die eine Zahl ins Notizbuch schreiben wollte, zum Balkengerüst der 4 ansetzte und dann etwas ganz anderes vollführte, schräger Aufstrich, gerader Abstrich, eine 1. Auf solche Weise noch um den Schultag kreisend, verirrten sich Hellmuths Gedanken doch auch schon in andere Bezirke, zu den Mädchen sogar, die im kühlen April unvernünftigerweise auf den Treppenstufen der Parkanlagen in der Sonne saßen und blöde kicherten. Aufrichten, aufstehen, rechten Fuß, linken Fuß, rechten, linken, die rechte Hand heben, mir die Hand geben, mir zulächeln vor allen Leuten, mir, dem verachteten, blöden Hellmuth Klein. Hellmuth versuchte noch nichts dergleichen, der Anfang mußte in der Schule gemacht werden, mit eben dem Fingerschieben, von dem Hellmuth naiverweise annahm, daß es seinen Banknachbarn ins Grab gebracht hatte und das er trotzdem eines Tages ausführte, freilich zitternd vor Aufregung und ohne Erfolg. Halten Sie Ihre Hände still, sagte der Lehrer, stehen Sie auf, Klein, sehen Sie mich an. Hellmuth schwitzte, konnte die gleich darauf gestellte Frage nicht beantworten, nahm sich's aber nicht zu Herzen und schob seinen Mißerfolg einem technischen Versagen zu. Er hatte zu früh angefangen zu schieben, den Blick des Lehrers gerade zu sich hingelenkt, er verzeichnete das sofort in einer Rubrik, zu vermeiden, in seinem Notizbuch, während der Lehrer völlig ungehemmt in das seine einen deutlichen Vierer schrieb.

In der folgenden Woche wiederholte Hellmuth seinen Versuch, und diesmal glitt der Blick des Lehrers tatsächlich an ihm vorbei. Leichtsinnig setzte er seine Gesundheit aufs Spiel, indem er an demselben Tage noch einmal regierte, nämlich, als er allein in der Klasse zurückgeblieben war, über die Putzfrau, der er mit »rechten Fuß, linken Fuß, rechten Arm ausstrecken« und so weiter lautlos befahl, ihren Eimer in der Nähe des Katheders niederzusetzen, was sie, ihn blöde anstierend, auch ohne weiteres tat. Hellmuth ging beschwingt nach Hause, er widerstand der Versuchung, beim Mittagessen seine Mutter zum Gegenstand seiner magischen Künste zu machen, was ihn da zurückhielt, war nicht nur ein beginnender leichter Kopfschmerz, sondern auch das Gefühl, einen Frevel zu begehen. Eine alte Dame, eine lästige Besucherin der Mutter, nahm er einige Tage später aufs Korn, hieß sie Schrittchen für Schrittchen zur Tür gehen, wo sie sich vor dem Weggehen auf der Stelle drehte und den Rosenstrohhut wippen ließ, wie ein Mensch, der nicht weiß, was er will. Um ein Haar hätte sich Hellmuth vor seiner erleichterten Mutter gebrüstet, das habe ich zustande gebracht, aber er erschrak noch zur rechten Zeit, auf das Nichtssagen waren ja alle Pläne gegründet, jeder Mitwisser gefährdete seinen Aufstieg zu einer geheimen und geheimnisvollen Macht.

Man ging zu dieser Zeit schon dem Sommer entgegen, einem Zeitpunkt, in dem von der Schule Briefe an die Eltern verschickt werden, Ihr Sohn muß die Ferien zum Nacharbeiten benutzen, um Ihren Sohn steht es schlecht. Auch Hellmuths Mutter bekam einen solchen Brief. Hellmuth war nämlich in diesem Sommer sehr zurückgefallen, besonders durch seine schriftlichen Arbeiten, auf die sich sein System des Blitzableitens nicht anwenden ließ. Als die Mutter ernst und ängstlich mit ihm sprach, war er keineswegs zerknirscht, drängte vielmehr darauf, die Schule zu verlassen und als Lehrling in eine Bank einzutreten, wo er, mitten im Leben stehend, ganz andere Möglichkeiten haben würde, seine Gabe auszubilden und fruchtbar zu machen. Statt in der Schule hockte er also die nächsten Jahre lang in einer düsteren kleinen Filiale der Städtischen Sparkasse, schrieb Listen und füllte Formulare aus und übte sich – das heißt, er ließ den Herrn Greindl zum Fenster und das Fräulein Erika zum Kassenschalter gehen, zielstrebig, aber gedankenleer, und brachte es sogar einmal zustande, daß der Prokurist, dem er wartend über die Schulter sah, statt seiner eigenen Unterschrift den Namen Klein schrieb, worauf er sich ärgerlich kopfschüttelnd umsah und das Schriftstück zerriß. Auf solche Glanzleistungen folgten öde Tage, der Prokurist schalt mit ihm, das Fräulein Erika, statt seine lautlosen Aufträge auszuführen, lachte ihm spöttisch ins Gesicht. Ihren jungen und hochgereckten Busen hätte Hellmuth wohl gern einmal berühren mögen, aber er hielt sich zurück. Das Mädchen mußte, sollte er nicht eine Ohrfeige zu gewärtigen haben, zu ihm kommen, und so weit war er noch nicht, begehrte die Mädchen auch noch nicht wirklich, ihren Wippschritten nachzusehen, war ihm vorläufig Erregung genug. Erwachsen wurde er in diesen Jahren insofern, als er anfing, die Zeitung zu lesen, auch die Politik, über die sich zu jener Zeit manch einer ereiferte. In Deutschland war Hitler an die Macht gekommen, er hatte auch hier viele Anhänger, wer weiße Wollstrümpfe trug, bekannte sich zu ihm. Hellmuth haßte ihn vom ersten Tage an, empfand ihn als einen Nebenbuhler, der nicht zu üben brauchte, dem die Macht über die Menschen gegeben war von Anfang an. Ein einfältiges Gefühl für Gerechtigkeit und Freiheit schützte ihn selbst vor der Rattenfängerweise, die gerade die jungen Menschen betörte. In der pathetischen Redeart, die er in seinen Selbstgesprächen annahm, unterhielt er sich mit dem großen Feind, sagte, einer wird aus der Dunkelheit kommen und in die Dunkelheit zurücktreten, aber er wird dich zu Fall bringen. Wie das geschehen sollte, damit beschäftigte sich Hellmuth Tag und Nacht. Daß der Führer darauf aus war, eines Tages auch seine Heimat von dem schwarz-roten Joch zu befreien, daran bestand kein Zweifel, daß er dann, umjubelt von seinen Anhängern, durch die Straßen Wiens ziehen würde, war gewiß. An einem solchen Tag galt es nicht nur dabeizusein, sondern auch in der ersten Reihe zu stehen. Hellmuth, noch im unklaren über alles weitere, sah ein, daß er dorthin nie gelangen würde, wenn er nicht den Bekehrten spielte. Also setzte er sich am Abend im Kaffeehaus zu dem Kollegen und ehemaligen Studenten Allgäuer, ließ sich von ihm belehren und hörte sich angewidert sein Schwärmen an. Als er zum erstenmal in weißen Kniestrümpfen auf die Bank ging, traf er vor der Tür den Direktor Rosenzweig, der bei mancher seiner Nachlässigkeiten ein Auge zugedrückt hatte, und Rosenzweig wandte ihm seine alten, weisen Augen bekümmert zu. Wie schon einmal bei seiner Mutter, war Hellmuth nahe daran, sich zu verplappern, wie damals hielt er sich im letzten Augenblick noch zurück. Er lachte stumpfsinnig und ließ den Direktor vorausgehen, dachte nur, ich rette euch alle, Herr Direktor, Sie werden schon sehen.

Zum Erstaunen der Mutter erbot sich Hellmuth in der folgenden Zeit des öfteren, die auf dem Friedhof notwendigen Arbeiten, das Begießen, Jäten und Neubepflanzen des väterlichen Grabes, zu übernehmen. Er verrichtete diese Arbeiten rasch und ohne einen Gedanken an den Toten, den er nur von Photographien her kannte. Kaum daß er fertig war, eilte er, weil die Mittagspause kurz war, zum Erstaunen der Friedhofsbesucher im Laufschritt auf das Feld 57 B des riesigen Planquadrats, dorthin, wo der junge Leidhold lag, der Unerwachsene, dem die Engel wahrscheinlich noch immer lateinische Vokabeln einsagen mußten. Hellmuth setzte sich dort ins feuchte Herbstlaub, dann in den Schnee und ließ sich seinerseits von seinem kindlichen Meister einsagen – tatsächlich war dies der Ort, wo er die besten Einfälle hatte und wo ihm schließlich, als über die asiatische Öde des winterlichen Totenlandes schon die ersten Föhnwinde strichen, der entscheidende Gedanke kam.

Hellmuth ging an diesem Abend wieder ins Kaffeehaus, da war der Lehrling Allgäuer, aber längst nicht mehr allein, eine Art von Stab hatte sich gebildet, es konnte jetzt nicht mehr lange dauern, bis der Führer in seine geliebte Ostmark einzog, man mußte gerüstet sein. Hellmuth bestand darauf, daß ein genauer Plan gemacht wurde, wo die Weißstrümpfe sich aufstellten, es galt ja auch, das Leben des Führers gegen etwaige Anschläge der Schwarzen und Roten zu schützen. Der Gruppe wurde ein Standort am Ring zugesichert, und mit ungewohnter Tatkraft drang Hellmuth darauf, daß er selbst nahe einer Laterne zu stehen kam, an der er dann hinaufzuklimmen gedachte. Zu dieser altmodisch verschnörkelten Laterne ging er nun oft abends allein und stellte an Hand der vorüberfahrenden Wagen seine Berechnungen an, sprach danach in der Nacht wieder lautlos mit seinem Widersacher, sagte, eine Bombe, wo denkst du hin, die Lächerlichkeit soll dich töten, du sollst dich selbst ins Narrenhaus bringen, ein wahnsinniger Anstreicher, und die dir zugejubelt haben, schleichen beschämt nach Hause.

In der Bank galt es jetzt wieder zu üben, am Kollegen Liebstöckl, an einem vorübergehend im Schalterraum beschäftigten Elektriker Kraus. Herr Liebstöckl knöpfte sich, von dem mit gesenkten Lidern lächelnd dasitzenden Hellmuth lautlos dazu aufgefordert, tatsächlich das Jackett auf, der Elektriker verzog sein Gesicht zu einer wilden Grimasse, halt, weiter durfte man nicht gehen, ohne Verdacht zu erregen. Hellmuth wurde nach solchen Übungen geisterbleich, der Schweiß stand ihm auf der Stirne, das Fräulein Erika bot ihm Kopfwehtabletten an. Nur die Mutter merkte nichts. Die älplerischen Strümpfe ließen ihr den Sohn gesünder, draufgängerischer erscheinen, sie hörte fleißig Radio und summte bei der Küchenarbeit »die Fahne hoch« vor sich hin. Über alldem wurde es beinahe Frühling, Märzsonne, Märzflocken, und eines Tages war es soweit, der Führer zog in Linz, dann in Wien ein. Das Durcheinander an diesem Tage war groß, Hellmuth kam nicht auf seine Laterne, aber auf eine andere und zur rechten Zeit, und ganz von weitem schon hörte er das wahnwitzige Jubelgeschrei, das sich in Wellen fortpflanzte, bis die schwarzen Wagen in Sicht kamen und die tierisch rauhen Schreie Hellmuth in die Ohren gellten. Er zwang sich, ruhig zu bleiben, suchte mit dem Blick den Verhaßten, der, im Wagen stehend, den Arm ausstreckte, und begann seine Beschwörung, den Arm herunter, die Jacke ausziehen, die Mütze wegwerfen, Grimassen schneiden, hampelmännisch tanzen, auf das Volk spucken, was macht er dann da, ein Verrückter, und schon würde das Gebrüll zum Schweigen kommen. Hellmuth, die Wange an das kalte Eisen der Laterne gepreßt, schloß die Augen und gab lautlos, in rasender Eile, seine Anweisungen, während die Stimmen zu seinen Füßen gräßlich anschwollen und er bereits seine Ohnmacht spürte; tatsächlich fuhr der Führer drunten schon vorüber, schnitt keine Grimassen, tanzte nicht, spie nicht auf die Menge, sondern hielt den Arm unentwegt ausgestreckt und machte ein steinernes Gesicht. Hellmuth sah es blinzelnd und fiel erschöpft von der Laterne, wie eine Birne vom Baum. Er wurde aufgefangen, bedauert und gelabt, die Begeisterung war wohl zuviel gewesen für das schwache Kerlchen, eine Semmel, ein Stück Schokolade wurden ihm in die Tasche gesteckt. Mit benommenem Kopf schlich er sich endlich davon, kaufte unterwegs ein Paar Socken und ließ die weißen Stutzen in der Bedürfnisanstalt zurück.

Hellmuth ging an dem Nachmittag noch auf die Bank, er hoffte dort den Direktor Rosenzweig zu finden, den

Strumpfwechsel wenigstens sollte der noch zur Kenntnis nehmen. Aber der Direktor war nicht in seinem Zimmer und auch sonst nirgends, und Hellmuth sollte ihn nie wiedersehen. Wie alle Geschäfte war die Depositenkasse des Festtages wegen geschlossen, die Pulte und Tische waren leer, nur das Fräulein Erika saß ungehörigerweise an ihrer Maschine und starrte Hellmuth, der durch den Hintereingang hereintorkelte, wie eine Geistererscheinung an. Hellmuth fiel auf seinen Stuhl, dachte verwirrt, den Arm herunter, die Jacke ausziehen, die Mütze wegwerfen, und dann plötzlich, komm, komm, komm, womit er das Fräulein Erika meinte, den einzigen Menschen, der in der Nähe war, den Menschen schlechthin. Ja, das dachte er, komm, nicht etwa, rechten Fuß, linken Fuß, Hand ausstrecken, mich berühren, sondern einfach, komm, hilf mir, ich bin am Ende, ich bin nichts. Das Fräulein Erika nahm tatsächlich die Hände von den Tasten und kam herüber, fragte nichts, bot ihm auch keine Kopfwehtabletten an. Sie war nur sehr allein und sehr beunruhigt, weil ihre Mutter Jüdin war und daheim schon die Koffer gepackt hatte und fortgereist war, Erika wußte nicht, wohin. Draußen wurde es indessen schon dunkel, aber nicht still, in Gruppen marschierten die Weißstrümpfe an den großen Fenstern vorüber und sangen. Der Schein ihrer Fackeln tanzte auf den leeren Schreibtischen und den verlassenen Stühlen des Schalterraumes, in der Ferne wurden Trommeln geschlagen, und Hellmuth und Erika drückten sich aneinander wie furchtsame Kinder, um sich endlich verzweifelt zu umarmen.

So wurden die beiden ohne Liebe ein Liebespaar, auch Eheleute später, die schlecht und recht über die ersten Kriegsjahre kamen, sich aber nicht viel zu sagen hatten, weil sie nicht zueinander paßten und nur wie Strandgut zueinander getrieben worden waren in einer stürmischen Nacht. Einmal zu Allerseelen, als sie einen Kranz zum Grab seines Vaters brachten, führte Hellmuth seine Frau auch auf das Feld 57 B, und dort, am Grabe des Schülers Leidhold, erzählte er ihr zum erstenmal, was er am 11. März des Jahres 1938 vorgehabt hatte, sprach davon wie von einer Kindertorheit, war aber dabei seltsam ergriffen, so als sei das Ganze doch denkbar gewesen und es habe ihm nur in jenem Augenblick die wirkliche Kraft gefehlt. Erika lachte schallend und bösartig, wie Frauen über

Männer lachen, die sie enttäuscht haben und denen sie ihre Enttäuschung nicht verzeihen. Kurz darauf verließ sie die Bank, in der die beiden noch immer arbeiteten, und nahm eine andere Stellung an, verließ auch die gemeinsame Wohnung, so daß Hellmuth, dessen Mutter aufs Land gezogen war, nun wie ein Junggeselle leben mußte, Mahlzeiten in der Kantine, Abende im Kaffeehaus, eine Tasse Eichelkaffee, Zeitungen, ein Wasser, noch ein Wasser, wenn der Herr so gut wären, zahlen, wir schließen jetzt. Über solcher Einsamkeit kam er endlich langsam zu Verstand, er sah ein, daß ohne Einsatz nichts zu gewinnen war und daß man mit kindischen Träumen die Heimat nicht retten und die Weltgeschichte nicht ändern kann. Zunächst wegen schlechter Augen und schwächlicher Konstitution zurückgestellt, mußte er jedoch bald darauf einrücken. Er schwor auf die verhaßte Fahne, kam nach kurzer Ausbildung an die Front und war kein schlechter Soldat. Nach einigen Wochen des Kriegsdienstes wurde er von einem Tiefflieger in die Lunge geschossen und verbrachte die letzten Augenblicke seines Lebens auf dem Pflaster einer russischen Stadtstraße liegend und durch die Eisenschnörkel einer altmodischen Laterne in einen fürchterlich blauen Himmel starrend, friedlich, Hellmuth Klein, Hellmuth Kanonenfutter, aber gestorben für die Freiheit, weil am Ende alle für eine zukünftige Freiheit sterben.

DAS ROTE NETZ
In memoriam Marie-Louise Hensel

Es war gewiß nicht so, aber es hätte doch so sein können, an jenem warmen, diesigen Julinachmittag am See. Die Sommergäste unterwegs zur Jause, zu dem oder jenem Gasthaus, haben Sie gehört, Kuchen gibt es dort ohne Brotmarken, für jeden ein großes Stück. Denn das waren noch die Jahre der Brotmarken und des Zu-Fuß-Gehens, nur daß die Grenze hier nahe war, im Bodensee verlief die Grenze, und auf dem See fuhren die Fischer und auch manchmal über den See, und dann brachten sie etwas mit oder auch etwas hinüber, eine lebendige Fracht. Einen Menschen, dem das Herz im Hals schlug bei der Kahnpartie und der sich ängstlich duckte, wenn der Scheinwerferstrahl näher glitt, und in der Fischerstube am heimatlichen Ufer lag unter der Milchtasse sein Geld, viel Geld, weil der Fährmann ja auch einiges aufs Spiel setzte, seine Freiheit, vielleicht seinen Kopf. So daß in dieser schönen Landschaft neben dem Geflüster über die Tasse Bohnenkaffee und das Stück markenfreien Kuchen noch ein anderes herlief, ein leiseres, gefährlicheres, vorsichtige Ortsangaben, ja, der da hinten bei der Mühle, ja, der da vorne bei der Landspitze, unter der hohen Silberpappel, der tut's.

Ein warmer, diesiger Sommernachmittag und eine Frau, die spazierengeht, grauer Rock, schwarze Wolljacke, derbe Schuhe. Schwarzes Haar, aber nichts Ausländisches, beileibe nichts Jüdisches, hanseatische Aussprache und ein flaches niederdeutsches Gesicht. Kein biblischer Vorname im Paß, kein gelber Stern auf der Brust. Wenn man so aussieht, braucht man keine Bekanntschaft zu scheuen und muß nicht allein spazierengehen. Renata war denn auch nicht allein, eine Dame aus ihrem Hotel, eine Frau Amtsgerichtsrat Soundso, begleitete sie, unter den Apfelbäumen, die gut angesetzt hatten, gingen die beiden Frauen dahin, nicht langsam, nicht schnell. Die Frau Amtsgerichtsrat, die ein stark durchblutetes, fettes Gesicht hatte, bückte sich ab und zu, pflückte aus der Wiese eine Skabiose, eine Margerite, eine Sauerampferblüte, bald hielt sie einen hübschen Strauß in der Hand. Haben Sie Nachricht von Ihrem Sohn, fragte sie, und Renata sagte, ja, danke, er ist jetzt im Mittelabschnitt, aber nicht ganz vorne, es geht ihm gut. Es ginge auch dem Kleinen gut, der war noch auf der Schule, in einem Internat in Norddeutschland, weit von hier. Ob er nicht einmal zu Ferien käme, fragte die Frau Amtsgerichtsrat, und Renata antwortete, doch, vielleicht schon am nächsten Sonntag, ein großer Bub sei er bereits, bald größer als sie selbst. Und sie selber sei wohl Witwe, fragte die Dame weiter. Renata sagte, ja aber keine Kriegerwitwe, ihr Mann habe es am Herzen gehabt, vierzig Jahre alt, sei er plötzlich umgefallen, schon drei Jahre vor dem Krieg. Dieses Gerede ist idiotisch, dachte Renata, aber es ist besser, nicht allein zu gehen, man fällt nicht so auf. Wenn etwa später jemand die Frau Amtsgerichtsrat nach mir fragen sollte, wird sie sagen, daß wir zusammen spazierengegangen sind, auch ein bißchen gehamstert haben, ein Pfündchen Butter, ein Gläschen Honig, wer täte das nicht? Bald schon, in fünf oder zehn Minuten, wollte Renata das vorschlagen, man könnte in den Bauernhäusern fragen, nicht wahr, für Ihren Jungen, für meinen Jungen, aber natürlich nicht zusammen, zwei bekommen nichts. Wenn man ein bißchen weiter war, um den Hügel herum, da sieht man schon das Haus an der Landspitze, mit der großen Pappel davor. Aber jetzt geht es erst den Hügel entlang, der Weg wird schmaler, wie hoch das Gras schon steht. Im hohen Gras kommt den beiden Frauen eine Familie entgegen, schön im Gänsemarsch, denn wer wagte auch nur einen Schritt auf die Wiese zu treten? Die Bauern gehen mit geschwungener Sense auf das Fremdenpack los. Drei Leute waren es, die da entgegenkamen, an der Frau ging Renata noch vorüber, ohne recht hinzusehen, aber den Mann faßte sie ins Auge, der war so gar kein Spaziergänger, so stubenhockerisch unbeholfen, so abgrundtraurig ließ er den Kopf hängen und zog das weinerliche Kind hinter sich her. Meine Familie, dachte Renata, mein Kind, und das hätte auch leicht sein können, denn was hatte sie in ihrem im Büstenhalter versteckten Briefumschlag, nur einen Namen, Zahlen, ein Datum, aber keine Photographie. Sie blieb stehen und sah den Leuten nach, das Kind war ein Mädchen von etwa sechs Jahren, das drehte sich jetzt auch um

und grinste ihr zu mit seinem Gnomengesicht und machte
eine Bewegung mit der Hand, als wolle es Renata hinunter-
ziehen unter das hohe Gras und dort mit ihr spielen, geduckt,
ein winziges, unheimliches Spiel. Die haben es auch nötig,
sagte die Frau Amtsgerichtsrat mütterlich und meinte die
Nächte ohne Fliegeralarme, die Butterbrote, die gute Luft.
Renata machte ein paar schnellere Schritte, ja, dachte sie, die
haben es nötig, letzter gemeinsamer Spaziergang, Abschied
fürs Leben, aber fragen darf man nicht, sich auch nicht noch
einmal umdrehen, wenn alles gut geht, ist das Kind heute
nacht in der Schweiz. Wenn alles gut geht, warum sollte es
nicht gut gehen, sie hatte die richtige Adresse, jetzt sah man
schon unter der hohen Pappel die glitzernden Wellen des
Sees. Ein anderer Hof lag links, hoch über der Straße. Sie
versuchen es dort, wenn es Ihnen recht ist, ich da unten im
Pappelhaus, was wir bekommen, teilen wir dann. Der Frau
Amtsgerichtsrat war es recht, sie war voller Tatkraft, Ham-
stern ist unangenehm, aber doch ein spannendes Abenteuer,
und welche Freude, wenn man nach Hause kommt und
bringt ein paar Eier mit, ein Säckchen Mehl. Als Renata, allein nun, den Pfad einschlug, der zum See hinunterführte, sah
sie, daß nicht weit von dem Pappelhaus und ebenfalls am Seeufer noch ein anderes Fischer- oder Bauernhaus lag, wie ver-
wunschen hinter Büschen von Holunder und Hecken von
wilden Rosen. Da müßte man wohnen, dachte sie, der Nebel
kommt übers Wasser, nichts mehr hören, nichts mehr sehen.
Während sie weiter auf die Silberpappel zuging, starrte sie
immerfort hinüber auf das andere Haus, in seltsamer Erregung, als sei gerade jenes Haus ihr eigentliches Ziel, als solle
sich dort ihr Leben erfüllen. Es tat ihr plötzlich leid, daß sie so
vorsichtig sein mußte und mit niemandem über sich selbst
sprechen durfte, auch nicht mit der Frau Amtsgerichtsrat, die
eine gutmütige Person zu sein schien. Ich will, hätte sie ihr
gern gesagt, keine Butter, ich will etwas ganz anderes, ich
habe an das jüdische Schicksal gebaut. Die Redewendung gefiel ihr, man hatte dabei etwas vor Augen wie ein Haus überm
Abgrund, und tief unten braust es, trübes gurgelndes Wasser,
das viele Trümmer, Baumstämme und zersplitterte Balken
mit sich führt, und auch lebende Menschen, die ihre Arme
hilfeflehend ausstrecken. Und man selbst war draußen, am

sicheren Ufer, und konnte hier und da jemanden herauszie-
hen, weil man unverdächtig war, arisch, Mutter eines Soldaten, dazu reich. Dies etwa hätte Renata sagen wollen und vielleicht auch erzählen, was alles ihr in dieser Beziehung schon
zugemutet worden war und was sie klaren Verstandes und
trotzigen Sinnes hatte erfüllen können, auch furchtlos, nur
gerade heute ein wenig überdrüssig, mit ein wenig Sehnsucht
nach Ruhe und Glück. Aber die Frau Amtsgerichtsrat war
schon weit drüben am Hang, und zu trauen wäre ihr wahrscheinlich auch nicht gewesen, wem war noch zu trauen?
Auch den Leuten im Pappelhaus, das Renata jetzt beinahe
erreicht hatte, konnte nicht gleich die Wahrheit gesagt werden, man mußte sich vortasten, nach Lebensmitteln, nach einem Zimmer, das man mieten wolle, fragen. Eine Frau trat
gerade aus dem Haus und rief den Hund zurück, der schon
seit geraumer Zeit bellte und an seiner Kette riß. Als Renata
auf sie zuging und nach einem Zimmer fragte, starrte sie sie
sonderbar ängstlich an und sagte, sie habe keines, auch keine
Butter, auch keine Milch, und Renata möge um Gottes willen
gehen. Dieses »um Gottes willen« hätte Renata stutzig machen müssen, aber sie war nun schon in Fahrt, sah die Boote
und Netze und jenseits der mattblauen Fläche das andere Seeufer, friedlich und schön. Sie müsse, sagte sie, durchaus mit
dem Mann sprechen, sie habe ihm Grüße zu bestellen und
ihm etwas auszurichten, und die Frau, eine große, schwere
Person, sah Renata die ganze Zeit bedrückt und traurig an.
Dann kommen Sie also, sagte sie endlich und führte Renata in
ein Zimmer zu ebener Erde, einer Art von guter Stube mit
einem Tisch mit Stühlen darum herum und einem häßlichen
Büfett und seltsamen grünen Schatten, als niste der Schwamm
in der Wand. Sie ging dann fort, ihren Mann zu suchen, und
Renata setzte sich an den Tisch und holte einen Packen Geldscheine aus ihrer Umhängetasche und behielt sie in der Hand.
Die Standuhr gab einen häßlichen, krächzenden Ton von sich
und schlug dann viermal, und durch die graue Mullgardine
konnte Renata sehen, wie eine der Kühe draußen im Apfel-
garten den Rücken krumm machte und das Wasser ließ. Nach
einer Weile trat der Fischer in die Stube, ein kleiner, weiß-
blonder Mann, mit blöden Fischaugen und einem ver-
schwitzten Gesicht. Was wollen Sie, wer schickt Sie? fragte er

unfreundlich, setzte sich auch gar nicht und stützte nur die kleinen weißblauen Fäuste auf den mit einer seidenen Fransendecke behängten Tisch. Renata war plötzlich auf der Hut, es ist ja schließlich egal, von wem ich es erfahren habe, sagte sie, aber ich weiß, daß Sie es tun. Daß ich was tue, fragte der Mann böse, ich tue nichts Unrechtes, Fräulein, da sind Sie falsch unterrichtet, und Renata meinte schon, sie habe wirklich das Haus verwechselt, und zog die Hand mit dem Geld unauffällig auf den Schoß. Ich wollte ein Zimmer mieten, sagte sie, was ist denn dabei, und sah den Fischer lachend an. Sie wollten kein Zimmer mieten, sagte der Mann streng und blinzelte nach der Tür, wo jemand stehen mußte, der ihm Zeichen machte. Gut, sagte Renata mit ihrem schönen, freimütigen Blick, ich wollte kein Zimmer mieten, ich wollte für eine Fahrt bezahlen, und wenn Sie nicht fahren wollen, so können Sie mir vielleicht jemanden sagen, der es tut. Der Mann antwortete nicht, er sah immer noch auf die Tür in Renatas Rücken, sein Gesicht zuckte unwillig, aber dann sagte er plötzlich, komm her, und seine Frau kam lautlos näher und setzte sich und legte ihre starken, fleischigen Arme auf den Tisch.

Sie sind doch, fragte sie und sah Renata ängstlich an, allein hergekommen? Es hat Sie doch niemand auf dem Wege gesehen?

Doch, sagte Renata, es hat mich jemand gesehen, eine ganze Familie, und ich bin auch nicht allein gekommen, sondern mit einer Dame aus meinem Hotel, die wartet jetzt auf der Straße auf mich, und wir gehen auch zusammen nach Haus.

Da siehst du's, da hast du's, sagte der Mann, und die Frau sah einen Augenblick lang sehr erschrocken aus und machte dann eine Bewegung mit den beiden Händen, so, als ob ihre Hände zwei Waagschalen wären, von denen die eine stieg und die andere sank. Und Renata wußte auch, aber nicht jetzt, sondern erst sehr viel später, daß die Frau in diesem Augenblick wirklich etwas abgewogen oder eine Rechnung aufgemacht hatte, und auf der einen Seite dieser Rechnung standen der Hof, die Boote und das Vieh, standen Leben und Freiheit, und auf der andern Seite stand das Schicksal einer fremden Frau. Renata sah nur die Hand, die jetzt schwer auf den Tisch fiel und die der Mann packte und drückte, als wolle er seine Frau daran hindern, noch etwas zu sagen. Er beugte sich jetzt auch vor und hing schräg über dem Tisch, und Renata dachte, wo bin ich, so still ist es hier, wie auf dem Grunde des Sees. Sie faßte aber gleich neue Hoffnung, da der Mann ihr nun eine Adresse gab, ein Haus, wo sie hingehen sollte, nicht auf der Straße, sondern auf dem schmalen Seeweg, zwanzig Minuten von hier. Das Haus sei schon vom Garten aus zu sehen, nur daß man eben die Landzunge umgehen müsse, es sei der Busshof, der Besitzer sei ein Bauer und Fischer, er habe zwei Boote und führe nachts auf den See.

Ein Haus in Holundergebüschen? fragte Renata und lächelte, weil sie nun doch noch dorthin kommen sollte, an ihr eigentliches Ziel.

Ja, sagte der Mann rasch, und nun müsse sie gehen, seine Frau solle ihr noch den Weg zeigen, und vor dem Hund brauche sie sich nicht zu fürchten, der sei an die Kette gelegt. Er schien es mit einemmal sehr eilig zu haben, Renata loszuwerden, fast drängte er sie mit den Händen zum Haus hinaus und tuschelte nur an der Tür noch mit seiner Frau. Die trottete wie ein Schlachtopfer vor Renata her, sagte nur, jetzt links, jetzt rechts, jetzt geradeaus, und das so leise, daß Renata, ehe sie um die Scheune bogen, noch ein Geräusch hörte, wie die Kurbel eines altmodischen Telefonapparates, und die Stimme des Fischers, die aber jetzt wie mit Absicht gedämpft, ganz anders klang.

Er meldet mich an, dachte sie, aber ohne jeden Argwohn, nur das Gehaben der Frau war ihr merkwürdig, da diese ihr nur ein Gartenpförtchen aufstieß, auf einen Pfad im Schilf deutete und ohne ein Wort des Abschieds sich umdrehte und verschwand. Renata rief ihr ein Dankeswort nach und ging rasch weiter, es war ihr ärgerlich, daß sie nicht auf die Straße hatte zurückkehren und der Frau Amtsgerichtsrat Bescheid sagen können, auf der Straße schien überdies das Holunderhaus viel schneller erreichbar zu sein. Denn der Schilfweg, so hübsch er war, schlängelte sich nicht nur um diese eine lange, sondern auch noch um mehrere andere kleine Landzungen, immer wieder verschwand das Haus vor Renatas Blicken, und manchmal sah sie nichts anderes als die grauen Wälder von Schilf und den bleichen Spiegel des Wassers, über den die kleinen, schwarzen Bleßhühner eilig nickend liefen. Einen Augenblick lang dachte sie, der Fischer habe sie vielleicht diesen Weg geschickt, um ihr zu folgen, barfuß, lautlos, rasch, und ihr das Geld abzunehmen, sie hätte ihn nicht anzeigen dürfen, sie war in seiner Hand. Sie begann zu laufen, das Herz schlug ihr heftig, fast mit Erleichterung hörte sie jetzt droben auf der Straße ein Motorengeräusch, einen Wagen, der rasend heranfuhr und mit knirschenden Bremsen in der Nähe hielt. Da zeigten sich auch, und nun schon ganz nah, über dem Schilfkranz, die Holunderbüsche wieder. Renata ging langsamer, an das Haus dachte sie nun und erwog mit ihrem klaren, hellen Verstand alle Möglichkeiten eines Kaufs, sah sich auch schon mit ihren jungen Söhnen auf einer unschwer zu errichtenden Altane über dem See sitzen, es sollte dann Schluß sein mit allen Rettungsaktionen, hier wollte sie bleiben und ihren Garten bebauen, bis der Krieg zu Ende war und der Spuk vorbei. Als das Dach und die gelbe Hauswand dann ganz plötzlich vor Renata auftauchten und sie auch einen alten Mann, der an einem aufgehängten roten Netz beschäftigt war, in geringer Entfernung vor sich sah, mußte sie sich erst zur Ordnung rufen, so weit war es noch nicht, das Gnomenkind mußte zuerst noch in Sicherheit gebracht werden, schon sah sie es nächtlich im Boot sitzen, in das rote Fischernetz gewickelt, ein feines Greisenhändchen schaute hervor. Dabei fiel ihr ein Geruch von Benzin auf und warnte sie oder hätte sie doch warnen können, wäre sie nicht so darauf aus gewesen, nun auch noch das Letzte hinter sich zu bringen, anständig, und dann ihren Frieden zu haben. So nahm sie aufs neue die Geldscheine aus der Tasche und ging, sie fest in den Fingern haltend, auf das rote Netz zu, an dem der Mann saß, einen uralten Hut auf dem Kopf und wunderlich still. Guten Abend, sagte sie und murmelte dann ihr Sprüchlein, ganz ohne Vorsicht diesmal, ein jüdisches Kind solle er diese Nacht über den See bringen, und es solle sein Schaden nicht sein.

Eine Antwort bekam sie nicht und konnte sie auch gar nicht bekommen, das Haus war geräumt, und die Bewohner waren verhaftet, der Mann im alten Hut war nur eine Vogelscheuche, gegen das rote Netz gelehnt. Aber hinter dem Netz hervor kamen jetzt zwei schwarz Uniformierte und packten

Renata bei den Armen, die Geldscheine fielen auf den Boden, die Falle schnappte zu.

In solchen Augenblicken denkt man an das Nebensächliche zuerst. Renata, die von den Männern in den hinter dem Haus versteckten Wagen gezerrt und stadtwärts gefahren wurde, dachte zuerst an die Frau Amtsgerichtsrat, dann an das Kind, dessen Eltern nun auf die erhoffte Nachricht vergeblich warten würden, zuletzt an sich selbst und um welch hohen Preis sie gespielt hatte, um ihr Leben nämlich, nicht weniger, nicht mehr. Denn: Wie konnten Sie nur so etwas machen, sagten ihre schwarzen Begleiter ärgerlich, und nun saßen statt dieser rechts und links von ihr auf dem Rücksitz ihre Söhne, fragten, Mutter, wie konntest du nur, und sie begriff nun auf einmal selbst nicht mehr, was alles, nämlich die Zukunft ihrer Buben, sie aufs Spiel gesetzt hatte für ein fremdes Kind. Habt keine Angst, flüsterte sie lächelnd und fuhr – eine Heldin unserer Zeit – in einer Staubwolke durch das süße, sommerliche Land, das Abendrot war warm, aber der grüne Nordhimmel war eisig kalt, und Renata zog die schwarze Strickjacke fester um sich, zog auch den Gürtel fester, diesen langen, weichen Wollgürtel, aus dem sie sich dann am Abend im Gefängnis die Schlinge knüpfte und in dem, als die Wärterin hereinkam, ihr klares, tapferes Gesicht schon erloschen hing.

Ob ich schon einmal eine Gespenstergeschichte erlebt habe? O ja, gewiß – ich habe sie auch noch gut im Gedächtnis, und will sie Ihnen erzählen. Aber wenn ich damit zu Ende bin, dürfen Sie mich nichts fragen und keine Erklärung verlangen, denn ich weiß gerade nur so viel, wie ich Ihnen berichte und kein Wort mehr.

Das Erlebnis, das ich im Sinn habe, begann im Theater, und zwar im Old Vic Theater in London, bei einer Aufführung Richards II. von Shakespeare. Ich war damals zum ersten Mal in London und mein Mann auch, und die Stadt machte einen gewaltigen Eindruck auf uns. Wir wohnten ja für gewöhnlich auf dem Lande, in Österreich, und natürlich kannten wir Wien und auch München und Rom, aber was eine Weltstadt war, wußten wir nicht. Ich erinnere mich, daß wir schon auf dem Weg ins Theater, auf den steilen Rolltreppen der Untergrundbahn hinab- und hinaufschwebend und im eisigen Schluchtenwind der Bahnsteige den Zügen nacheilend, in eine seltsame Stimmung von Erregung und Freude gerieten und daß wir dann vor dem noch geschlossenen Vorhang saßen, wie Kinder, die zum ersten Mal ein Weihnachtsmärchen auf der Bühne sehen. Endlich ging der Vorhang auf, das Stück fing an, bald erschien der junge König, ein hübscher Bub, ein Playboy, von dem wir doch wußten, was das Schicksal mit ihm vorhatte, wie es ihn beugen würde und wie er schließlich untergehen sollte, machtlos aus eigenem Entschluß. Aber während ich an der Handlung sogleich den lebhaftesten Anteil nahm und, hingerissen von den glühenden Farben des Bildes und der Kostüme, keinen Blick mehr von der Bühne wandte, schien Anton abgelenkt und nicht recht bei der Sache, so als ob mit einem Male etwas anderes seine Aufmerksamkeit gefangen genommen hätte. Als ich mich einmal, sein Einverständnis suchend, zu ihm wandte, bemerkte ich, daß er gar nicht auf die Bühne schaute und kaum darauf hörte, was dort gesprochen wurde, daß er vielmehr eine Frau ins Auge faßte, die in der Reihe vor uns, ein wenig weiter rechts, saß und die sich auch einige Male halb nach ihm umdrehte, wobei auf ihrem verlorenen Profil so etwas wie ein schüchternes Lächeln erschien.

Anton und ich waren zu jener Zeit schon sechs Jahre verheiratet, und ich hatte meine Erfahrungen und wußte, daß er hübsche Frauen und junge Mädchen gern ansah, sich ihnen auch mit Vergnügen näherte, um die Anziehungskraft seiner schönen, südländisch geschnittenen Augen zu erproben. Ein Grund zu rechter Eifersucht war solches Verhalten für mich nie gewesen, und eifersüchtig war ich auch jetzt nicht, nur ein wenig ärgerlich, daß Anton über diesem stärkenden Zeitvertreib versäumte, was mir so besonders erlebenswert erschien. Ich nahm darum weiter keine Notiz von der Eroberung, die zu machen er sich anschickte; selbst als er einmal, im Verlauf des ersten Aktes, meinen Arm leicht berührte und mit einem Heben des Kinns und Senken der Augenlider zu der Schönen hinüberdeutete, nickte ich nur freundlich und wandte mich wieder der Bühne zu. In der Pause gab es dann freilich kein Ausweichen mehr. Anton schob sich nämlich, so rasch er konnte, aus der Reihe und zog mich mit sich zum Ausgang, und ich begriff, daß er dort warten wollte, bis die Unbekannte an uns vorüberging, vorausgesetzt, daß sie ihren Platz überhaupt verließ. Sie machte zunächst dazu freilich keine Anstalten, es zeigte sich nun auch, daß sie nicht allein war, sondern in Begleitung eines jungen Mannes, der, wie sie selbst, eine zarte bleiche Gesichtsfarbe und rötlichblonde Haare hatte und einen müden, fast erloschenen Eindruck machte. Besonders hübsch ist sie nicht, dachte ich, und übermäßig elegant auch nicht, in Faltenrock und Pullover, wie zu einem Spaziergang über Land. Und dann schlug ich vor, draußen auf und ab zu gehen, und begann über das Stück zu sprechen, obwohl ich schon merkte, daß das ganz sinnlos war.

Denn Anton ging nicht mit mir hinaus, und er hörte mir auch gar nicht zu. Er starrte in fast unhöflicher Weise zu dem jungen Paar hinüber, das sich jetzt erhob und auf uns zukam, wenn auch merkwürdig langsam, fast wie im Schlaf. Er kann sie nicht ansprechen, dachte ich, das ist hier nicht üblich, das ist nirgends üblich, aber hier ist es ein unverzeihliches Vergehen. Indessen ging das Mädchen schon ganz nahe an uns vorbei, ohne uns anzusehen, das Programm fiel ihm aus der Hand und wehte auf den Teppich, wie früher einmal ein Spitzentüchlein, suivez-moi, Anknüpfungsmittel einer lange vergangenen Zeit. Anton bückte sich nach dem glänzenden Heftchen, aber statt es zurückzureichen, bat er, einen Blick hineinwerfen zu dürfen, tat das auch, murmelte in seinem kläglichen Englisch allerlei Ungereimtes über die Aufführung und die Schauspieler und stellte den Fremden endlich sich und mich vor, was den jungen Mann nicht wenig zu erstaunen schien. Ja, Erstaunen und Abwehr zeigten sich auch auf dem Gesicht des jungen Mädchens, obwohl es doch sein Programm augenscheinlich mit voller Absicht hatte fallen lassen und obwohl es jetzt meinem Mann ganz ungeniert in die Augen schaute, wenn auch mit trüben, gleichsam verhangenem Blick. Die Hand, die Anton nach kontinentaler Sitte arglos ausgestreckt hatte, übersah sie, nannte auch keinen Namen, sondern sagte nur, wir sind Bruder und Schwester, und der Klang ihrer Stimme, der überaus zart und süß und gar nicht zum Fürchten war, flößte mir einen merkwürdigen Schauder ein. Nach diesen Worten, bei denen Anton wie ein Knabe errötete, setzten wir uns in Bewegung, wir gingen im Wandelgang auf und ab und sprachen stockend belanglose Dinge, und wenn wir an den Spiegeln vorüberkamen, blieb das fremde Mädchen stehen und zupfte an seinen Haaren und lächelte Anton im Spiegel zu. Und dann läutete es, und wir gingen zurück auf unsere Plätze, und ich hörte zu und sah zu und vergaß die englischen Geschwister, aber Anton vergaß sie nicht. Er blickte nicht mehr so oft hinüber, aber ich merkte doch, daß er nur darauf wartete, daß das Stück zu Ende war, und daß er sich den entsetzlichen und einsamen Tod des gealterten Königs kein bißchen zu Herzen nahm. Als der Vorhang gefallen war, wartete er das Klatschen und das Wiedererscheinen der Schauspieler gar nicht ab, sondern drängte zu den Geschwistern hinüber und sprach auf sie ein, offenbar überredete er sie, ihm ihre Garderobemarken zu überlassen, denn mit einer ihm sonst ganz fremden, unangenehmen Behendigkeit schob und wand er sich gleich darauf durch die ruhig wartenden Zuschauer und kehrte bald mit Mänteln und Hüten beladen zurück; und ich ärgerte mich über seine Beflissenheit und war überzeugt davon, daß wir von unseren neuen Bekannten am Ende kühl entlassen werden würden und daß mir, nach der Erschütterung, die ich durch das Trauerspiel erfahren hatte, nichts anderes bevorstand, als mit einem enttäuschten und schlechtgelaunten Anton nach Hause zu gehen.

Es kam aber alles ganz anders, weil es, als wir angezogen vor die Tür traten, stark regnete, keine Taxis zu haben waren und wir uns in dem einzigen, das Anton mit viel Rennen und Winken schließlich auftreiben konnte, zu viert zusammenzwängten, was Heiterkeit und Gelächter hervorrief und auch mich meinen Unmut vergessen ließ. Wohin? fragte Anton, und das Mädchen sagte mit seiner hellen süßen Stimme: Zu uns. Es nannte dem Chauffeur Straße und Hausnummer und lud uns, zu meinem großen Erstaunen, zu einer Tasse Tee ein. Ich heiße Vivian, sagte sie, und mein Bruder heißt Laurie, und wir wollen uns mit den Vornamen nennen. Ich sah das Mädchen von der Seite an und war überrascht, um wieviel lebhafter es geworden war, so als sei es vorher gelähmt gewesen und sei erst jetzt in unserer oder in Antons körperlicher Nähe imstande, seine Glieder zu rühren. Als wir ausstiegen, beeilte sich Anton, den Fahrer zu bezahlen, und ich stand da und sah mir die Häuser an, die aneinandergebaut und alle völlig gleich waren, schmal mit kleinen, tempelartigen Vorbauten und mit Vorgärten, in denen überall dieselben Pflanzen wuchsen, und ich dachte unwillkürlich, wie schwer es doch sein müsse, ein Haus hier wiederzuerkennen, und war fast froh, im Garten der Geschwister doch etwas Besonderes, nämlich eine sitzende steinerne Katze zu sehen. Währenddem hatte Laurie die Eingangstür geöffnet, und nun stiegen er und seine Schwester vor uns eine Treppe hinauf. Anton nahm die Gelegenheit wahr, um mir zuzuflüstern, ich kenne sie, ich kenne sie gewiß, wenn ich nur wüßte, woher. Oben verschwand Vivian gleich, um das Teewasser aufzusetzen, und Anton fragte ihren Bruder aus, ob sie beide in letzter Zeit im Ausland gewesen seien und wo. Laurie antwortete zögernd, beinahe gequält, ich konnte nicht unterscheiden, ob ihn die persönliche Frage abstieß oder ob er sich nicht erinnern konnte, fast schien es so, denn er strich sich ein paarmal über die Stirn und sah unglücklich aus. Er ist nicht ganz richtig, dachte ich, alles ist nicht ganz richtig, ein sonderbares Haus, so still und dunkel und die Möbel von Staub bedeckt, so als seien die Räume seit langer Zeit unbewohnt. Sogar die Birnen der elektrischen Lampen waren ausgebrannt oder ausgeschraubt, man mußte Kerzen anzünden, von denen viele in hohen Silberleuchtern auf den alten Möbeln standen. Das sah nun freilich hübsch aus und verbreitete Gemütlichkeit. Die Tassen, welche Vivian auf einem gläsernen Tablett hereinbrachte, waren auch hübsch, zart und schön blau gemustert, ganze Traumlandschaften waren auf dem Porzellan zu erkennen. Der Tee war stark und schmeckte bitter, Zucker und Rahm gab es dazu nicht. Wovon sprecht ihr, fragte Vivian und sah Anton an, und mein Mann wiederholte seine Fragen mit beinahe unhöflicher Dringlichkeit. Ja, antwortete Vivian sofort, wir waren in Österreich, in – aber nun brachte auch sie den Namen des Ortes nicht heraus und starrte verwirrt auf den runden, von einer feinen Staubschicht bedeckten Tisch.

In diesem Augenblick zog Anton sein Zigarettenetui heraus, ein flaches goldenes Etui, das er von seinem Vater geerbt hatte und das er, entgegen der herrschenden Mode, Zigaretten in ihren Packungen anzubieten, noch immer benutzte. Er klappte es auf und bot uns allen an, und dann machte er es wieder zu und legte es auf den Tisch, woran ich mich am nächsten Morgen, als er es vermißte, noch gut erinnern konnte.

Wir tranken also Tee und rauchten, und dann stand Vivian plötzlich auf und drehte das Radio an, und über allerhand grelle Klang- und Stimmfetzen glitt der Lautsprecherton in eine sanft klirrende Tanzmusik. Wir wollen tanzen, sagte Vivian und sah meinen Mann an, und Anton erhob sich sofort und legte den Arm um sie. Ihr Bruder machte keine Anstalten, mich zum Tanzen aufzufordern, so blieben wir am Tisch sitzen und hörten der Musik zu und betrachteten das Paar, das sich im Hintergrund des großen Zimmers hin und her bewegte. So kühl sind die Engländerinnen also nicht, dachte ich und wußte schon, daß ich etwas anderes meinte, denn Kühle, eine holde, sanfte Kühle ging nach wie vor von dem fremden Mädchen aus, zugleich aber auch eine seltsame Gier, da sich ihre kleinen Hände wie Saugnäpfe einer Kletterpflanze, an den Schultern meines Mannes festhielten und ihre Lippen sich lautlos bewegten, als formten sie Ausrufe der höchsten Bedrängnis und Not. Anton, der damals noch ein kräftiger junger Mann und ein guter Tänzer war, schien von dem ungewöhnlichen Verhalten seiner Partnerin nichts zu bemerken, er sah ruhig und liebevoll auf sie herunter, und manchmal schaute er auf dieselbe Weise auch zu mir herüber, als wolle er sagen, mach dir keine Gedanken, es geht vorüber, es ist nichts. Aber obwohl Vivian so leicht und dünn mit ihm hinschwebte, schien dieser Tanz, der, wie es bei Radiomusik üblich ist, kein Ende nahm und nur in Rhythmus und Melodie sich veränderte, ihn ungebührlich anzustrengen, seine Stirn war bald mit Schweißtropfen bedeckt, und wenn er einmal mit Vivian nahe bei mir vorüberkam, konnte ich seinen Atem fast wie ein Keuchen oder Stöhnen hören. Laurie, der ziemlich schläfrig an meiner Seite saß, fing plötzlich an, zu der Musik den Takt zu schlagen, wozu er geschickt bald seine Fingerknöchel, bald den Teelöffel verwendete, auch mit dem Zigarettenetui meines Mannes synkopisch auf den Tisch klopfte, was alles der Musik etwas atemlos Drängendes verlieh und mich in plötzliche Angst versetzte. Eine Falle, dachte ich, sie haben uns hier heraufgelockt, wir sollen ausgeraubt oder verschleppt werden, und gleich darauf, was für ein verrückter Gedanke, wer sind wir schon, unwichtige Fremde, Touristen, Theaterbesucher, die nichts bei sich haben als ein bißchen Geld, um notfalls nach der Vorstellung noch etwas essen zu gehen. Plötzlich wurde ich sehr schläfrig, ich gähnte ein paarmal verstohlen. War nicht der Tee, den wir getrunken hatten, außergewöhnlich bitter gewesen, und hatte Vivian die Tassen nicht schon eingeschenkt hereingebracht, so daß sehr wohl in den unseren ein Schlafmittel hätte aufgelöst sein können und in denen der englischen Geschwister nicht? Fort, dachte ich, heim ins Hotel, und suchte den Blick meines Mannes wieder, der aber nicht zu mir hersah, sondern jetzt die Augen geschlossen hielt, während das zarte Gesicht seiner Tänzerin ihm auf die Schulter gesunken war.

Wo ist das Telefon? fragte ich unhöflich, ich möchte ein Taxi bestellen. Laurie griff bereitwillig hinter sich, der Apparat stand auf einer Truhe, aber als Laurie den Hörer abnahm, war kein Summzeichen zu vernehmen. Laurie zuckte nur bedauernd mit den Achseln, aber Anton war jetzt aufmerksam geworden, er blieb stehen und löste seine Arme von dem

Mädchen, das verwundert zu ihm aufschaute und beängstigend schwankte, wie eine zarte Staude im Wind. Es ist spät, sagte mein Mann, ich fürchte, wir müssen jetzt gehen. Die Geschwister machten zu meiner Überraschung keinerlei Einwände, nur noch ein paar freundliche und höfliche Worte wurden gewechselt, Dank für den reizenden Abend und so weiter, und dann brachte der schweigsame Laurie uns die Treppe hinunter zur Haustür, und Vivian blieb auf dem Absatz oben stehen, lehnte sich über das Geländer und stieß kleine, vogelleichte Laute aus, die alles bedeuten konnten oder auch nichts.

Ein Taxistand war in der Nähe, aber Anton wollte ein Stück zu Fuß gehen, er war zuerst still und wie erschöpft und fing dann plötzlich lebhaft zu reden an. Gesehen habe er die Geschwister bestimmt schon irgendwo und vor nicht langer Zeit, wahrscheinlich in Kitzbühel im Frühjahr, das sei ja gewiß ein für Ausländer schwer zu behaltender Name, kein Wunder, daß Vivian nicht auf ihn gekommen sei. Er habe jetzt sogar etwas ganz Bestimmtes im Sinn, vorhin beim Tanzen sei es ihm eingefallen, eine Bergstraße, ein Hinüber- und Herübersehen von Wagen zu Wagen, in dem einen habe er gesessen, allein, und in dem andern, einem roten Sportwagen, die Geschwister, das Mädchen am Steuer, und nach einer kurzen Stockung im Verkehr, einem minutenlangen Nebeneinanderfahren, habe es ihn überholt und sei davongeschossen auf eine schon nicht mehr vernünftige Art. Ob sie nicht hübsch sei und etwas Besonderes, fragte Anton gleich darauf, und ich sagte, hübsch schon und etwas Besonderes schon, aber ein bißchen unheimlich, und ich erinnerte ihn an den modrigen Geruch in der Wohnung und an den Staub und das abgestellte Telefon. Anton hatte von dem allem nichts bemerkt und wollte auch jetzt nichts davon wissen, aber streitlustig waren wir beide nicht, sondern sehr müde, und darum hörten wir nach einer Weile auf zu sprechen und fuhren ganz friedlich nach Hause ins Hotel und gingen zu Bett.

Für den nächsten Vormittag hatten wir uns die Tate-Galerie vorgenommen, wir besaßen auch schon einen Katalog dieser berühmten Bildersammlung, und beim Frühstück blätterten wir darin und überlegten uns, welche Bilder wir anschauen wollten und welche nicht. Aber gleich nach dem Frühstück vermißte mein Mann sein Zigarettenetui, und als ich ihm sagte, daß ich es auf dem Tisch bei den englischen Geschwistern zuletzt gesehen hätte, schlug er vor, daß wir es noch vor dem Besuch des Museums dort abholen sollten. Ich dachte gleich, er hat es absichtlich liegenlassen, aber ich sagte nichts. Wir suchten die Straße auf dem Stadtplan, und dann fuhren wir mit einem Autobus bis zu einem Platz in der Nähe. Es regnete nicht mehr, ein zartgoldener Frühherbstnebel lag über den weiten Parkwiesen, und große Gebäude mit Säulen und Giebel tauchten auf und verschwanden wieder geheimnisvoll im wehenden Dunst.

Anton war sehr guter Laune und ich auch. Ich hatte alle Beunruhigung des vergangenen Abends vergessen und war gespannt, wie sich unsere neuen Bekannten im Tageslicht ausnehmen und verhalten würden. Ohne Mühe fanden wir die Straße und auch das Haus und waren nur erstaunt, alle Läden heruntergelassen zu sehen, so als ob drinnen noch alles schliefe oder die Bewohner zu einer langen Reise aufgebrochen seien. Da sich auf mein erstes schüchternes Klingeln hin nichts rührte, schellten wir dringlicher, schließlich fast ungezogen lange und laut. Ein altmodischer Messingklopfer befand sich auch an der Tür, und auch diesen betätigten wir am Ende, ohne daß sich drinnen Schritte hören ließen oder Stimmen laut wurden. Schließlich gingen wir fort, aber nur ein paar Häuser weit die Straße hinunter, dann blieb Anton wieder stehen. Es sei nicht wegen des Etuis, sagte er, aber es könne den jungen Leuten etwas zugestoßen sein, eine Gasvergiftung zum Beispiel, Gaskamine habe man hier überall, und er habe auch einen im Wohnzimmer gesehen. An eine mögliche Abreise der Geschwister wollte er nicht glauben, auf jeden Fall müsse die Polizei gerufen werden, und er habe auch jetzt nicht die Ruhe, im Museum Bilder zu betrachten. Inzwischen hatte sich der Nebel gesenkt, ein schöner, blauer Nachsommerhimmel stand über der wenig befahrenen Straße und über dem Haus Nr. 79, das, als wir nun zurückkehrten, noch ebenso still und tot dalag wie vorher.

Die Nachbarn, sagte ich, man muß die Nachbarn fragen, und schon öffnete sich ein Fenster im nächsten, zur Rechten gelegenen Haus, und eine dicke Frau schüttelte ihren Besen über den hübschen Herbstastern des Vorgärtchens aus. Wir riefen sie an und versuchten, uns ihr verständlich zu machen. Einen Familiennamen wußten wir nicht, nur Vivian und Laurie, aber die Frau schien sofort zu wissen, wen wir meinten. Sie zog ihren Besen zurück, legte ihre starke Brust in der geblümten Bluse auf die Fensterbank und sah uns erschrocken an. Wir waren hier im Haus, sagte Anton, noch gestern abend, wir haben etwas liegengelassen, das möchten wir jetzt abholen, und die Frau machte plötzlich ein mißtrauisches Gesicht. Das sei unmöglich, sagte sie mit ihrer schrillen Stimme, nur sie habe den Schlüssel, das Haus stünde leer. Seit wann, fragte ich unwillkürlich und glaubte schon, daß wir uns doch in der Hausnummer geirrt hätten, obwohl im Vorgarten, nun im hellen Sonnenlicht, die steinerne Katze lag.

Seit drei Monaten, sagte die Frau ganz entschieden, seit die jungen Herrschaften tot sind. Tot? fragten wir und fingen an, durcheinander zu reden, lächerlich, wir waren gestern zusammen im Theater, wir haben bei ihnen Tee getrunken und Musik gemacht und getanzt.

Einen Augenblick, sagte die dicke Frau und schlug das Fenster zu, und ich dachte schon, sie würde jetzt telefonieren und uns fortbringen lassen, ins Irrenhaus oder auf die Polizei. Sie kam aber gleich darauf auf die Straße hinaus, mit neugierigem Gesicht, ein großes Schlüsselbund in der Hand. Ich bin nicht verrückt, sagte sie, ich weiß, was ich sage, die jungen Herrschaften sind tot und begraben, sie waren mit dem Wagen im Ausland und haben sich dort den Hals gebrochen, irgendwo in den Bergen, mit ihrem blödsinnig schnellen Fahren.

In Kitzbühel, fragte mein Mann entsetzt, und die Frau sagte, so könne der Ort geheißen haben, aber auch anders, diese ausländischen Namen könne niemand verstehen. Indessen ging sie uns schon voraus, die Stufen hinauf, und sperrte die Tür auf, wir sollten nur sehen, daß sie die Wahrheit spreche und daß das Haus leer sei, von ihr aus könnten wir auch in die Zimmer gehen, aber Licht könne sie nicht anmachen, sie habe die elektrischen Birnen für sich herausgeschraubt, der Herr Verwalter habe nichts dagegen gehabt. Wir gingen hinter der Frau her, es roch dumpf und muffig, und ich faßte auf der Treppe meinen Mann bei der Hand und sagte, es war einfach eine ganz andere Straße, oder wir haben alles nur geträumt, zwei Menschen können genau denselben Traum haben in derselben Nacht, so etwas gibt es, und jetzt wollen wir gehen. Ja, sagte Anton ganz erleichtert, du hast recht, was haben wir hier zu suchen, und er blieb stehen und griff in die Tasche, um etwas Geld herauszuholen, das er der Nachbarsfrau für ihre Mühe geben wollte. Die war aber schon oben ins Zimmer getreten, und wir mußten ihr nachlaufen und auch in das Zimmer hineingehen, obwohl wir dazu schon gar keine Lust mehr hatten und ganz sicher waren, daß das Ganze eine Verwechslung oder eine Einbildung war. Kommen Sie nur, sagte die Frau und fing an, einen Laden heraufzuziehen, nicht völlig, nur ein Stückchen, nur so weit, daß man alle Möbel deutlich erkennen konnte, besonders einen runden Tisch mit Sesseln drum herum und mit einer feinen Staubschicht auf der Platte, einen Tisch, auf dem nur ein einziger Gegenstand, der jetzt von einem Sonnenstrahl getroffen aufleuchtete, ein flaches, goldenes Zigarettenetui, lag.

Marie Luise Kaschnitz

Florens – Eichendorffs Jugend
72 Seiten, 4 Faksimiles, kartoniert

Der alte Garten
Ein modernes Märchen. 288 Seiten, gebunden

Hörspiele
268 Seiten, broschiert

Totentanz und Gedichte zur Zeit
88 Seiten, kartoniert

»Die Dichtung der Marie Luise Kaschnitz zeichnet sich
durch kammermusikalische Intimität aus.
Gleichwohl geht von ihr eine geradezu alarmierende
Wirkung aus. Sie erteilt uns eine sprachgewaltige Lektion
der Stille.«
Marcel Reich-Ranicki

»Unendliche Erfahrung, äußere und innere, individuelle
und allgemein menschliche, liegt den Erzählungen
zugrunde.«
Die Tat, Zürich

»Es werden immer einzelne sein, die uns im Wort die
Welt deuten, sie etwas durchsichtiger, etwas deutlicher,
damit menschlicher machen. Marie Luise Kaschnitz'
Bücher, so darf man vermuten, werden weiter
zu uns sprechen.«
Horst Krüger

claassen

Postfach 92 29, 4000 Düsseldorf 1

Marie Luise Kaschnitz

Eines Mittags, Mitte Juni
Erzählungen. Band 5815

Dieser Sammelband vereint eine Auswahl aus »Lange Schatten« und einige frühe, bisher wenig bekannte Erzählungen. Poetische Texte, in denen die Realität durchaus ihr Recht behält.

Wohin denn ich
Aufzeichnungen. Band 5814

»Die Einsamkeit und Umweltlosigkeit wird am Einzelfall des Witwenschicksals dargestellt mit einer Kühnheit und Folgerichtigkeit, die ihresgleichen sucht in der von Frauen geschriebenen Literatur.«
(Geno Hartlaub)

Überallnie
Ausgewählte Gedichte 1928–1965
Mit einem Nachwort von Karl Krolow
Band 5720

Das lyrische Werk der Büchnerpreisträgerin in einem Band, von der Dichterin selbst ausgewählt und von Karl Krolow in einem Nachwort interpretiert – Zyklen und Einzelgedichte der Jahre 1928 bis 1965, chronologisch geordnet. Die Genauigkeit ihrer Sprache entspricht der Suche nach der »härtesten inneren Wahrheit«, von der Marie Luise Kaschnitz selbst einmal gesprochen hat.

Fischer Taschenbuch Verlag

fi 346/1